風土の万葉集

高岡市万葉歴史館論集

14

高岡市万葉歴史館［編］

笠間書院

風土の万葉集【目次】

万葉集の「風土」と大和《やまと》の風土 3
小野 寛

一 「風土」の古代 3
二 「風土」ということば 7
三 万葉集の「風土」 9
四 飛鳥の風土——明日香川(一) 12
五 飛鳥の風土——明日香川(二) 19
六 飛鳥の風土——香具山 23
七 奈良の風土——平城と奈良山 27
八 奈良の風土——春日 33

神亀二年難波行幸の風土 39
村田右富実

一 はじめに 39
二 神亀二年の難波行幸歌 45
三 笠金村の難波宮讃歌 46
四 車持千年の住吉浜讃歌 55
五 山部赤人の王権讃歌 63
六 むすび 65

妹《いも》の来た道 69
紀ノ川流域の万葉風土
垣見修司

伊勢萬葉　その特質　117　廣岡義隆

一　はじめに……117
二　天武・持統代の萬葉……118
三　聖武行幸における萬葉……128
四　伊賀・伊勢・志摩……130
五　疑問故地……137
六　おわりに……142

山城国の歌　149　坂本信幸

一　山城国の歌……149
二　山城国の人麻呂関係歌……151
三　恭仁京関係歌の特徴……157
四　田辺福麻呂の恭仁京讃歌……159
五　廃都恭仁京……166

近江の風土 173
宇宙に名有る地なり
関 隆司
一 はじめに 173
二 近江路 175
三 近江の海 186
四 「近江」と「淡海」 197
五 近江の山 203

尾張三河の万葉歌 217
古東海道の海路を中心に
佐藤 隆
一 はじめに 217
二 古代の尾張 219
三 尾張国の陸路と万葉歌 223
四 尾張国の海路 234
五 三河国の陸路と海路 239

東国 251
渡来系の開拓者たち
梶川信行

一 序……251
二 高麗朝臣福信……254
三 消奈行文……272
四 結……277

猪名川の沖を深めて 283
影山尚之

一 はじめに……283
二 ある新婚夫婦の悲哀……284
三 片田舎に住む男と女……289
四 猪名川下流域の文化的土壌……292
五 我妹子に猪名野は見せつ……297
六 むすび……303

筑紫島のまつろわぬ国 307
隼人の夜声・肥人の染木綿
田中夏陽子

一 天孫降臨の聖地——筑紫……307
二 まつろわぬ人々——熊曾・隼人……310
三 隼人の夜声……314
四 隼人の瀬戸……316
五 肥人の染木綿……320
六 隼人と筑紫歌壇……323
七 結び……333

風土圏「山陰」の実体　335　新谷秀夫
一　因幡に降る雪　335
二　大江山のさな葛　339
三　そがひに見る大の浦　344
四　石見の海の玉藻　351
五　風土圏「山陰」の実体　357

立山の雪・弥彦の歌　361　鈴木景二
一　はじめに　361
二　立山の雪と気候　361
三　越中国弥彦神の歌　370
四　むすび　375

編集後記　379
執筆者紹介　381

風土の万葉集

万葉集の「風土」と大和《やまと》の風土

小野　寛

一　「風土」の古代

万葉集に「風土」ということばは大伴家持《おおとものやかもち》が二度使っている。それは万葉集巻十七と巻十九で、どちらも家持の越中での歌に関するものである。

巻十七のは、家持が越中守として越中に赴任した翌年の天平十九年（七四七）三月二十九日、それは立夏を過ぎた数日後であった。

立夏の四月、既《すで》に累日《るいじつ》を経ぬるに、由《なほ》し未《いま》だ霍公鳥《ほととぎす》の喧《な》くを聞かず。因《よ》りて作る恨みの歌二首　（三九八三、三九八四）

の左注に、

霍公鳥は立夏の日に来鳴くこと必定《ひつぢやう》なり。また越中の風土は橙橘《たうきつ》あること希《まれ》らなり。これによりて

> 大伴宿祢《おほとものすくね》家持《やかもち》、懐《こころ》に感発して、聊《いささ》かにこの歌を裁《つく》る。

と述べている。

巻十九のは、家持の越中最後の年、天平勝宝三年（七五一）二月二日に、

> 守《かみ》の館に会集し宴《うたげ》して作る歌一首　（四二三八）

の同じく左注に、

> 右、判官《はんぐわん》久米朝臣広縄《くめのあそみひろなは》、正税帳《しやうぜいちやう》を以《も》ちて京師《みやこ》に入るべし。仍《よ》りて守大伴宿祢家持、この歌を作る。
> 但《ただ》し越中の風土に、梅の花と柳の絮《わた》三月にして初めて咲くのみ。

とある。どちらも奈良の都とは異なる北陸越中の「風土」を言ったもので、寒い北国である故に、橙橘類の希少であることと、梅の花が咲き柳の綿毛が出るのがやっと三月になってからであることを言う。「越中の土地」と言っていいところを「越中の風土」と言った。「風土」は万葉集にこれだけである。

「風土」ということばは『古事記』にも、『日本書紀』にも、『続日本紀《しよくにほんぎ》』にもまだ使われていない。「風土」を書名にもつ『風土記《ふどき》』にも現存する文中には見られない。この『風土記』という書名も、『続日本紀』の和銅六年（七一三）五月二日の元明天皇の撰進言上せよとの勅《みことのり》には見えない。これについて小島憲之氏は『上代日本文学と中国文学上』（昭和37・9）に「風土記の成立」を論じて、

> 現在残る風土記は他の上代文献にくらべて、所謂古写本と称すべきものが少く、「風土記」と云ふ書名の有無については、考察に支障をきたす。常陸国風土記は、

常陸国司解　中古老相伝旧聞事

をもつて始まり、また天下孤本の三条西家本播磨国風土記（平安期書写）は遺憾ながらその冒頭を佚し、何れも「(某国) 風土記」と云ふ書名の存した積極的な証拠はない。

と書いておられる。しかし更に、

平安時代（現存本出雲国風土記によれば天平頃）にはすでに地誌の意味をもつ普通名詞『風土記』の名称があつたものと云へる。

という。

「風土」は書名として世界最古の例は、古代中国晋の将軍周處（二四〇～二九九）の撰した『風土記』がある。西暦二八〇年の成立で、著者周處の故郷である陽羨《ようせん》（今の江蘇省宣興県）付近のことを中心に記録した地理案内の書である。

「風土」の普通名詞としての使用例はあまりなく、例えば『文選《もんぜん》』には詩篇に一例見つけた。それは陸機の弟陸雲こと陸士龍《りくしりよう》（二六二～三〇三）の「張士然に答ふ」と題する五言詩に、

行邁越㆓長川㆒　飄颻冒㆓風塵㆒
通波激㆓枉渚㆒　悲風薄㆓丘榛㆒
脩路無㆑窮㆑迹　井邑自相循

行《ゆ》き邁《ゆ》きて長川《ちやうせん》を越《こ》え、飄颻《へうえう》として風塵《ふうぢん》を冒《をか》す。
通波《つうは》は枉渚《わうしよ》に激《げき》し、悲風《ひふう》は丘榛《きうしん》に薄《いた》る。
脩路《しうろ》は迹《あと》を窮《きは》むる無《な》く、井邑《せいいふ》は自《おのづか》ら相循《あひしたが》ふ。

百城各異レ俗　千室非二良鄰一
歡舊難二假合一　風土豈虛親
……

百城《ひやくじやう》は各々《おのおの》俗《ぞく》を異《こと》にし、千室《せんしつ》は良鄰《りやうりん》に非《あら》ず。
歡舊《くわんきう》とは假《かり》にも合《あ》ひ難《がた》く、風土《ふうど》には豈虛《あにむな》しく親《した》しまんや。
……

とある。長い川を越え、風や塵を冒し苦労を重ねつつ旅路を行くと、波は岸に打ち寄せ、風は丘の林に吹きつけ、道は尽きず村々が続く。どの街《まち》も風俗が異なりどの家もなじめない。故郷の親しい旧友とは仮にも会い難く、この「風土」には親しむことができそうもないという。「風土」とはその川や波や丘や風や塵であり、果てしない道や村々やその家々やそこに住む人々である。

「風土」ということばはあまり一般的なことばでなく、わが国上代人にどれほど知られていたか。余り親しまれていたとは考え難い。

家持は漢籍から学んだのであろうが、『懐風藻《かいふうそう》』には「風」の字は七十九例あったが、「風土」は見られない。

『養老律令』の「假寧令《けにようりよう》」（官人の休暇に関する規定）の第一条は在京の諸司に勤務する官人の基本勤務日数と休暇を定め、最後に農繁期の休暇（「田假」という）について記し、その付記のようにして、

其風土異レ宜、種収不レ等者、通隨レ便給。

（それ風土よろしきを異にして、種収等しからずは、通ひて便《たより》に随《したが》ひて給へ。）

とあり、『令集解《りようのしゆうげ》』にこの部分を「古記云、其郷土異レ宜…」とあって、『古記』には「風土」を「郷土」と書記していることがわかる。『古記』は内容的にみて、上限は天平十年（七三八）正月、下限は天平十一年五月ごろの成立かと考えられるという。「風土」は「郷土」、つまりそれぞれの生まれ、存在している土地、「さと」「ふるさと」と同義でもあった。

令の右の文の「種収」は種蒔《たねま》きと収穫のことで、それは土地によって所によって早いおそいがあることをいう。その「風土」の違いによって休暇を都合するというのである。

二　「風土」ということば

「風土」ということばについて、和辻哲郎『風土—人間学的考察』（昭和10・9。昭和38・12の改版本による）の巻頭、第一章第一項の書き出しに、

ここに風土と呼ぶのはある土地の気候、気象、地質、地味、地形、景観などの総称である。それは古くは水土とも言われている。

とある。そして、

> 人間の環境としての自然を地水火風として把捉した古代の自然観がこれらの概念の背後にひそんでいるのであろう。

と言い、それを和辻哲郎は「自然」として問題にせずに「風土」として考察した。
小島憲之氏は「風土記の述作」について論じて（『上代日本文学と中国文学上』）、

> 「風土」と云ふことばは、まづ「水土」と関聯して考へられる。

と言い、

> しかし「風土」は単に「水土」に置き換へられるばかりではなく、更に土地風気物類民俗（漢書西域伝）なども含む。

とある。「風土」は「水土」と同じではない。「風土」は「水土」にはない「風俗・民俗」と離れ難く、「風土」の現象は文芸、美術、宗教、風習等あらゆる人間生活の表現のうちに見出すことができるだろう。そして時間と空間とが互いに離れ難いように、歴史と風土もまた互いに離れることができない。我々はこの「風土」と「歴史」の中で生きている。人間の存在はこの風土性と歴史性にあると和辻は言い、更に、

> 主体的人間の空間的構造にもとづくことなしには一切の社会的構造は不可能であり、社会的存在にもとづくことなしには時間性が歴史性となることはない。歴史性は社会的存在の構造なのである。

と述べ、つづいて、

風土性もまた社会的存在の構造であり、そうして歴史性と離すことのできないものである。と述べている。人間の存在に「風土」と「歴史」が離せない。万葉集もまたその中にある。

三 万葉集の「風土」

万葉集の正しい理解をえるために、犬養孝氏は常に、その歌の生まれた時代の状況の中に戻してみなければならないとともに、その歌の生まれた「風土」に還元して見なければならないと言われた。「風土」に還元して見るとは、その歌の生まれた土地にただ戻して見ることではない。その土地の気候・気象・地形・地質・景観・風俗・風習の中へ戻して、その歌を解釈し味わうことだろう。そしてそれはその歌の生まれた時代のそれである。「風土」は「歴史」と切り離せない。

我々が「万葉集の風土」と言うとき、我々はそれだけの覚悟をもってその歌に向かい立たねばならない。

その「風土」の一つ一つはどの土地にもある。万葉集四五〇〇余首の歌は、巻一の山上憶良の大唐《もろこし》で作った一首（六四番歌）を除いてすべてこの日本列島上で作られた。日本列島は北から南に長くつらなっている。その北と南とでは気候や気象はもちろん、風俗も風習も異なる。またその日本海側と太平洋側とでは、これが大きく異なるのである。

万葉集の中に、その歌の生まれた「風土」を示す「地名」は、犬養孝氏によれば、万葉集四五〇〇余首の中に延べて二九〇〇、これを同一呼称の地名を一つとして数えれば約一二〇〇余個所になるという。それが北は北海道と東北地方の大部分を除き、南は沖縄を除く日本中にあり、それは北は陸奥《みちのく》国の小田《おだ》郡（今の宮城県遠田《とおだ》郡）にあるという山から、南は薩摩《さつま》国、今の鹿児島県阿久根《あくね》市の「黒《くろ》の瀬戸《せと》」（「薩摩の迫門《せと》」）までである。

その万葉集最北の山は山名は分らないが、大伴家持が越中で歌った「陸奥国に金《くがね》を出《いだ》す詔書を賀《ほ》く歌」（巻十八、四〇九四）に、

…鶏《とり》が鳴く　東《あづま》の国の　陸奥《みちのく》の　小田《をだ》なる山に　金《くがね》ありと　申したまへれ…

と歌った「陸奥の小田なる山」で、その反歌に、

すめろきの　御代栄えむと　東《あづま》なる　陸奥山《みちのくやま》に　金花《くがね》咲く

（巻十八・四〇九七）

と歌った「陸奥山《みちのくやま》」である。この山からわずかではあるが砂金を産出したという。それは宮城県遠田郡涌《わく》谷《や》町大字涌谷小字黄金迫《こがねはざま》にある小山に比定され、ここに『延喜式《えんぎしき》』「神名帳」にある「黄金山神社」がある。

家持は最晩年に参議として陸奥按察使鎮守将軍を兼任し陸奥多賀城に赴いているが、それまでに「東《あずま》の国」に行ったことはない。「黄金花咲く陸奥山」のことは、天平二十一年（七四九）二月にそこから出土したという黄金貢納のことを聞いたか、今で言う官報のような文書で読んだか、または同年四月一日に奏上された前出の「陸奥国に金を出す詔書」の写しを越中国府で読んだのが始めだったか、と思うが、それは『続日本記』に次のように記されている。

天平二十一年二月二十二日の条　「陸奥国、始めて黄金を貢《たてまつ》る。」
同年四月一日の宣命　「…聞こし看《め》す食国《をすくに》の中の東《ひむかし》の方《かた》陸奥国守従五位上百済王《くだらのこにきし》敬福《きやうふく》い、部内の少田《をだ》郡に黄金《くがね》在りと奏《まを》して献《たてまつ》れり。」

この二文には黄金出土の「山」のことは全く記されていない。しかし右の宣命から二ヶ月後の閏五月十一日にこの陸奥産金にかかわる者たちに叙位があり、『続日本紀』のその記事の中に、

金《くがね》を出《いだ》せし、山の神主小田郡日下部深淵《くさかべのふかふち》に外少初位下（を授く）。

とある。陸奥国に黄金を出土した所は「山」に違いなく、それは当初の文書には見えずとも自ずと伝聞

されていた事実だったのだろう。家持も仄聞していたに違いない。家持の想像の目にはその黄金出土の現場が見えていたのだろう。その山に流れる川から砂金が採取された。それは大仏の全身を鍍金するには到底足りないわずかな量であったらしいが、聖武天皇は大喜びされている。そのお喜びに増幅されて、家持には黄金色にきらめく山が見えたのである。

すめろきの　御代栄えむと　東《あづま》なる　陸奥山《みちのくやま》に　金花《くがね》咲く

その風景は現実にはないが、万葉集の「風土」として今も輝いている。

四 飛鳥の風土――明日香川（一）

万葉集の歌の時代が、歴史的に明確に数えられるのは、推古《すいこ》天皇代からである。聖徳太子《しようとくたいし》の歌一首（巻三―四一五）は伝承歌でもあり、いつ作られたか実際は分らないが、推古天皇代として存在する。推古天皇代は『日本書紀』によれば、西暦五九二年から六二八年となっている。その間皇居は飛鳥の豊浦宮《とゆら》から飛鳥の小墾田宮《おはりだ》で、ずっと通して飛鳥の地であった。

次の舒明《じよめい》天皇代は六首あり、やはり作歌年時は分らないが、その時代は六二九年から六四一年で、皇

郵便はがき

料金受取人払郵便

神田支店
承認

3455

差出有効期間
平成25年2月
6日まで

101-8791

504

東京都千代田区猿楽町2-2-3

笠間書院 行

■ 注文書 ■

◎お近くに書店がない場合はこのハガキをご利用下さい。送料380円にてお送りいたします。

書名　　　　　　　　冊数

書名　　　　　　　　冊数

書名　　　　　　　　冊数

お名前

ご住所　〒

お電話

ご愛読ありがとうございます

これからのより良い本作りのために役立たせていただきたいと思います。
ご感想・ご希望などお聞かせ下さい。

この本の書名＿＿＿＿＿＿＿＿＿＿＿＿＿＿＿＿＿＿＿＿＿＿＿＿

本読者はがきでいただいたご感想は、お名前をのぞき新聞広告や帯などで
ご紹介させていただくことがあります。何卒ご了承ください。

■本書を何でお知りになりましたか（複数回答可）

1. 書店で見て　2. 広告を見て（媒体名　　　　　　　　　　）
3. 雑誌で見て（媒体名　　　　　　　　　　）
4. インターネットで見て（サイト名　　　　　　　　　　）
5. 小社目録等で見て　6. 知人から聞いて　7. その他（　　　　　　　　）

■小社PR誌『リポート笠間』（年1回刊・無料）をお送りしますか。

はい　・　いいえ

◎はいとお答えくださった方のみご記入下さい。

お名前

ご住所　〒

お電話

ご提供いただいた情報は、個人情報を含まない統計的な資料を作成するためにのみ利用させていただきます。また『リポート笠間』ご希望の場合は、個人情報はその目的（その他の新刊案内も含む）以外では利用いたしません。

居は主として飛鳥の岡本宮だった。その六首の歌は飛鳥の地で、飛鳥の風土の中で生まれた歌であることは間違いない。こうして万葉集巻二十の最終歌四五一六歌まで、万葉集の時代は約一六〇年。その間皇居の地は、藤原京が出来るまで天皇の代ごとに移ったが、次の通りである。（各年数は交替の年が重複して数えられていることがある）

1 飛鳥……………………88年
2 難波……………………10年
3 近江の大津……………6年
4 藤原京（飛鳥）………16年
5 平城京（奈良）………50年

右の通り、万葉の時代のいわゆる「みやこ」は、難波・大津に16年になるのを除いて、飛鳥から奈良だった。そしてここが万葉集の歌の場の中心だった。飛鳥・奈良の風土から万葉集の多くの歌は生まれた。

藤原京を含めて広く飛鳥の地に生まれた歌、その地名を持つ歌は、一首の歌に二つ以上の地名が入っている場合はその地名ごとに数えて、一六〇首あり、その地名の個数は六十五箇所ある。因みに「越中《えっちゅう》国（富山県）」は飛鳥・奈良に次ぐ万葉の故地であるが、そこで生まれた歌で越中の地名を詠み込んだ歌は、右の数え方と同じ数え方で九十六首あり、その地名の個数は四十五箇所になる。越中一国であるが、飛鳥地方全域に準ずる歌数を持っている。

その飛鳥の歌でいちばん多い地名が「明日香川《あすかがわ》（飛鳥川）」で二十五首ある。その次が「神《かむ》なび」であろうか。「神なび」が十首、「神なび山」が五首、「神なびのみもろの山」が二首、「みもろの神なび山」が三首で、合せて二十首に歌われていることになる。飛鳥の「神なび」は飛鳥の「神岳《かむおか》」であり、これは雷丘《いかづちのおか》と言われたり、甘樫丘《あまがしのおか》、飛鳥坐神社の鳥形山《とりがたやま》、石舞台の南方にあるミハ山とも言う。

三番目は「香具山《かぐやま》」で十三首。そして続いて「畝傍山《うねびやま》」が六首である。「香具山」の麓にある「香具山の宮」、その宮のある「御門《みかど》の原」一首を含め、「耳梨山《みみなしやま》」三首を加えると、いわゆる大和三山は全域で二十四首になり、堂々の「飛鳥」二番手である。

飛鳥第一の地名「明日香川（飛鳥川）」はまさに飛鳥のシンボルである。「明日香川」二十五首（二十六例）は多くの巻に登場するが、巻一・五・六・九に見えず、巻十五以下は巻十九所載の「古歌一首」に歌われているのみで他に見えない。「明日香川」の万葉集中の表記は、

明日香河………9例
明日香乃河……3
明日香之河……1
明日香川………9
飛鳥川…………2

阿須可河泊……1

安須可河泊……1

とある。本稿では「明日香川」で表記しよう。

「明日香川」の見られぬ巻五は筑紫歌巻であり、巻六は聖武天皇即位寸前の吉野行幸従駕歌に始まる飛鳥の地から都が離れた奈良時代の歌巻であり、巻九は柿本人麻呂歌集所出の歌はあるが、多くは奈良時代の、それも都を離れる旅の歌を中心とする歌巻であり、巻十五以降は巻十九の「古歌一首」に「明日香川」が歌われるのみで、これもすべて奈良時代の歌巻である。巻一が古撰の巻と言われ、奈良時代以前の飛鳥の里に都のあった時代の歌巻であるのに「明日香川」を歌った歌が一首もないのは、これが、最初の「雑歌」の部で、「雑歌」が巻二の「相聞・挽歌」に対して公的な歌、「晴《はれ》」の歌であって、「明日香川」はそれにふさわしくない「褻《け》」の世界のもの（私的な歌）だった。つまりそれは「明日香川」は庶民の川、飛鳥びとの日常の生活に近い場であったのだろう。この、巻一に現われないということも「明日香川」の「風土」の一端を表わしている。

しかし巻二にはある。これは「挽歌」で、四首五例ある。いずれも柿本人麻呂の儀礼挽歌二組にある。柿本人麻呂は宮廷歌人的な存在として皇子皇女の挽歌を創作した、巻一にこそ歌われなかったが、その挽歌の中にある。

第一例は一九四歌で、天智天皇皇子川島《かわしまのみこ》皇子が薨じた時、その妃泊瀬部皇女《はつせべのひめみこ》（天武天皇皇女）とその同母兄忍壁皇子《おさかべのみこ》（天武天皇第四皇子―推定）に献上した挽歌である。川島皇子の死は持統《じとう》天皇五年（六九一）九月九日だった。その挽歌の歌い出しに次のようにある。

飛ぶ鳥の　明日香の河の　上《かみ》つ瀬に　生《お》ふる玉藻《たまも》は　下《しも》つ瀬に　流れ触《ふ》らばふ　玉藻なす　か寄り
かく寄り　靡《なび》かひし　つまの命《みこと》の…　（巻二・一九四）

夫婦の仲睦まじい姿を「玉藻なす寄り寝し」と歌ったのは人麻呂の新しい表現である。その「玉藻」を石見《いわみ》の海の藻に歌ったのが最初で（巻二・一三一）、これは飛鳥の都での歌であるから、「明日香川」の川藻に歌った。美しい藻が流れのままに靡いて、藻と藻が触れ合っている。そのやさしい姿は飛鳥の風景の中で、誰もが日常になじんでいる景だっただろう。

続いて第二例は一九六歌で、第一例から九年後の文武《もんむ》天皇四年（七〇〇）四月四日に、忍壁皇子の妃かと言われる、天智天皇皇女明日香皇女が薨じた。その皇女の殯宮儀礼に捧げる挽歌である。その歌い出しから前半は、

飛ぶ鳥の　明日香の河の　上つ瀬に　石橋渡し　下つ瀬に　打橋《うち》渡す　石橋に　生《お》ひ靡ける　玉藻
もぞ　絶ゆれば生《お》ふる、　打橋に　生ひをれる　川藻もぞ　枯るれば生《は》ゆる　何しかも　我が大

君の　立たせば　玉藻のもころ　臥《こ》やせば　川藻のごとく　靡かひの　宜《よろ》しき君が　朝宮を　忘れたまふや　夕宮を　背《そむ》きたまふや…　（巻二・一九六）

とある。皇女の御名「明日香」に因《ちな》む「明日香川」を出して、その川の上流と下流の橋を歌い、その橋のたもとに生えている川藻の生い茂り生い続けていることを歌い、生前の皇女が起きている時も寝ている時もいつも、この美しい川藻のように馴れ親しみ、靡き合っていた、何の不足もない（澤瀉注釈の表現）夫の君の、という。「明日香川」がここまでその景を展開し、その名に因む明日香皇女が残してゆく立派な夫の君を描くのである。前歌の「明日香川」が九句で「つまの命」にかかるのに比べて、あとの歌は二十一句をかけて「宜しき君」にかかってゆく。そして人麻呂はその長歌（一九六）の結びに、

…音《おと》のみも　名のみも絶えず　天地《あめつち》の　いや遠長《とほなが》く　偲《しの》ひ行かむ　御名《みな》にかかせる　明日香川　万代《よろづよ》までに　はしきやし　我が大君の　形見にここを　（巻二・一九六）

と、「明日香川」の名が亡き皇女の御名にゆかりのあることを明言して、この川をとこしえに皇女の形見として偲んでゆこうと歌う。

そして反歌（人麻呂は「短歌」と記して、その独自性を主張する）は、

明日香川　しがらみ渡し　塞《せ》かませば　流るる水も　のどにかあらまし　（巻二・一九七）

明日香川　明日だに見むと　思へやも　我が大君の　御名忘れせぬ　（巻二・一九八）

（注）両歌に記された「一云」は省略した。

とある。第一首の「しがらみ」（四我良美）はからませる、からみつける意の動詞「しがらむ」の名詞形、流れ下る水を堰《せ》き止めるために、川の中に竹や木をからませて作る柵である。「…せば…まし」は反実仮想の表現である。事実にはなかったこと、ありえないこと、実際には成しえなかったことを上げて、それがもしあったら、それが出来ていたら…だったのにという。皇女の死をとどめえなかった悲しさを歌う。この一首は長歌の結びを承けているのだが、一転して「明日香川」にかけて作者人麻呂の悲しみを歌っている。

反歌第二首は、初句「明日香川」で明日香皇女をうけ、その名にかけて、明日だけでも、いや明日にもまた「明日香川」を見て、明日香皇女にお逢いすることをいうのである。長歌の結びをしっかりと承けて「明日香川」を永遠に見つつ、明日香皇女を忘れることはないと誓う。

「明日香川」という小さな川がこれほどまでに亡き明日香皇女にからんで、その川の生態がその亡き人の描写に生かされ、その人への思いをかき立てる効果を上げていることは、他に例を見ないように思われる。

五　飛鳥の風土——明日香川（二）

そして「明日香川」は飛鳥の里びとたちの日常の中の川だった。

「明日香川」は飛鳥の里のまん中を南から北西方へほぼ縦断して、いつも変らず流れ、その間に川幅は広くなったり狭くなったり、川の流れは深くなり浅くなりして、いわゆる「瀬」がいくつもあった。流れの速い瀬やゆるやかな瀬があり、ゆるやかに流れる瀬は淀むところもあった。浅瀬や淀みには岩を並べて「石橋」として渡った。日常の重要な交通路である。川向こうの恋人の家に通ったりもした。また川の中に「しがらみ」を渡して流れを塞《せ》き止め、用水を引いたりした。

万葉集巻七は雑歌・譬喩歌・挽歌と分類され、その譬喩歌の部は冒頭から「寄物歌」になっている。「明日香川」に住む鳥に寄せて次の歌がある。「鳥に寄する」と題して、

明日香川　七瀬の淀に　住む鳥も　心あれこそ　波立てざらめ　（巻七・一三六六）

口うるさい世間の騒がしさに惑わされず慎重に行動しようという呼びかけを、「明日香川」の数多くの瀬につらなる川の淀みに住む鳥に託して歌った。続いて「河に寄する」と題する歌の中に「明日香川」を詠んだ歌は、次の二首である。

絶えず行く　明日香の川の　淀めらば　故《ゆゑ》しもあるごと　人の見まくに　（巻七・一三七九）

明日香川　瀬々に玉藻は　生《お》ひたれど　しがらみあれば　靡《なび》き合へなくに　（同・一三八〇）

いつもきちんと通っていた人が急に来なくなったりすると世間の人に何かわけがあるように思われるだろう。それなのにいつもと違う行動をとる人への嘆きを「明日香川」に託して歌い、二人の恋を親や世間の妨害で果せないでいる状態にあることを「明日香川のしがらみ」にかけて歌う。飛鳥の里になじんでいる人の自然な思いつき、表白だろうと思われる。

万葉集巻十一は作者未詳の古今の相聞歌を収集した巻である。この巻は「正述心緒」（他の事物に託さずにまっすぐに心情を述べる）と「寄物陳思」（他の事物を題材としてそれに託して心情を述べる）の部立が主になっているが、この「寄物陳思」の部に「明日香川」を歌う歌が三首ある。いわゆる「寄物歌」である。

明日香川　明日も渡らむ　石橋の　遠き心は　思ほえぬかも　（巻十一、二七〇一）

明日香川　水行き増さり　いや日異《ひけ》に　恋の増さらば　ありかつましじ　（同・二七〇二）

明日香川　行く瀬を速み　早けむと　待つらむ妹《いも》を　この日暮らしつ　（同・二七一三）

第一首の「石橋」はその間隔が離れていると感じているのだろう。そのような遠い先のことなど思いようないと言い、第二首の「いや日異に」は日増しに恋がつのること。「ありかつましじ」は古い言い方で、「生きていられないに違いない」と強い打消の推量を表わす。いずれも飛鳥の里の男の歌であろうか。女の許へ通う男の日頃渡る「明日香川」の石橋であり、「明日香川」の増水であり、その速い流れである。これらの歌はその日常の生活経験なしには生まれない歌である。いずれも飛鳥の風土の中から自然に生まれた。

平城遷都によって藤原京は「古京」になり、飛鳥の里は「故郷」になった。山部赤人は聖武天皇の行幸に供奉して、持統天皇の柿本人麻呂と同じ役割であった。聖武天皇の吉野行幸にも紀伊和歌の浦行幸にも、平城京から出ると飛鳥古京に一泊しただろう。そんな折、赤人は、飛鳥の神岳に登って飛鳥古京の国見をなさったであろう聖武天皇のお供をしただろう。そして飛鳥古京を讃える歌を詠んだ。その歌（長歌）には、

…玉かづら　絶ゆることなく　ありつつも　止《や》まず通はむ　明日香の　古き京《みやこ》は　山高み　川とほしろし　春の日は　山し見が欲《ほ》し　秋の夜《よ》は　川し清《さや》けし　朝雲に　鶴《たづ》は乱れ　夕霧に　かはづは騒く　見るごとに　哭《ね》のみし泣かゆ　古《いにしへ》思へば

（巻三・三二四）

とある。歌の「川」は「明日香川」だろうか。それを証するように、反歌は、

明日香川　川淀去らず　立つ霧の　思ひ過ぐべき　恋にあらなくに　（同・三二五）

と「明日香川」を歌っている。聖武天皇や赤人たちの「古京」への思いは、「明日香川」の「七瀬の淀」と歌われる「淀」ごとに立つ川霧のようにすぐ消え失せるようなはかないものではないのだという。それが飛鳥古京、飛鳥の里への奈良びとたちの強い思いだった。

その飛鳥の象徴たる「明日香川」は、平城遷都後の宮廷歌人たちに忘れ難い思い出と強いあこがれをいだかせた。こんな歌がある。

今日もかも　明日香の川の　夕去らず　かはづ鳴く瀬の　清《さや》けくあるらむ　（巻三・三五六、上古麻呂《かみのこまろ》）

君により　言《こと》の繁きを　故郷《ふるさと》の　明日香の川に　みそぎしに行く　（巻四・六二六、八代女王《やしろのおおきみ》）

明日香川　行き廻《み》る岡の　秋萩は　今日降る雨に　散りか過ぎなむ　（巻八・一五五七、丹比真人国人《たじひのまひとくにひと》）

右の上古麻呂は伝未詳だが、山部赤人と同時期の人。八代女王は一時期聖武天皇に愛された。丹比国人は聖武・孝謙両天皇に仕えた官人である。また記名のない作者未詳歌にも「故郷を偲ふ」と題して、

年月《としつき》も　いまだ経なくに　明日香川　瀬々ゆ渡しし　石橋もなし　（巻七・一一二六）

とあり、また巻十の春の歌、秋の歌に、

今行きて　聞くものにもが　明日香川　春雨降りて　激《たぎ》つ瀬の音を　（巻十・一八六八、川を詠む）

明日香川　もみち葉流る　葛城《かづらき》の　山の木《こ》の葉は　今し散るらし　（巻十・二二一〇、黄葉《もみち》を詠む）

などと歌っている。右の前歌の「聞くものにもが」は聞けたらいいのだがというかなわぬ願望をいう。後の歌の「明日香川」は葛城山のもみじが散るというので、河内《かわち》の飛鳥川だろうか。河内の飛鳥川は大和と河内の国境にある二上山《ふたかみやま》の西側、河内側から流れる小川である。

六　飛鳥の風土――香具山

飛鳥の風土の二番手は「大和三山」である。香具山《かぐやま》と畝火山《うねびやま》と耳梨山《みみなしやま》。この三山は遥かな古代、神話の世界から「三山」として認識されていた。万葉集巻一に、斉明天皇代（六五五～六六一）の歌として皇太子中大兄皇子（大化改新の主役で、のちの天智天皇）の名で「中大兄の三山の歌」がある。

香具山は　畝火ををしと　耳梨と　相あらそひき　神代《かむよ》より　かくにあるらし　古《いにしへ》も　然《しか》にあれこ

そ　うつせみも　妻を　あらそふらしき　（巻一・一三）

とある。『播磨国風土記』にも残されているこの三山相闘の神話は、古くから世に知られていた。中大兄皇子はうつせみの世での「つま争い」を、神話の世界のこの「大和三山」の物語によって納得しようとした。

その「大和三山」の歌の中で冒頭に配された「香具山」が主役である。それは原文に「高山」と表記されている。この「高山」は古くは文字通りタカヤマとも訓まれたが、この歌に続いて出てくる「畝火」「耳梨」の存在により、この山は「香具山」であることは間違いなく、香具山は決して高くないが、この山が三山中最も高貴な山であることを示す表記であっただろう。

「香具山」は万葉集中、題詞を入れて十六例あり、その原文の表記は次のようになっている。

高山………2
香具山………7（うち題詞3）
香来山………2
芳来山………1
香山………3
芳山………1

右のように様々であるが、本稿では最も一般的な「香具山」で表記する。「香具山」は奈良県橿原市の東部に、桜井市に接して立つ。南に明日香村がある。高さ一四七メートル、低い山であるが、北から西へ、そして南へ平野が続き、北東方はるかに三輪山《みわやま》を望み、そこから南東方に山並みが続き、狭いながら飛鳥の平野、飛鳥の里を前に深山をうしろに控えた地形が、天から神の里へ降る足がかりと考えるに適し、古代から祭祀の場として利用され、天から降って来た山と言い伝えられて、「天《あめ》の香具山」と呼ばれている。万葉集の歌に「天《あめ》の」を冠するのは、大和三山中「香具山」しかない。その万葉集初出は巻一、二番歌である。

天皇《すめらみこと》、香具山に登りて望国《くにみ》したまふ時の御製歌《おほみうた》

大和には　群山《むらやま》あれど　とりよろふ　天《あめ》の香具山　登り立ち　国見をすれば　国原《くにはら》は　煙《けぶり》立ち立つ　海原《うなはら》は　かまめ立ち立つ　うまし国そ　あきづ島　大和の国は　（巻一・二）

「天皇」は舒明《じよめい》天皇である。舒明天皇は自らの統治する国土の繁栄と民の生活の安寧を願ってその状態を視察する国見の場所に「香具山」を選んだ。その心を「大和には群山あれど、とりよろふ天の香具山」と歌う。大和の群がる山々の中で「とりよろふ」のは「香具山」だと言う。「とりよろふ」は他に用例がなく、全くの孤語で、いまだ意味が確定していないが、「とりよろふ」とは草木がたっぷり生い茂り、

美しく全山を被い、装いを凝らしている意に、私は解している。「香具山」はそんな山である。そして「香具山」は飛鳥の象徴であった。大和の天皇国見の舞台であったし、神代から三山相闘の主役であった。これこそ「飛鳥の風土」、「大和の風土」の筆頭に上げるべきものであった。

古く柿本人麻呂歌集の「四季の歌」の春の部の冒頭に、

ひさかたの　天の香具山　この夕《ゆふへ》　霞たなびく　春立つらしも　（巻十・一八一二）

とある。「ひさかたの天の香具山」とはまさしく天上の聖なる山のイメージである。その山に夕霞がたなびいているのを見て、いよいよ春になったと推量した。それは飛鳥の風土の表わすものである。のちの世の人も香具山の存在は十分に心得ていた。巻七に「山を詠む」と題して、

古《いにしへ》の　事は知らねど　我《われ》見ても　久しくなりぬ　天の香具山　（巻七・一〇九六）

と歌っている。「香具山」の神さびた姿は人々の注目を引いた。作者未詳歌である。

持統天皇が歌人柿本人麻呂を重用したが、自らも歌われた。この天皇の「香具山」を見る歌がある。

春過ぎて　夏来《きた》るらし　白たへの　衣《ころも》干《ほ》したり　天の香具山

（巻一・二八）

今まさに春が去り行き夏が到来した。「春過ぎて」は夏到来をいうただの修飾句ではない。春の後姿が見えるというのである。そんな季節の交換のまっただ中に自分が居合わせていることを、天皇は見た。それは今まで誰も歌っていない。誰も見つけていない神秘な瞬間だった。「天の香具山」に衣を干したりすることはないと、これを雪の比喩だと解した人がいたが、この「白たへの衣」は聖なる「香具山」に干されていた小忌衣《おみごろも》ではなかったか。それが「飛鳥の風土」である。

七　奈良の風土――平城《なら》と奈良山

西暦七一〇年、元明天皇の和銅三年の三月、計画から満二年で新都の建設が整い、飛鳥の藤原京からほぼ真北へ二十一キロ、奈良山を背にする平城京に遷《うつ》った。その時、「御輿《みこし》を長屋原《ながやのはら》に停《とど》め、古郷《ふるさと》を廻《かへり》望《み》て作らす歌」と題して、次の歌がある。

飛ぶ鳥の　明日香の里を　置きて去《い》なば　君があたりは　見えずかもあらむ

（巻一・七八）

右の題詞の下に「一書に云はく、太上天皇の御製《おほみうた》」と小さく注記されている。この「太上天皇」は遷都された天皇、元明天皇をのちの譲位後の称で記したものだろう。飛鳥の里は元明天皇の亡き夫君、草壁皇子の眠る地である。元明天皇にとって飛鳥の里への思いはその一事から始まる。それが元明天皇にとっての「飛鳥の風土」をなすのであった。こうして時代は新しい風土へ移った。

ここから奈良時代になる。万葉集は平城京、奈良の地を舞台とする。平城京は北に奈良山、東に春日《かすが》山《やま》・高円《たかまと》山、西に生駒《いこま》・信貴《しぎ》連山を望み、南は平野で遥か飛鳥藤原京に続く。舞台は広く、その風土の歌は多いが、本稿ではいくつかの地に絞らねばならない。

「奈良《なら》」のこの表記は仮名書きで、いわゆる万葉仮名である。風土としての意味を示さない。「奈良《なら》」の名は「平山《ならやま》」に始まる。万葉集巻一の柿本人麻呂の初出歌「近江荒都歌」(二九番歌)に、中大兄皇子(天智天皇)が始めて都を飛鳥から近江に遷したことを歌って、

…天《そら》に満つ　大和を置きて　あをによし　平山乎超《ならやまをこえ》(或は云ふ、そらみつ大和を置き　あをによし平山越《ならやまこえ》
而《て》)…　　(巻一・二九)

と書記されている。またそれより古い作である柿本人麻呂歌集の歌に、

平山《ならやまの》　子松が末《うれ》の　うれむぞは　我が思ふ妹に　相《あ》はず止みなむ　（巻十一・二四八七）

とある。「うれむぞ」は難解の語であるが、「どうして…するだろうか」という反語的は意味を持つ副詞かと推量されている。「なら山」を「平山」と書くのは平《なら》された山、なだらかな平らな山の意であるらしい。この地名起源説話の一つに『日本書紀』の崇神《すじん》天皇（第十代）の御代、その十年という。崇神天皇の叔父武埴安彦《たけはにやすびこ》の謀反があり、天皇軍はこれを撃破し、山城へ退却した謀反軍を追って「那羅山《ならやま》」に陣を敷いた。その時官軍はその山の草木を踏みならした。それによってその山を「那羅山《ならやま》」と言うとある。「なら山」の名は古い。『古事記』中巻に、応神《おうじん》天皇（第十五代）崩御後に皇位継承の争いに敗れた大山守命の遺骨を、

大山守命の骨《かばね》は、那良山《ならやま》に葬《はぶ》りき。

とある。『日本書紀』にはこのことを、仁徳天皇（第十六代）即位前紀に「乃《すなはち》葬二那羅山《なら》一」とある。また『古事記』下巻仁徳天皇の条に、皇后石之日売《いわのひめ》の留守中に天皇が別の姫と結婚したのを皇后が怒って宮へ戻らず、自分の故郷、大和の葛城《かずらき》をめざして去って行った時に、

即ち山代《やましろ》より廻《めぐ》りて、那良《なら》の山口に到り坐《ま》して、歌ひて曰《い》はく、

つぎねふや　山代川《やましろ》を　宮上り　我が上れば

あをによし　那良《なら》を過ぎ
小楯《をだて》　大和を過ぎ
我が見が欲《ほ》し国は　葛城高宮　我家《わぎへ》のあたり

と歌われたという。『日本書紀』にも同じ歌がある。『日本書紀』には更に武烈天皇即位前紀に、「乃楽山《ならやま》」で殺された平群鮪《へぐりのしび》をそこに収め埋めて影媛《かげひめ》が歌ったという。

あをによし　乃楽《なら》の峡谷《はざま》に　獣《しし》じもの　水漬《みづ》く辺隠《へごし》り　水《みな》そそく　鮪《しび》の若子《わくご》を　漁《あさ》り出《づ》な猪《ゐ》の子

とある。「あをによしなら」の「なら」はいずれも山の名である。

万葉集に最も古い「なら」が詠まれた歌は、額田王《ぬかたのおおきみ》の中大兄皇子の近江還都の時の「三輪山惜別の歌」の「なら山」である。いわゆる天智天皇六年（六六七）のことである。

味酒《うまさけ》　三輪の山　あをによし　奈良《なら》の山の　山の際《ま》に　い隠《かく》るまで　道の隈《くま》　い積《つも》るまでに…
（巻一・一七）

以上が奈良時代以前と確かな「なら」の歌で、それらはいずれも「なら山」である。山名以外の土地の名と確かな「なら」は見られない。

『続日本紀』に元明天皇の還都の計画の発表は和銅元年（七〇八）二月十五日だった。詔《みことのり》があって、その場所について「方《まさ》に今、平城の地、四禽図《と》に叶《かな》ひ、三山鎮《しづめ》を作《な》し、亀筮《きぜい》並びに従ふ。都邑を建つべし」とある。そして九月二十日「平城に巡幸してその地形を観たまふ」とある。続いてその三十日に「造平城京司」を長官以下、次官・判官七人・主典四人まで任命した。そして十月二日幣帛を伊勢太神宮に奉って「以て平城宮を営む状を告ぐ」とあり、十二月五日には「平城宮の地を鎮《しづ》め祭る」とある。「地鎮祭」が行なわれた。

新都計画の冒頭から、『続日本紀』はその場所を「平城の地」と記している。それがどこなのか所在地の説明や「平城」と命名した説明もない。私はこの字面から、「平山《ならやま》」の名に因んで「平・城（都城）」と書記し、「平城京」を「ならのみやこ」と呼んだと考える。「なら」は「平山《なら》」のナラである。都の名である「平城」をナラと訓むことになると、「平城」には「ならす」の意味はないから、それが地名になれば地名「なら」は意味のない音仮名「奈良」を当てるしかなかったのである。

奈良遷都後、奈良時代初期の歌と推定される次の歌々は、いずれも「平城京」を意識しての表記だと思われる。

玉津島　よく見ていませ　あをによし　平城有人之《ならなるひとの》　待ち問はばいかに

（巻七・一二一五、作者未詳、羇旅の作）

梅の花　我は散らさじ　あをによし　平城之人《ならなるひとも》　来つつ見るがね

（巻十・一九〇六、作者未詳、春の相聞「花に寄す」）

わがやどの　萩咲きにけり　散らぬ間《ま》に　早《はや》来て見べし　平城里人《ならのさとびと》

（巻十・二二八七、作者未詳、秋の相聞「花に寄す」）

「平城」を「平城京」でなく単独でナラと訓ませるのは作者未詳の右の三首と、次の大伴坂上郎女の歌一首がある。「元興寺の里を詠む歌」と題して、

故郷《ふるさと》の　明日香はあれど　あをによし　平城之明日香乎《ならのあすかを》　見らくし良しも

（巻六・九九二）

とある。平城京にも飛鳥の里から移って来た元法興寺（飛鳥寺）の元興寺の辺りには飛鳥の雰囲気が漂っていたのだろう。こうして飛鳥びとも平城《なら》の風土になじんでゆく。

八　奈良の風土――春日

平城京およびその周辺の地で、万葉集に最も多く歌われているのは「春日《かすが》」である。それは平城京の東郊、東大寺あたりから奈良公園、飛火野、高畑へかけての地とその後方の若草山から御蓋山《みかさやま》・春日山を含む山地一帯をいう。

春日山・春日の山……………19首
春日なる三笠の山・御笠山……16首
春日野・春日の野辺…………21首

平城京の東にはみ出した外京の東のはずれの大路は東大寺に接し、そのまま「春日野」に続いていた。平城京の役所に勤務する官人たちは午後には退庁する日もあった。

ももしきの　大宮人は　暇《いとま》あれや　梅をかざして　ここに集へる　（巻十・一八八三「野遊」）

この時の「ここ」とは「春日野」であっただろう。この「野遊」四首の三首は次のようにある。

春日野の　浅茅《あさぢ》が上に　思ふどち　遊ぶ今日の日　忘らえめやも　（同・一八八〇）

春霞　立つ春日野を　行き帰り　我は相見む　いや年のはに　（同・一八八一）

春の野に　心延《の》べむと　思ふどち　来し今日の日は　暮れずもあらぬか　（同・一八八二）

この三首は同じ日の「野遊」であった可能性が高い。新潮集成が「四首は一連の作」と言い、『釈注』には「四首は一連と認められ」とある。官人たちは春の好日につられて「春日野」へ足を延ばすこともあったのである。「春日の里」の村娘たちも「野遊び」をした。

春日野に　煙《けぶり》立つ見ゆ　娘子《をとめ》らし　春野のうはぎ　摘みて煮らしも　（巻十・一八七九）

先の「野遊四首」の前に配列されている歌で、「煙《けぶり》を詠む」と題されている。「春日野」は村里の男女が集って「野遊」をする場で、そこへ官人たちも遊楽に集《つど》うたのであった。

「春日野」は一八八〇歌に歌われたように浅茅《あさぢ》に覆われた野で、浅茅とは丈《たけ》の低いチガヤをいう。

春日野に　浅茅標結《しめゆ》ひ　絶えめやと　我が思ふ人は　いや遠長に　（巻十二・三〇五〇、作者未詳）

春日野の　浅茅が原に　後《おく》れ居て　時ぞともなし　我《あ》が恋ふらくは　（同・三一九六、作者未詳）

などとある。「春日野」の浅茅に標縄を張って自分の占有地とすることなど出来そうもない。ここは村人から官人まで誰もが通う所。だからむずかしいことだった。その「春日野」の浅茅が原に一人残されて恋い焦れている。ここに家があったのだろう。そんな「春日野」は、春になると桜が咲き、藤も咲き、秋には萩が咲いて、すすきの原になる。

夕立の　雨降るごとに　春日野の尾花が上の　白露思ほゆ

（巻十・二一六九、秋の雑歌「露を詠む」）

この歌は奈良時代初期の官人たちの間で愛誦されもした。その東の空を区切る「春日山」は平城京の人々の朝に夕に親しく眺める山で、ここに気象の変化を見、気候の変わりを読み、季節の移りを確かめるところだった。平城京の風土は「春日山」に投影されているといってもいいだろう。

春日山　朝立つ雲の　居ぬ日無く　見まくの欲《ほ》しき　君にもあるかも

（巻四・五八四、大伴坂上大嬢の大伴家持に報へ贈る歌）

毎朝「春日山」に雲がたなびく。これが暫く居すわっている。

春日山　朝居る雲の　おほほしく　知らぬ人にも　恋ふるものかも

（巻四・六七七、中臣女郎の大伴家持に贈る歌）

家持が中臣女郎にとって「知らぬ人」であるはずがない。そう言って自分に心を向けてくれない人を恋する自分をいぶかしがっている。家持に対する切ない訴えでもある。「おほほしく」はその雲のようにはっきりしない心のもやもやを言っている。「春日山」の雲は毎朝かかっているのであった。そして月がここから出る。

春日山　押して照らせる　この月は　妹《いも》が庭にも　清《さや》けかりけり

（巻七・一〇七四、作者未詳）

と歌う。ところが月は照らしてはいるが、その月の出は「春日山」には歌われていない。

春日なる三笠の山に　月の舟出づ　みやびをの　飲む酒坏《さかづき》に　影に見えつつ

（巻七・一二九五、作者未詳、旋頭歌）

待ちかてに　我がする月は　妹《いも》が着る　三笠の山に　隠《こも》りてありけり

（巻六・九八七、藤原八束の月の歌）

雨隠《あまごも》る　三笠の山を　高みかも　月の出《い》で来《こ》ぬ　夜《よ》は更《ふ》けにつつ　（巻六・九八〇、安倍虫麻呂の月の歌）

と、月が出るのは「春日なる三笠の山」である。「三笠山」は「御蓋山《みかさやま》」で、「春日山」の手前に、平城京から東方真正面に見える円錐形の「笠の山」をいう。高さ二九四メートル。後ろの「春日山」の主峰「花山《はなやま》」が四九八メートルあるから、平城京からは「春日山」のふところに抱かれるようにある「御蓋山」から月が出るように見ることはむずかしい。離れて平城京から見ると「御蓋山」が「春日山」と重なって区別がつかなくなる。後ろの「春日山」と重ねて「春日なる三笠の山」と歌ったのではないだろうか。「三笠山」も「春日山」だった。

すでに与えられた紙幅を大きく超過した。「奈良の風土」は「春日山」をもってまとめとしよう。

神亀二年難波行幸の風土

村田右富実

一 はじめに

神亀二年（七二五）十月十日、聖武天皇は即位後初の難波宮行幸を挙行する。この行幸に関わる『続日本紀』の記事は次の通り。

天皇《すめらみこと》、難波宮《なにはのみや》に幸《みゆき》したまふ。（神亀二年十月十日条）

詔《みことのり》して、宮に近き三郡の司《つかさ》に位《くらゐ》を授《さづ》け禄賜《ろくたま》ふこと各《おの》差《おのしな》有り。国人《くにひと》少初《せうしよ》位《ゐ》下《げ》掃守《かにもり》連族広山《ひろやま》ら、族の字《な》を除《のぞ》かしむ。（神亀二年十月二十一日条）

この行幸は、その還幸記事を欠くものの、十一月十日には冬至の儀式が大安殿で行われているため、それまでに平城京に戻っていたことは間違いない。では、この行幸時、難波宮の風土はいかなるものだったのだろうか。しばらく『日本書紀』と『続日本紀』の記事を追うことにしよう。

まず、『日本書紀』の朱鳥元年（六八六）一月十四日条には、

難波《なには》の大蔵省《おほくらのつかさ》に失火《みづながれ》して、宮室《おほみや》悉《ことごとく》に焚《や》けぬ。或《ある》いは曰《いは》く、阿斗連薬《あとのむらじくすり》が家《いへ》の失火《みづながれ》の引《ほびこ》りて、宮室《おほみや》に及《いた》れりといふ。唯《ただ》し兵庫職《つはもののつかさ》のみは焚《や》けず。

という記述があり、その偉容が「宮殿《おほとの》の状《かたち》、殫《ことごとく》に論《い》ふべからず。」（白雉三年〈六五二〉九月条）と称された、いわゆる「前期難波宮」がほぼ焼失してしまったことが知られる。そしてその六年後の持統六年（六九二）四月二十一日条には、

有位《くらゐあるひと》、親王《みこ》より以下《しもつかた》、進広肆《しんくわうし》に至《いた》るまでに、難波《なには》の大蔵《おほくら》の鍫《すき》を賜《たま》ふこと各《おのおの》差《しな》有《あ》り。

と、「難波の大蔵の鍫」を下賜した記事があり、「かなりの程度再建されたものと思われる」（『新日本古典文学大系　続日本紀　一』補注）といわれる。しかし、その再建の具体相はなお不明である。また、火災の十三年後の文武三年（六九九）一月二十七日〜二月二十二日には、文武天皇による行幸のあったことが『続

日本紀』に記される。『万葉集』には、この文武三年の難波行幸歌が次のように残っている。(1)

　太上天皇、難波宮に幸す時の歌

大伴の　高師《たかし》の浜の　松が根を　枕き寝れど　家し偲はゆ　（巻一・六六）

　右の一首、置始東人《おきそめのあづまひと》

旅にして　物戀之鳴毛(2)　聞こえざりせば　恋ひて死なまし　（巻一・六七）

　右の一首、高安大島《たかやすのおほしま》

大伴の　三津の浜なる　忘れ貝　家なる妹を　忘れて思へや　（巻一・六八）

　右の一首、身人部王《むとべのおほきみ》

草枕　旅行く君と　知らませば　岸の黄生《はにふ》に　にほはさましを　（巻一・六九）

　右の一首、清江《すみのえ》の娘子《をとめ》、長皇子に進《たてまつ》りしなり。姓氏未だ詳らかならず。

　大行天皇、難波宮に幸す時の歌

大和恋ひ　眠《い》の寝《ね》らえぬに　心なく　この州崎回《すさきみ》に　鶴《たづ》鳴くべしや　（巻一・七一）

　右の一首、忍坂部乙麻呂《おさかべのおとまろ》

玉藻刈る　沖辺は漕がじ　しきたへの　枕のあたり　忘れかねつも　（巻一・七二）

　右の一首、式部卿藤原宇合《ふぢはらのうまかひ》

長皇子の御歌

我妹子を　早み浜風　大和なる　我松椿　吹かざるなゆめ　（巻一・七三）

『万葉集』に残るこれらの歌々は、後の難波行幸歌の表現の下敷きになってゆくが、この点は後述するとして、火災から十三年、難波宮は、少なくとも行幸が可能な程度には、復興していたといってよいだろう。

次の行幸はその七年後。火災から二十年後にあたる、慶雲三年（七〇六）九月二十五日～十月十二日に行われた。再び文武天皇によるものである。この行幸時の歌も、二首ではあるが、『万葉集』に残っている。

慶雲三年丙午、難波宮に幸す時に

志貴皇子の作らす歌

葦辺行く　鴨の羽がひに　霜降りて　寒き夕《ゆふべ》は　大和し思ほゆ　（巻一・六四）

長皇子の御歌

あられ打つ　安良礼《あられ》松原　住吉《すみのえ》の　弟日娘子《おとひをとめ》と　見れど飽かぬかも　（巻一・六五）

二首目の巻一・六五番歌は、前回の行幸時の歌である「草枕　旅行く君と　知らませば　岸の黄生に　にほはさましを（巻一・六九）」との関連がいわれ、難波行幸歌に住吉の女性との相聞的な彩りを添えている。しかし、平城遷都を四年後に控えたこの文武行幸後、難波への行幸はしばらく途絶えることになる。平城遷都という国家的な宮都造営工事に費やされた労力を考える時、復興の途上にあったであろう難波宮は再び荒廃へと向かったのではなかろうか。

あらためて難波行幸が催されるのは、実に十一年後、平城遷都から数えても七年後の養老元年（七一七）二月十一日〜二十日のことであった。この行幸に際しての歌は残っていないけれども、

河内《かふち》・摂津《つ》の二国。并《あは》せて造行宮司《かりみやつくるつかさ》と専当《せんたう》の郡司・大少毅《だいせうぎ》らとに禄賜ふこと各《おのおの》差《しな》有り。即日《そのひ》に宮に還りたまふ。

（養老元年〈七一七〉二月二十日）

と、河内、摂津の両国の「造行宮司」に禄を賜った記事が残っている。たとえば『新日本古典文学大系　続日本紀』はこの記事に、

皇室の別荘である「離宮」に対して、行幸の際の一時的な仮りの宮は「行宮」とか「頓宮」と呼ばれた。

と注している。この点は、『続日本紀』では、「吉野宮」について、「吉野宮」（一例）、「吉野離宮」（四例）と、

「宮」や「離宮」の文字が使われている点[3]や、大宝元年六～七月の吉野行幸は「離宮」への行幸と記されるのに対し、同年八月には河内、摂津、紀伊に「行宮」を造営している点などからも確認できる。こうした表記を勘案すれば、難波宮は「離宮」ではなく「行宮」として処遇されていた可能性が高い。つまり、この養老元年の時点でも、難波宮は本格的な復興に至っていたとはいい難い。

そして、この養老元年の行幸のさらに八年後、本稿が扱う聖武即位後初の難波行幸が行われた[4]。この行幸を契機とするかのように、翌神亀三年（七二六）十月（播磨行幸の復路に立ち寄る）、神亀五年秋（『続日本紀』に行幸記事は漏れるが、『万葉集』には巻六・九五〇～九五三番歌の四首の歌が残る）と、立て続けに難波行幸が行われる。特に神亀三年の播磨行幸の復路に立ち寄った際には、藤原宇合が「知《ち》造《ざう》難波《なには》宮《くう》事《じ》」（難波宮造営の長官）に任命され、難波宮は本格的な復興期を迎えることになる。この本格的な復興は、天平四年（七三二）三月二十六日の、「知造難波宮事従三位藤原宇合《うまかひ》ら已下、仕丁《じちやう》已上、物賜ふこと各《おのおの》差《しな》有り。」の記事を参看すれば、ここに、難波宮復興は一応の完成を見たと思われる[5]。とすれば、本稿で中心的に扱う、神亀二年の行幸時、難波宮はある程度の整備は行われていたものの、まだ本格的な復興以前であったと思われる。聖武天皇は、極めて中途半端な状況の難波に行幸したことになる。勿論、だからといって、聖武の宿泊施設が粗末な建物であったとは思えないが、少なくとも、従駕の官人たち全員が心安く宿泊できる状況にあったとは思えない[6]。こうした難波宮の風土を前提にした時、本行幸に際して詠まれた歌々は我々にどのような相貌を示すことになるのだろうか。

二　神亀二年の難波行幸歌

『万葉集巻六』には、本行幸に際して歌われた三組の長反歌が連続して残っている（歌は後掲）。よく指摘されるように、この三組の長反歌は、笠金村、車持千年、山部赤人という当代を代表すると思われる三人の宮廷歌人の作歌である。一方、当該歌群の載る巻六の冒頭部には行幸歌が並んでいるおり、その左注には、「年月不審」など、配列された歌がその行幸の時のものか否かに疑義を呈する注が付されているが、当該歌群にはそうした作歌年月についての注がない。当該三組の歌は、左注筆者にとってもまた、神亀二年の難波行幸歌として疑念のないところだったのであろう。勿論、だからといって、この事実が、久米常民氏「笠金村とその歌集」（「愛知県立大学説林」十八号・一九六九年十二月／『万葉集の文学論的研究』所収）のいう「三人でもって人麿一人の跡を襲ったのである」という論理や、清水克彦氏「養老の吉野讃歌」（『境田教授喜寿記念論文集『上代の文学と言語』一九七四年十一月／『万葉論集　第二』所収）のいう「分担作歌」という実態を導き出すものではない。

しかし、一方、当該三組の歌には、その強弱はあるにせよ、一定の共通性を見出すことを拒絶しないであろう。そもそも、金村、千年、赤人は互いに知己であったことは疑いようもなく、その三人が同じ行幸に供奉している以上、お互いの歌を参看したり、意識したりするのは、むしろ当然と考えられるからである。三組の歌が互いに完全に独立（お互いに無関係の状態）で存在していたと考えるのは、行き過ぎである。特定の行幸の際に歌われたものであれば、後行する歌は先行する歌を何らかの形で踏まえたり共通項を持ったりする方が一般的なのではなかろうか。以下、こうした点を念頭に置きながら、三組の歌々を順に追って行くこととする。

三　笠金村の難波宮讃歌

本行幸歌群の最初を飾るのは、笠金村による難波宮讃歌である。

冬十月、難波宮に幸す時に、笠朝臣金村が作る歌一首　并せて短歌

おし照る　難波の国は　葦垣の　古りにし里と　人皆の　思ひやすみて　つれもなく　ありし間
に　続麻《うみを》なす　長柄《ながら》の宮に　真木柱　太高敷きて　食《を》す国を　治めたまへば　沖つ鳥　味経《あぢふ》の原
に　もののふの　八十伴《やそとも》の緒《を》は　廬《いほ》りして　都なしたり　旅にはあれども　（巻六・九二八）

反歌二首

荒野《あらの》らに　里はあれども　大君の　敷きます時は　都となりぬ　（巻六・九二九）

海人娘子《あまをとめ》　棚なし小船　漕ぎ出《づ》らし　旅の宿りに　梶の音聞こゆ　（巻六・九三〇）

当該歌は、「人皆」の見解として、「難波の国」を「古りにし里」と定義する。この歌い起こしは、行幸歌として異例である。集中に「国」を「国」以外のものとして定義する例は、「〜しらぬひ　筑紫の国は　敵《あた》守る　おさへの城《き》そと　聞こし食す　四方の国には〜」(巻二十・四三三一) を見る程度であり、これは当時の「難波」に対する認識を如実に示しているといえよう。勿論、この表現が特定の人間 (作者) によって作られたという事実は、特定の人間 (作中の話者であり、作者とは区別すべきであるが、今この点は問わない) による一つの把握のありようを示すのみである。それは、必ずしも当時の一般的見解とはいえなかろうが、それでもなお、難波宮が焼失以前のような偉容を誇っていたならば、こうした表現は生まれ得なかったという点において、やはり行幸歌の一般的な枠組みから外れているといってよい。

一方、「難波」は行政区画の「国」ではないにも関わらず、「国」と称される数少ない空間の一つである。こうした例は、『釈注』なども指摘するように、他には「吉野の国」(巻一・三六)、「泊瀬の国」(巻十三・三三一〇)、「春日の国」(紀・九六) を見るのみである。この現象は、これらの地域が大和から見て、境界性を持っているためかとも思われるが、いずれにしても、大和を中心とした空間把握に際して、これらの地域が何らかの意味で重要な空間として理解されていたことを示すものであろう。とすれば、当該歌における「難波」は、本来であれば「国」としてあるべき空間であるにもかかわらず、眼前に広がる景は「古りにし里」でしかないという二律背反的な空間として歌表現の中に定位していることになる。

続いて長歌は、「人皆」が等閑視していた「長柄の宮」に宮殿を建築して世界を統治する様が描かれる。

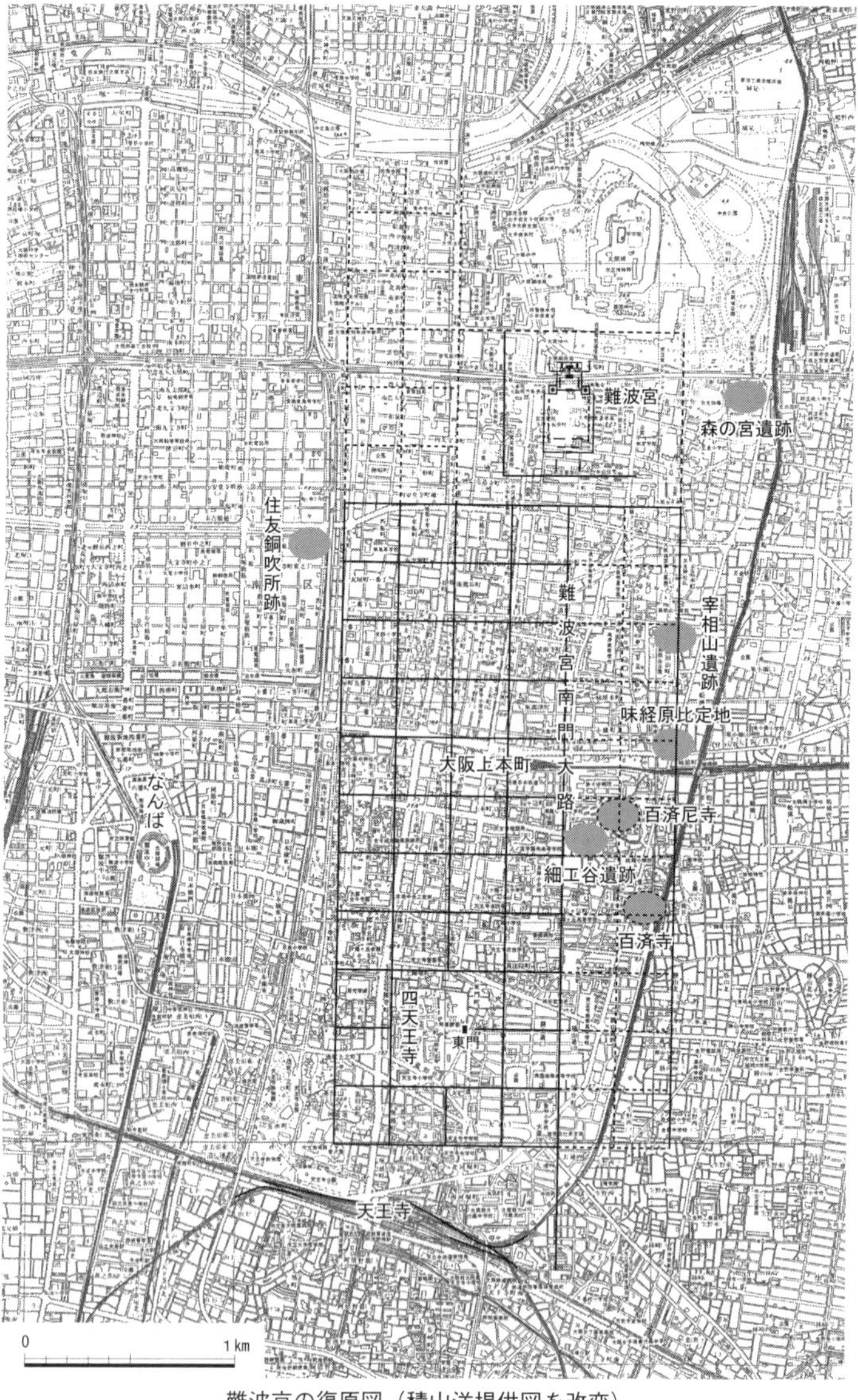

難波京の復原図（積山洋提供図を改変）

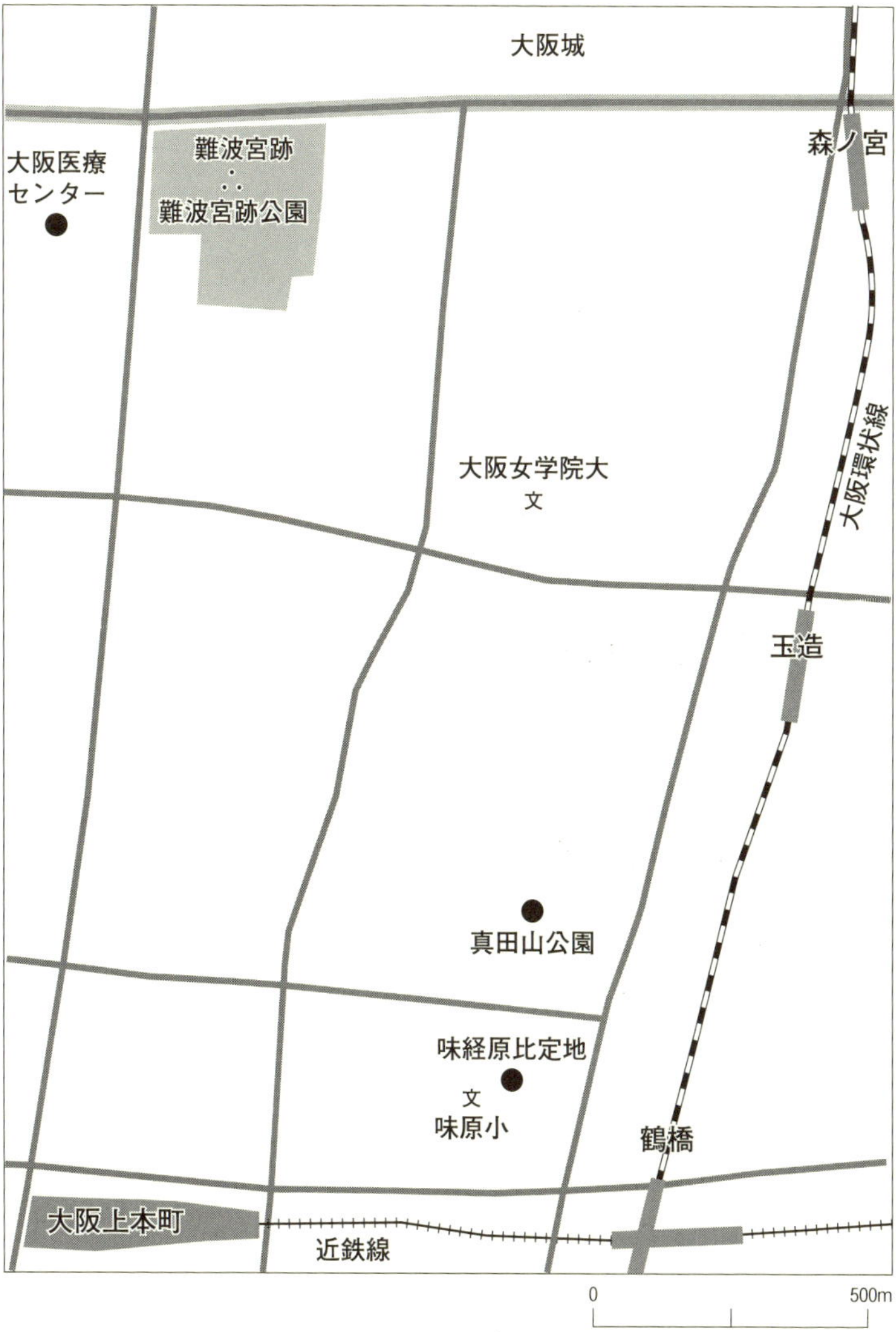
大阪城
森ノ宮
大阪医療
センター
難波宮跡
・
・・
難波宮跡公園
大阪環状線
大阪女学院大
文
玉造
真田山公園
味経原比定地
文
味原小
鶴橋
大阪上本町
近鉄線
0
500m

難波宮と味経原

「古りにし里」として理解されていた「難波」の「長柄の宮」に登場する「真木柱」は、統治者の偉業として描写されているといってよいだろう。「難波の国」を「人皆」が「古りにし里」と見なしていた時に、「長柄の宮」に統治を開始するというこのくだりは、巨視的な見方をすれば、都という風土の「死と再生」を歌っているといっても過言ではない。「死と再生」をつかさどるというこの点において、統治者は統治者としての資格を有しているといってよいだろう。

この統治者の行為に「伴の緒」は反応する。

「長柄の宮」における統治は、「治めたまへば」という確定条件で「伴の緒」の行為を引き出す。「伴の緒」は「味経の原」に「廬り」することによって「都」を形成する。すなわち、宮の造営と統治開始が、「伴の緒」の「原」を「都」と「成す」行為を呼び込むのである。統治者の意志に被統治者が反応する、こうした歌い方は、「大君」の「宮柱　太敷」くという行為に反応し、「大宮人」が船を並べ競うと歌う柿本人麻呂の「吉野讃歌」第一長歌（巻一・三六）と通底する。

やすみしし　我が大君の　聞こし食す　天の下に　国はしも　さはにあれども　山川の　清き河内と　御心を　吉野の国の　花散らふ　秋津の野辺に　宮柱　太敷きませば　ももしきの　大宮人は　舟並めて　朝川渡り　舟競ひ　夕川渡る　この川の　絶ゆることなく　この山の　いや高知らす　水そそく　瀧の都は　見れど飽かぬかも　（巻一・三六）

ところで、「長柄の宮」は、長年の発掘調査の結果、「難波宮史跡公園」（大阪市中央区法円坂）に比定されている。この地が行幸当時にあっても一定の整備が行われていたであろうことは先にも述べた通りであるが、「伴の緒」が「廬り」する「味経の原」は現在の大阪市天王寺区味原町付近に比定され、「長柄の宮」とは明らかに違う空間を指し示す。（四十九頁の地図参照）

ただし、「味経」を「宮」と称した例は、本行幸以前にも、前期難波宮造営時に、

車駕《すめらみこと》、味経宮に幸《いでま》して、賀《が》正《しやうの》礼《れい》を観《みそこなは》す。味経、此には阿膩賦と云ふ。

（白雉元〈六五〇〉年一月一日）

味経宮に二千一百余《あまり》の僧尼《ほふしあま》を請《ま》せて、一切経を読ましむ。

（白雉二年〈六五一〉十二月晦日）

と見える。しかし、前期難波宮造営時には、正式の難波宮を含めて、「子代《こしろ》離宮」、「蝦蟇《かはづ》行宮」「小《を》郡《ごほり》宮」、「難波碕《なにはのさき》宮」、「味経宮」、「大郡《おほごほり》宮」、「難波長柄豊碕《なにはながらとよさき》宮」（これが正式名称）と、七種類もの「宮」が登場する。これらは、実際に多くの宮が造営されたのではなく、天皇が滞在した地を「宮」と呼んだと考える方がよかろう。とすれば、「聖武朝の『長柄宮』、『味経宮』、『難波宮』は同じ宮をさしたものと考えられる。」（『全注』）といった見解には、一首の中に同じ空間を「長柄の宮」、「味経の原」と歌うことを考えても従うことはできない。仮に近接した地域を呼び分けたのだとしても、「宮」と「原」との機能は区別

すべきである。あえて現実還元すれば、「味経の原」の整備は、少なくとも「長柄の宮」に比すれば、万全ではなかったのであろう。とすれば、当該歌の表現は、当時の難波の風土そのものを見事に映し出していたといってよい、本格的な復興の一応の完成（天平四年）よりも十二年後の天平十六年（七四四）に詠まれたと思しき、[7] 田辺福麻呂の難波宮讃歌の長歌には「～聞く人の　見まく欲りする　御食向かふ　味経の宮は　見れど飽かぬかも」（巻六・一〇六二）と、「味経」が「宮」として詠まれており、この点、極めて対照的である。

　このようにして長歌は、作品世界に「宮」と「都」とが完成し、それを「旅にはあれども」と結ぶ。これは、中西進氏「人麻呂の春望」（『万葉史の研究　上』一九六八年七月／『中西進　万葉論集　第四巻』所収）が、

　大君は　神にしませば　赤駒の　はらばふ田居を　都となしつ　（巻十九・四二六〇）

などを引用し、「非都なるもの、つまり夷を都となすことが神たる天皇の所業であった。」と述べるように、統治者の偉業として讃美する表現といってよいだろう。

　つづく第一反歌、「荒野らに　里はあれども　大君の　敷きます時は　都となりぬ」も同断である。ただし、第一反歌では、それまで歌の表現上に具体的に登場していなかった統治者が「大君」として立ち現れる。「里」を「都」にする力は「大君」の存在にあると歌うこの第一反歌と長歌とは、あいまって、十

全たる難波宮讃歌となっている。
しかし、当該歌には、「海人娘子　棚なし小船　漕ぎ出らし　旅の宿りに　梶の音聞こゆ」という第二反歌が付せられている。この第二反歌については、従来、

この歌は、反歌とはいふが、賀の心を持つたものではなく、個人的興味だけのものである。～中略～これを反歌として添へるといふことは、賀歌の精神の衰へと見なくてはならない。（『窪田評釈』）

などといわれ、主題の分裂とすら受け取られかねない扱いを受けてきた。しかし、たとえば、山崎馨氏「難波宮行幸時の歌」（『万葉集を学ぶ』第四集・一九七八年三月）は、

ここでは、反歌第一首が長歌を直接承けるのに対し、反歌第二首と長歌との関係は明らかに間接的であって、こうした技法は金村の他の作品（歌番号省略―引用者注）にも見ることができる。

とする。はたして、「金村の技法」とまでいえるかどうかはさておくとしても、当該歌と制作年の近い、神亀三年の印南野行幸歌（巻六・九三五～九三七）では、

名寸隅《なきすみ》の　船瀬ゆ見ゆる　淡路島　松帆の浦に　朝なぎに　玉藻刈りつつ　夕なぎに　藻塩焼きつつ　海人娘子　ありとは聞けど　見に行かむ　よしのなければ　ますらをの　心はなしに　たわやめの　思ひたわみて　たもとほり　我はそ恋ふる　船梶をなみ　（巻六・九三五）

反歌二首

玉藻刈る　海人娘子ども　見に行かむ　船梶もがも　波高くとも　（巻六・九三六）

行き巡り　見とも飽かめや　名寸隅の　船瀬の浜に　しきる白波　（巻六・九三七）

と、長歌および第一反歌において、ひたすらに淡路の娘子を歌う一方、第二反歌では、娘子を歌わずに、行幸地を讃美し、当該歌とはちょうど裏表の関係になっていることがわかる。勿論、行幸歌にあって、土地讃美や王権讃美がその中心的主題であったことを否定するつもりはないが、万葉集第三期の行幸歌の中には必ずしもそうした枠内に収まらない例の存在することも考えるべきである(8)。当該歌に即していえば、長歌と第一反歌とにあっては、難波宮の風土を讃美し、第二反歌では、土地の女性である海人娘子を歌うというありようをそのままに受け容れるべきだろう。勿論、だからといって、長歌と密接な関係を持つ反歌が衰退していくということを主張したいのではない。そうした長反歌の形式は残存するであろうし、その一方で、当該歌のような長反歌の形式も存在していることを許容すべきであると考える。平城遷都以前からこうした長反歌や行幸歌が存在していた可能性を否定できないが、万葉集という枠組みで見る時、第三期からこうした歌が登場するということになる。少なくとも表面的に制度は遷移している。

では、続いて、千年の歌に進む。

四 車持千年の住吉浜讃歌

車持朝臣千年が作る歌一首　并せて短歌

いさなとり　浜辺を清み　うちなびき　生ふる玉藻に　朝なぎに　千重《ちへ》波寄せ　夕なぎに　五百重《いほへ》波寄す　辺つ波の　いやしくしくに　月に異に　日に日に見とも　今のみに　飽き足らめやも　白波の　い咲き巡れる　住吉《すみのえ》の浜　（巻六・九三一）

反歌一首

白波の　千重に来寄する　住吉の　岸の黄生《はにふ》に　にほひて行かな　（巻六・九三二）

当該歌は、先の金村歌と違い、難波宮を詠んだ歌ではない。歌の景は、長反歌ともに住吉にある。たとえば、難波宮から現在の住吉大社までは、歩けば二時間程度は掛かってしまう。また、天平六年（七三四）の難波行幸歌である巻六・九九九番歌の左注には、

千沼廻《ちぬみ》より　雨そ降り来る　四極《しはつ》の海人　綱を乾したり　濡れもあへむかも　（巻六・九九九）

右の一首、住吉の浜を遊覧し、宮に還る時に、道の上にして、守部王、詔に応へて作る歌

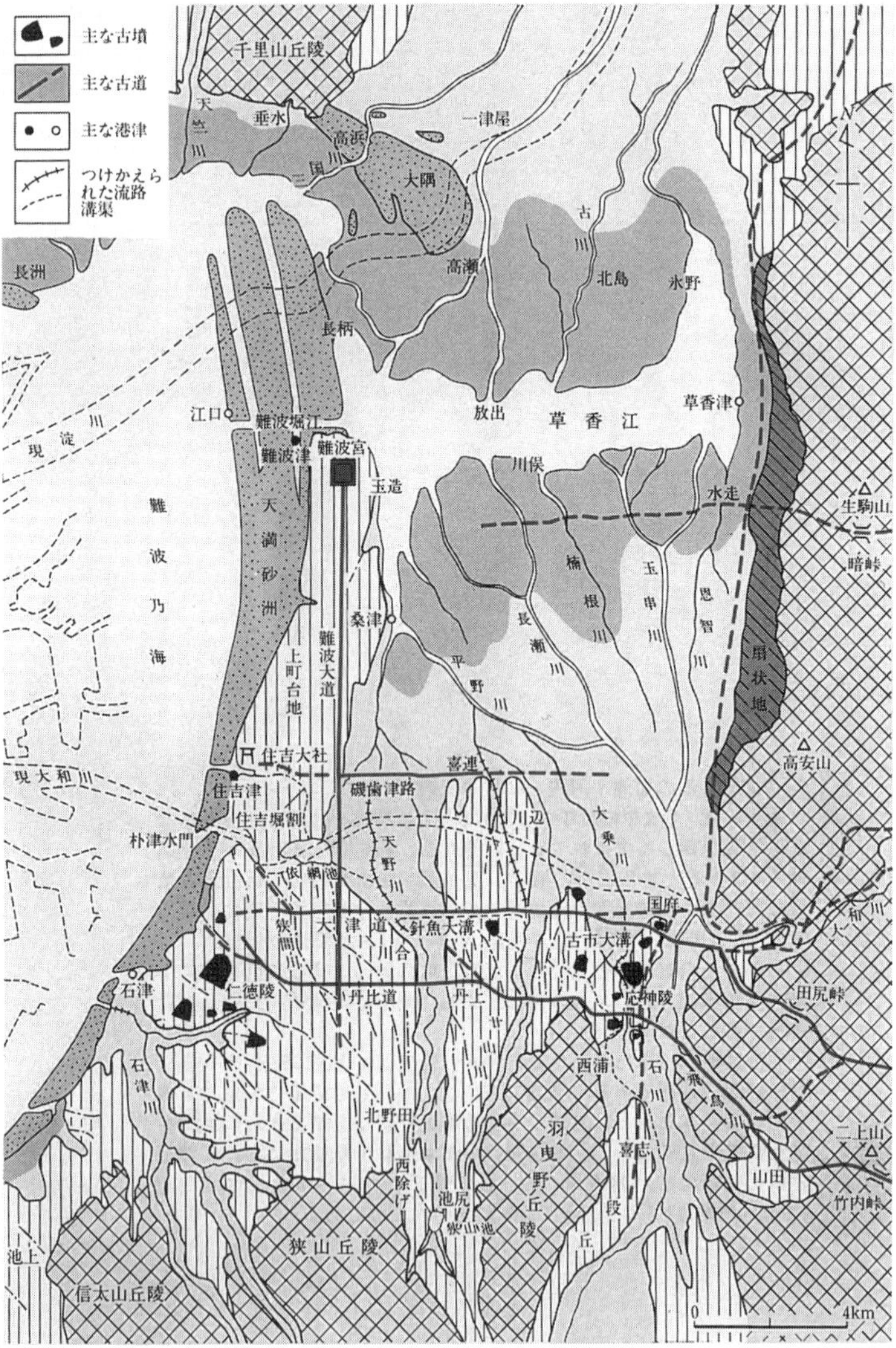

6-7世紀ころの摂津・河内・和泉の景観
(日下雅義『古代景観の復原』中央公論社より)

とあり、この「宮に還る」は、諸注指摘するように、難波宮を指し示す。「難波宮」と「住吉」とは別の空間として把握されていたことは明瞭である。

その「住吉」の地は、『全注』が、

上町台地西辺をなすこの一帯は、洪積性台地の切りたった断崖をなしていた。集中「住吉の岸」と呼ばれるのがその形状の表現である。しかし断崖下の海岸は南からの海流と河川の流す作用によって、干潮の時は歩くこともできる砂州を形成していた。断崖と砂州の浜、これが住吉の風土であった。

と述べるように、切り立った崖と砂浜の地であった。それは、難波宮に行幸した一行にとって、難波とは違う風土に身を置くことのできる空間であった。当該千年歌は、その住吉の浜に対する讃歌である。長歌は、「いさなとり　浜辺を清み」と浜辺を讃美する表現から歌い起こされる。そして、その清い浜辺の玉藻に打ち寄せる波の叙述へと進む。この部分は、諸注（『全注』、『釈注』、『和歌文学大系』など）指摘するように、柿本人麻呂の「石見相聞歌」第一長歌（巻二・一三一）の冒頭部、

石見の海　角の浦回を　浦なしと　人こそ見らめ　潟なしと（注略）　人こそ見らめ　よしゑやし　浦はなくとも　よしゑやし　潟は（注略）なくとも　いさなとり　海辺をさして　和田津の　荒磯の上に　か青く生ふる　玉藻沖つ藻　朝はふる　風こそ寄せめ　夕はふる　波こそ来寄

せ　波のむた　か寄りかく寄る　玉藻なす　寄り寝し妹を（注略）　露霜の　置きてし来れば～
（巻二・一三一）

が下敷きになっている。描出される景が海岸に焦点化される点も巻二・一三一番歌と同様であり、当該歌にあっては、「辺」の景が特化されて讃美の対象となっているのである。そして、その「辺つ波」の寄せ来る景を「しくしく」という表現を介して本旨へと連続させる当該歌のありようは、

まず地名を提示し、ついでその土地の景物、おもに植物の有様を叙述し、それをだいたい対句をもって尻取式に承け、本旨へと転換してゆく型式（伊藤博氏「宮廷歌謡の一型式」国語国文二十九巻三号・一九六〇年三月／「宮廷歌謡の一様式」の題にて『万葉集の構造と成立　上』所収）

の枠内に収まる。伊藤論文はこれを「宮廷歌謡」の形式ととらえる。果たして「宮廷歌謡」の形式とまでいえるか否かは留保すべきであるが、当時の長歌の一つの形であったことは間違いあるまい。

　このようにして導き出された本旨は、「月に異に　日に日に見とも　今のみに　飽き足らめやも」と集中他に類を見ない表現を擁して、住吉の浜を讃美する。しかし、この「今のみに　飽き足らめやも」の表現は、

「月に異に日に日に見とも」を受けると、いやにならない、の意だが、「今のみに」だけに続けると、満足しない、の意と考えられ、意味が二重になっている。（『全集』）

「今のみに飽き足らめやも」の一句、「今のみに」は蛇足の感あり、意味の上でも前後の流れを悪くしている。(『新大系』)

と、その稚拙さが指摘される。それはたしかに当たっていよう。しかし、それでもなお、月↓日↓今と絞り込まれ行く時間は、眼前にある景の瞬間性を切り取ることに成功しているのではないだろうか。

そして、当該歌は、近景として描出されていた浜辺が、いつしか「白波の　い咲き巡れる　住吉の浜」と遠景描写となり、歌いおさめられる。この視点の移動もあるいは当該歌の評価という面からいえば、必ずしも成功しているとはいい難いのかもしれない。しかし、住吉の浜に打ち寄せる波の連続を花の咲き行く連続性に譬えたのは、一首の眼目でもあり、一定の評価が与えられるべきだろう。

このように見てくると、当該歌は石見相聞歌を襲いつつ、住吉の浜を讃美した行幸歌ということになる。その読み自体は、間違えていないであろうし、行幸歌という枠組みで見た場合、十分な読みでもあろう。しかし、この読みにあっては、石見相聞歌を下敷きにしている点が、単なる先行歌の受容としてのみ理解されてしまうことになりはしまいか。これまでは千年の歌の評価が低いため、この石見相聞歌の受容も、軽視されて来たと思われる。

ここで、あらためて当該歌の表現を追いなおしてみたい。先にも述べたように、眼前の景の描写から、本旨の部分へと文脈が転換して行く形式があることは間違いない。しかし、眼前の景の描写が、すでに「浜辺を清み」と土地讃美の表現となっており、その土地讃美の表現が、「いやしくしく」を契機として、あらためて住吉の浜讃美の後半の叙述へと続いている。これは、文脈の転換が遂げられるはずの歌の構成であるにもかかわらず、転換した先の文脈も、結局、景讃美に終わってしまっていることにもなり、当該歌の評価の低さの一因を成すのであろう。

ところで、集中に二十四例存在する「しくしく」を見ると、その十五例までが「波」を譬喩として「しくしく」と募る自らの思いを歌う例であり、十九例までが恋の思いの募ることを歌っている。典型的な例としては次の歌々をあげることができよう。

宇治川の　瀬々のしき波　しくしくに　妹は心に　乗りにけるかも　（巻十一・二四二七）

住吉の　岸の浦廻に　しく波の　しくしく妹を　見むよしもがも　（巻十二・二七三五）

ほととぎす　飛幡《とばた》の浦に　しく波の　しくしく君を　見むよしもがも　（巻十二・三一六五）

景から喚起される「しくしく」は恋の表現として機能するのが一般的であったといってよかろう。また、「見れど（も）飽かず」という讃美表現も、

朝月の　日向黄楊櫛《ひむかつげくし》　古りぬれど　なにしか君が　見れど飽かざらむ(9)　（巻十一・二五〇〇）

まそ鏡　手に取り持ちて　見れど飽かぬ　君に後れて　生けりともなし　（巻十二・三一八五）

などのように、恋の対象への讃美表現という側面をも持つ。とすれば、少なくとも、当該歌を歌表現の生成順（享受論的にいえば、テキスト理解の進行順）に読めば、「飽き足らめやも」以下には、恋歌の文脈が伏流として控えていたはずである。こう考えれば、長歌の前半に、妹の象徴である石見相聞歌の玉藻が歌われることにも理解が届こう。当該歌の前半部には、玉藻に表象される住吉の女性が揺曳しているのではないだろうか。

勿論、当該歌の結句「住吉の浜」に女性が譬喩されていると主張したいのではない。長歌は長歌として、住吉の浜讃美の歌（その巧拙は別にして）であった。しかし、少なくとも長歌が読み進められる途中までは、恋歌への文脈転換が期待されるところであったろう。

そして、その伏流は反歌に至り顕然化する。

反歌については、

住吉の岸の黄土に染めようということ、古い歌（巻一、六九）にもあり、そういうことが歌いものにあつたらしい。～中略～慰安のすくなかつた当時の旅行におけるせめてもの興趣であつたようである。（『増訂全註釈』）

当該歌は、六九歌を意識的にふまえ、「にほはさましを」という清江娘子のことばに対して、「にほひて行かな」と応えたものと考えられる。（廣川晶輝氏「千年の神亀二年難波行幸歌」『セミナー万葉集の歌人と作品』第六巻・二〇〇〇年十二月）

と1・六九番歌との関係が指摘される。その1・六九番歌は、先にも引いた、

草枕　旅行く君と　知らませば　岸の黄生《はにふ》に　にほはさましを
右の一首、清江《すみのえ》の娘子《をとめ》、長皇子に進《たてまつ》りしなり。姓氏未だ詳らかならず。（巻一・六九）

の歌であり、当該歌が巻一・六九番歌を下敷きにしていることは間違いないであろう。そしてまた、

玉津島　磯の浦廻の　砂にも　にほひて行かな　妹も触れけむ（巻九・一七九九）
我が待ちし　秋萩咲きぬ　今だにも　にほひに行かな　彼方人に（巻十・二〇一四）

という愛する人との一体感を希求する歌々を視野に入れる時、当該歌に土地の女性への憧憬を読み取ることは容易であろう。長歌に伏流として存在していた土地の女性への憧憬が反歌に現出しているのである。

千年歌は、住吉独自の風土に対する讃美を前面に押し立てつつ、住吉の女性への憧憬を反歌にあらわしているものであった。それでは、最後の赤人歌を見て行くことにしよう。

五　山部赤人の王権讃歌

山部宿祢赤人が作る歌一首　并せて短歌

天地の　遠きがごとく　日月の　長きがごとく　おし照る　難波の宮に　我ご大君　国知らすらし　御食《みけ》つ国　日の御調《みつき》と　淡路の　野島の海人の　海の底　沖つ海石に　鮑玉　さはに潜《かづ》き出　船並めて　仕へ奉るが　貴き見れば[10]　（巻六・九三三）

反歌一首

朝なぎに　梶の音聞こゆ　御食つ国　野島の海人の　船にしあるらし　（巻六・九三四）

当該赤人歌は、神野志隆光氏「赤人の難波行幸歌」（『犬養孝博士米寿記念論文集　万葉の風土・文学』一九九五年六月）なども指摘するように一組目の金村歌と響きあう。たしかに、当該歌の反歌と金村歌の第二反歌「海人娘子　棚なし小船　漕ぎ出らし　旅の宿りに　梶の音聞こゆ」は、何らかの関係を有していると見た方がよいであろう。

しかし、第二節で述べたように、こうした点を具体的な場や分担作歌などといった具体へと還元することは慎むべきであろう。三組の歌々は、『万葉集巻六』という書物において、それぞれに映発しあっていること（この限りにおいて、制作順を問うことは意味がない）点のみを確認し、当該赤人歌を読み進める。

「天地の　遠きが如く」から歌い起こされる長歌は、「難波の宮」における「我ご大君」の統治を現在として歌われる。この点において、一組目の金村歌は当該歌に先行する時間が歌われていることになる（このことが、作品制作の前後関係と関わらないことはいうまでもない）。そして、「大君」の全き統治を根拠づけるのは、「野島の海人」のつらなる船の景である。

話者の眼前に広がる景は、「野島の海人」が船を並べて「仕へ奉る」さまであり、その船には大漁の鰒が蔵されているのである。[11] そして、その大漁の様子が話者をして統治を確信せしめる。「野島の海人」の奉仕が「大君」の統治を裏付けるのである。

一方、反歌の時空間は長歌のそれとは異なる。「朝なぎ」という特定の時間が選び出され、「梶の音」から「野島の海人」の船を推定する。これは、坂本信幸氏「山部赤人」（『和歌文学の世界　第十一集　論集万葉集』一九八七年十二月）が、

長歌は野島の海人の漁撈奉仕が歌われており、「舟並めて　仕へ奉る」情景描写からして昼の難波の海でのことと思われる。しかし、反歌の方は、「朝なぎに梶の音聞こゆ」とあって、明らかに長歌とは異なる早朝の時間である。しかも、「梶の音聞こゆ」といい「舟にしあるらし」という言い方に明らかなように、長歌とは異なって難波の海浜を見ていない。

と、指摘するように、明らかに時間の経過が長反歌の間に存在している。反歌の時間は『新大系』が、早朝はるかに梶の音を聞き、前日（あるいはそれ以前）に見た野島の海人の舟の音かと推測する。

と述べるように、長歌の翌日（以降）の景を歌っていると考えられよう。とすれば、その「野島の海人」の船は難波から淡路島へと向かう船である。その船は再び「鰒玉」を潜き出し、難波へと戻ってくる船である。「大君」の統治の時間的円環がここに完結する。

また、先述のように、この反歌は遠く金村の第二反歌と響き合う。金村歌が先行するとすれば、当該歌の「海人」は女性を示すことになるし、当該歌が先行したのであれば、金村歌は当該歌の「海人」を女性に見なしたことになる。どちらであったかは知る由もないが、金村歌と赤人歌とは、共に海辺の行幸に海女を見出していたことになる。

六 むすび

以上、三組の歌を読み進めてきた。巻六の順にしたがって読み進めれば、都の「死と再生」を歌う金村歌に続き、行幸地からの小旅行とでもいうべき住吉の地を讃め称える千年歌、そして、再び宮に戻り、赤人歌は、「大君」の統治を前提に、その王権の円環を歌っていることになる。実際の行幸において、この順序で歌われたということを論証することは、もとより本稿の目的ではない。巻六を書物として読み進めれば、そうした理解が得られるということである。

そしてまた、土地の女性を歌うことが三組の共通項であった。この点については、

（千年作の―引用者注）反歌の「岸の黄土に　にほひて行かな」に金村の反歌第二首の「海人娘子」との連想が考えられる。（平舘英子氏「金村・千年・赤人―難波の宮行幸供奉歌群をめぐって―」「東京成徳短期大学紀要」十一号・一九七八年四月）

という貴重な指摘もある。ただし、これが三人の歌人がお互いに意図した結果であるか否かの判断は、本稿のよくするところではない。ただ、どこまでいっても偶然の所産という理解を免れることはできないものの、行幸という一回性の強い機会を考慮すれば、三人の間での了解事項であった可能性は高いのではないだろうか。

三組の行幸歌は、それぞれが難波や住吉の風土に基づきつつ、三組あいまって聖武天皇即位後初の難波行幸を讃美している。あえて実態に還元せずとも、これが『万葉集巻六』に載る難波行幸歌の理解ということになろう。

注1　文武三年の難波行幸歌の認定については拙稿「万葉集巻一後半部（五四〜八三番歌）の配列について」（「万葉語文研究」三号・二〇〇七年六月）に述べた。
2　この部分、本文に脱落があるらしく、付訓できない。
3　「離宮」、「行宮」の使用状況については、澤木智子氏「日本古代の行幸における従駕形態をめぐって―八世紀を中心に」（「日本女子大学史艸」三十号・一九八八年十一月）に詳しい。

4　本稿では、本行幸の目的については触れないが、岡田精司氏「奈良時代の難波行幸と八十島祭」（『國學院雑誌』八十巻十一号・一九七九年十一月）や、梶川信行氏「山部赤人論―難波宮従駕歌をめぐって―」（『近畿大学教養部研究紀要』二十巻一号・一九八八年七月／『万葉史の論　山部赤人』に「難波宮の再建と『野島の海人』―難波宮従駕歌の論―」の題にて所収）などに論がある。

5　実際には、この後も復興の工事が行われていたことは、『新日本古典文学大系　続日本紀　二』の「天平四年三月己巳条」の注に記される通りであるが、今は問題としない。

6　難波宮の発掘状況、及び歴史については、直木孝次郎氏『難波宮と難波津の研究』（一九九四年二月）、中尾芳治氏『難波宮の研究』（一九九五年三月）などに詳しい。また、聖武天皇の難波宮への行幸については栄原永遠男氏「行幸からみた後期難波宮の性格」（『難波宮から大坂へ』二〇〇六年三月）に詳しい。

7　当該巻六・一〇六二〜一〇六四番歌の当該歌の制作時については、吉井巖氏『万葉集全注　巻第六』に従った。ただし、他の説に従っても行論に支障はない。

8　第三期の行幸歌の性質については拙稿「神亀二年の吉野行幸歌論―笠金村作を中心に―」（『北海道大学国語国文研究』一三六号・二〇〇九年七月）、および「車持千年の養老七年吉野行幸歌」（『奈良女子大学叙説』三七号・二〇一〇年三月）にも述べたことがある。

9　当該巻十一・二五〇〇番歌の結句の原文は「見不飽」であり異訓もあるが、歌意が大きく変わるわけではないので、例歌とした。

10　当該歌の結句部分「船並めて　仕へ奉るが　貴き見れば」については、

A　仕へ奉るし　貴し見れば（『大系』、『注釈』、『集成』、『和歌大系』、『全解』など）

B　仕へ奉るが　貴し見れば（『釈注』）

C　仕へ奉るし　貴き見れば（『全歌講義』）

D　仕へ奉るが｜　貴き見れば（『全集』、『全注』、『新編全集』、『新大系』）
と、訓が割れる。今は暫定的にDの訓に拠った。

11　高松寿夫氏「山部赤人『難波従駕歌』の方法」（『早稲田大学古代研究』二五号・一九九三年一月／『上代和歌史の研究』に「山部赤人『難波讃歌』」の題にて所収）は、允恭紀に見える「男狭磯」の伝説をここに見出す。興味深い論ではあるが、当該歌は特別な鰒を歌うのではなく、鰒が大漁であった点に歌の中心があるため、直接はしないであろう。

＊使用したテキストは、以下の通りであるが、私に改めた箇所がある。
新編日本古典文学全集『萬葉集』（小学館）、新編日本古典文学全集『日本書紀』（小学館）、新日本古典文学大系『続日本紀』（岩波書店）

妹《いも》の来た道

――紀ノ川流域の万葉風土――

垣見修司

一　はじめに

現在、車で奈良県橿原市を出発して和歌山県へ向かう道には、国道二四号線で御所市から五條市を抜けて橋本市へ入る道と、国道一六九号線で吉野方面に走って大淀町から国道二四号線に合流する道がある。御所市を通る前者の道は、葛城山地に沿って南下し、金剛山を右手に見ながら風の森峠の長いゆるやかな坂道を越える。峠を下ってからは、宇智の大野を含む五條市の地を北から南西方向へ突っ切ってゆく。一方、橿原市を南下し大淀町に入る後者の道は、吉野川沿いに五條市へと入る。無論、他にいくつもルートはあり、御所市から山麓バイパスといわれる葛城金剛の中腹を抜けていく道や、吉野川南岸から紀ノ川南岸へと続く道もあるが、まずは先掲の二つの国道が一般的である。しかし、橿原市（藤原京）から五條市（宇智）に至る飛鳥藤原京の時代の巨勢路は、むしろ近鉄吉野線で橿原神宮前から吉野口（巨勢）まで行き、そこからJR和歌山線に乗り換えて五条、和歌山方面へ向かう鉄道の路線に重なる部分が多い。鉄路に重なる巨勢路は、車による現代の主要ルートからは少し外れている。とはいえ鉄道も、奈良と和歌山を結ぶ現代の主要ルートは大阪の天王寺や難波を経由するものとなっていて、ローカル線のJR和歌山線を利用する人は少数である。それだけに、吉野口駅周辺の巨勢の地には古道の趣がある。

また、五條市と橋本市の県境の国道二四号線沿いには真土の地名があり、万葉故地「真土山」の歌碑も建つ。こちらも近年、北側に京奈和自動車道が開通し、真土山を意識する機会は少なくなったものの、飛び越え石などゆかりの山道も残る周辺は散策するのに好適である。飛鳥奈良時代の紀和国境を越える道と現代の県境越えの主要ルートは離れているが、その分かつての道をたどるには昔ながらの風情が感じられて良い。

本稿では大和から紀伊に入る「紀路」をたどることで、交通路としての重要性と紀の川流域の土地が『万葉集』にどのような詠まれ方をしているのかということを考えてみたい。

二　紀路へのアクセス道路「巨勢路」

『万葉集』に紀路は、次の歌に現れる。

巨勢寺跡

大君《おほきみ》の　行幸《みゆき》のまにま　もののふの　八十伴《やそとも》の男《を》と　出《い》でて行きし　愛《うるは》し夫《づま》は　天飛《あまと》ぶや　軽《かる》の道《みち》より　玉だすき　畝傍《うねび》を見つつ　あさもよし　紀伊道《きぢ》に入り立ち　真土《まつち》山　越《こ》ゆらむ君は

…　（巻四・五四三）

紀伊国行幸の際、都に残される女性の立場で詠んだ笠金村の歌である。平城京に遷都してから十四年を経た神亀元年（七二四）の詠でも、その実質的な起点としては藤原京の地が意識されていたようで、笠金村は紀伊国行幸従駕の道のりを軽の路から歌い起こす。この歌では、畝傍山の横を南下した後すぐに紀路の描写へと続くが、実際の紀伊国行幸において詠まれた歌からは、巨勢を経由地とすることが知られる。

大宝元年辛丑の秋九月、太上天皇、紀伊の国に幸《いでま》せる時の歌

巨勢山のつらつら椿つらつらに見つつ偲《しの》はな巨勢の春野を　（巻一・五四）

あさもよし紀人《きひと》ともしも真土山行《ゆ》き来《く》と見らむ紀人ともしも　（巻一・五五）

巨勢の春野を詠んだ歌は真土山を詠む五五歌とまとめられており、これがそのまま紀伊への道程を示している。金村は巨勢を詠み込まなかったが、巨勢路が紀伊へ向かうための路として認識されていたことは次の歌群からも確認できる。

紀伊の国の　浜に寄るといふ　鮑玉《あはびたま》　拾《ひり》はむと言ひて　妹《いも》の山　背《せ》の山越えて　行きし君　いつ来《き》まさむと　玉桙《たまほこ》の　道に出で立ち　夕占《ゆふうら》を　我が問ひしかば　夕占の　我に告《の》らく　我妹子《わぎもこ》や　汝《な》が待つ君は　沖つ波　来寄る白玉　辺つ波の　寄する白玉　求むとそ　君が来まさぬ　拾ふとそ　君は来まさぬ　久ならば　今七日だみ　早からば　今二日だみ　あらむとそ　君は聞こし　な恋《こ》ひそ我妹　（巻十三・三三一八）

反歌

杖《つゑ》つきもつかずも我は行かめども君が来まさむ道の知らなく　（巻十三・三三一九）

直《ただ》に行かずこゆ巨勢道から岩瀬踏み求めそ我が来《こ》し恋ひてすべなみ　（巻十三・三三二〇）

さ夜更《ふ》けて今は明けぬと戸を開けて紀伊へ行く君を何時《いつ》とか待たむ（巻十三・三三二一）
門《かど》に居《ゐ》し郎子《いらつこ》宇智《うち》に至《いた》るともいたくし恋ひば今帰り来《こ》む（巻十三・三三二二）

右の五首

長歌は、紀伊の国へ出発した男の帰りを待つ女が、夕占にその男の帰りを問いかける前半と、それに対する男の、しばらくしたら帰るからそんなに恋しがるなという返答の後半からなる。巻十三の問答の部に載せられており、夕占を介して男女の問答が構成される趣向となっている。それに付される反歌二首目は「こゆ巨勢道から」、つまり巨勢路を通って男のあとを追って来てしまったと歌う。ただし、次の歌には「紀伊へ行く君をいつとか待たむ」とあり、やはり男の帰りをひたすら待つ女性が歌われてもいる。これは、行きたいけれども道がわからないという一首目に表明された女の思いが、行こうか行くまいかというためらいとして三首目と四首目に分けて描かれているのである。なお四首目の原文「内」は、宇智と考えられ、巨勢から紀路への通過点である。

巨勢路はこのように紀路へのアプローチであり、その先の宇智そして真土山に続いていると認識されていた。しかし、この紀路へと続くということは単に紀伊の国へ至る道ということに尽きない。

藤原宮の役民《やくみん》が作る歌

やすみしし　我が大君　高照らす　日の皇子　荒たへの　藤原が上に　食《を》す国を　見《め》したまはむと　みあらかは　高知《たかし》らさむと　神《かむ》ながら　思《おも》ほすなへに　天地《あめつち》も　依《よ》りてあれこそ　石走《いはばし》る　近江《あふみ》の国の　衣手《ころもで》の　田上山《たなかみやま》の　真木さく　檜《ひ》のつまでを　もののふの　八十宇治川《やそうぢかは》に　玉藻なす　浮かべ流せれ　そを取ると　騒《さわ》く御民《みたみ》も　家忘れ　身もたな知らず　鴨じもの　水に浮き居て　我が造る　日の御門《みかど》に　知らぬ国　よし巨勢道より　我が国は　常世《とこよ》にならむ　図負《あやお》へる　奇《くす》しき亀も　新《あら》た代《よ》と　泉の川に　持ち越《こ》せる　真木のつまでを　百足《ももた》らず　筏《いかだ》に作り　のぼすらむ　いそはく見れば　神《かむ》からならし

（巻一・五〇）

序詞が用いられ文脈のつかみにくい部分であるが、巨勢路は、役民らが作る藤原の宮に、これまで国交のなかった異国が寄《よ》しこせ（「巨勢道より」の序）―帰服してくる道として描かれ、さらに甲羅に文字が記された亀が出ずる（「泉の川に」の序）―献上される道として把握されている。「知らぬ国」は無論、紀伊の国ではなく、紀伊の水門《みなと》から南海道の諸国や東アジア世界へと続いていることがこのように表現させているし、くすしき亀が出現するのも巨勢からではなく、その道を通って報《しら》された瑞兆という意味であろう。

「当時、巨勢道から、かような亀が出たのであろう。」とする『全註釈』や澤瀉『注釈』などの記述は巨勢の地に限定するかのような印象を与えるけれどもかならずしもそうではなく、「よしこす」という序詞表現の要請が、巨勢路が紀伊の水門に続く道であり、異国も参上《まいのぼ》ってくる紀路すなわち南海道を背後に擁するという認識と相俟《あいま》ってなされた表現と捉えるべきであろう。

三 南海道の拠点「紀伊の水門」

一般的には、飛鳥奈良時代の港としては遣唐使船の出発地でもあった難波津《なにはづ》が想起されるが、紀伊の水門もそれ以前から重要な港としての位置を占めていた。岸俊男氏は「紀氏に関する一試考」(1)において、紀伊の国を本拠地とする紀氏が紀伊の水門から瀬戸内海の四国沿いの要地に分布し、主要航路の一つを掌握していたことにより五世紀の大和朝廷による朝鮮経略に重要な役割を果たしていたことを明らかにしている。それを受けて、薗田香融氏は、日本の朝鮮半島経営が困難に面していた五世紀後半から六世紀後半にかけての一世紀には、四国ぞい航路のほうが、より重要な意味をもったこと、そして大和南部に都があった時代には、紀ノ川の水運と連絡することで紀伊の水門の重要性がさらに高かったことを指摘する。(2)

その後、栄原永遠男氏は、和歌山市から発見された鳴滝遺跡の倉庫群と難波倉庫群との関係から、五世紀前半の段階では紀ノ川河口地域にあった対外交通の拠点としての地位が、五世紀後半になると難波にうつっていったとして、薗田説よりも早い時期において外港としての役割が紀伊の水門から難波津へ移されたと考えている。(3)

『日本書紀』に見える紀伊の水門は、いずれも武内宿禰と関わって見える。

時に皇后《きさき》、忍熊王《おしくまのみこ》師《いくさ》を起《おこ》して待《ま》てりと聞《きこ》しめして、武内宿禰《たけうちのすくね》に命《みことおほ》せて、皇子《みこ》を懐《うだ》き、横《よこしま》に南海《みなみのみち》に出《い》で、紀伊水門《きのみなと》に泊《とま》らしめたまふ。皇后の船《みふね》は、直《ただ》に難波《なには》を指《さ》したまふ。（神功皇后摂政元年二月）

時に武内宿禰《たけうちのすくね》、独《ひと》り大《おほ》きに悲《かな》しびて、窃《ひそか》に筑紫を避《さ》りて、海に浮きて南海《みなみのみち》より廻《めぐ》り、紀水門《きのみなと》に泊《とま》る。（応神天皇九年四月）

武内宿禰の母が木の国造の娘の影媛であることから、武内宿禰と紀氏との関わりも考えられるが、(4)ここではいずれも南海道から紀伊の水門へのルートが迂回路として描かれ、船が利用されている。神功皇后や応神天皇は五世紀をはるかに遡るが、このような位置づけはむしろ五世紀後半以降、対外交通の拠点が難波津に移ってからのものかもしれない。

また、『延喜式』（巻二十三）民部下の条には、官人が任国に赴く際の規定として、

凡《およ》そ山陽、南海、西海道等の府国、新任官人の赴任は、皆海路を取れ。仍《よ》りて縁海の国は例に依り

て食を給はしめよ。但し、西海道の国司は府に到《いた》らば、即ち伝馬に乗れ。其れ大弐已上は乃《すなは》ち陸路を取れ。

とある。山陽道についてまで「皆海路を取れ」としており、播磨や美作まで海路を取るのかという点で規定された時期や実効性について疑義が呈されてもいるが、[5] 神亀三年八月の新任国司の赴任に関する太政官処分（『続日本紀』）や令集解（賦役令37）の古記に引かれる和銅五年五月十六日格にも海路を取る場合の記述があり、南海道では紀淡海峡を渡るときだけでなく、四国においても海路が選ばれることは少なくなかったであろう。紀伊の水門は、その海上交通の起点として、奈良時代以降も重要な地位にあったと言える。

七世紀以降、難波津が中心的な港湾としての役割を果たすようになってからも、紀伊の水門が南海道との交通を担っていたことは次の歌から知られる。

石上乙麻呂《いそのかみのおとまろ》卿、土左国に配《なが》さるる時の歌三首并せて短歌

石上　布留《ふる》の尊《みこと》は　たわやめの　惑《まと》ひに因《よ》りて　馬じもの　縄取り付け　鹿《しし》じもの　弓矢囲《かく》み
て　大君の　命恐み　天離《あまざか》る　夷辺《ひなへ》に罷《まか》る　古衣《ふるころも》　真土山より　帰り来ぬかも　（巻六・一〇一九）

大君の　命恐《みことかしこ》み　さし並ぶ　国に出《い》でます　はしきやし　我が背《せ》の君を　かけまくも　ゆゆし恐《かしこ》
し　住吉《すみのえ》の　現人神《あらひとがみ》　船舳《ふなのへ》に　うしはきたまひ　着きたまはむ　島の崎々　寄りたまはむ　磯の

崎々　荒き波　風にあはせず　つつみなく　病《やまひ》あらせず　速《すむや》けく　帰《かへ》したまはね　本《もと》の国辺《くにへ》に
（巻六・一〇二〇、一〇二一）

父君に　我は愛子《まなご》ぞ　母刀自に　我は愛子ぞ　参《ま》ゐ上《のぼ》る　八十氏人《やそうぢひと》の　手向《たむけ》する　恐《かしこ》の坂に　幣奉《ぬさまつ》り　我はぞ追へる　遠き土左道《とさぢ》を
（巻六・一〇二二）

反歌一首

大崎《おほさき》の神の小浜《をばま》は小《ちひ》さけど百船人《ももふなびと》も過《す》ぐといはなくに
（巻六・一〇二三）

石上乙麻呂が南海道に属する土佐国へ配流される時のことが歌われる。「真土山」が詠み込まれていて、「遠き土左道を」とあるこのルートが紀伊の水門を利用していることは明らかである。「大崎の神の小浜」については、かつて和歌山県海南市下津町大崎とされていたが、吉井巖氏「大崎の神の小濱」(6)に、和歌山市加太町田倉崎の岬から東南部にかけての地に比定され、神とは現在の淡島神社である式内社加太神社と推測されて以来、この説による注釈書も増えている。(7)友ヶ島から淡路島への渡渉地としてもこの説が適切である。「小浜」とも「小さけど」ともあって、必ずしも大きな港ではなかったようであるが、「百船人」がやり過ごすことのない交通の要衝であったことが知られる。

五畿七道における南海道は、紀伊の国を首国として、紀伊の水門から紀淡海峡を越えて淡路の国へ至り、さらに鳴門海峡を四国へ渡る。四国では、阿波の国、讃岐の国を経て伊予の国および土佐の国に続く。伊予には熟田津があり、斉明天皇の遠征が、難波津を出航し、大伯経由で熟田津に寄港した後、九州へ向かったことからもわかるように、南海道の伊予国から九州へ渡ることも可能であった[8]。この場合、瀬戸内海を本州から四国へ渡ることも可能であったことが知られる。しかし、軍王の山を見て作る歌（巻一・五、六）では、題詞に「讃岐国の安益郡《あやのこほり》に幸《いでま》せる時に」とあり、左注には山上憶良の類聚歌林からの引用として舒明紀十一年十二月の伊予の温湯《ゆ》の宮行幸の記事を参考に載せた上で、伊予から讃岐への経路を推測する。つまり四国北部を東西に横断する南海道が想定されている。それゆえ、山部赤人の伊予湯作歌（巻三・三二二、三二三）も反歌に熟田津が詠まれてはいるけれども、行幸や征戦などの事情ではない以上、斉明天皇の西征時とは異なって赤人は南海道を伊予に至ったものと考えるべきであろう。また軽太子、軽大郎女の兄妹が伊予へ向かったのも紀伊の水門を起点とした四国ぞい航路であったと考えられる[9]。

平安時代には都が平安京に遷ったため、土佐国守の任を終えて帰京する一行を描いた紀貫之の『土佐日記』にみられるように、紀淡海峡平安京間は淀川水系から和泉国南部の水運を利用するようになるが、奈良時代には紀ノ川を利用する紀路が南海道への主要交通路の役割を果たしていた[10]。

さて、紀路へ至るアクセス道路としての巨勢路は、奈良県御所市古瀬の地から重阪《へいさか》峠を越えて五條市住川町へ入り、宇智川を渡る。下流には宝亀九年（七七八）頃成立とされる宇智川磨崖碑がある。その東の吉野川の河畔には養老三年（七一九）藤原武智麻呂の創建と伝えられる栄山寺があり、藤原仲麻呂が建立したといわれる国宝の八角堂も残る。

現在の巨勢路から紀の川沿いにかけての地は、主要な交通路としての地位を失い、むしろ静かな雰囲気をさえたたえているけれども、万葉の時代においては、南海道の端緒にあたり七道の一つにあげられるにふさわしいにぎわいを感じさせたはずである。

なお、宇智に至る道についても、

奈良盆地西南部から北宇智に至るには二つのルートがあった。五世紀代には金剛山々麓から風の森峠をへて北宇智に至ったが、六世紀以降になると曽我川沿いをたどり、巨勢谷から重阪峠を越えるルートが主流となる。(11)

と言われ、葛城氏とのかかわりで栄えた風の森峠を越える道から巨勢路への変遷があったが、『万葉集』においては巨勢路が主要なルートであったことは先に掲げた歌からも知られるところである。

四　二つの境界——大和国境と畿内の四至

(一)　紀和国境「真土山」

宇智を過ぎればようやく大和の国から紀伊の国へ入る。大和と紀伊の国境には真土山があり、その南、落合川の合流地点で吉野川は紀ノ川と呼び名を変える。同じ川であるにもかかわらず、この真土山を境にして名を変えるのは、国境となりうるだけの風土の違いによるところが大きかったろう。飛鳥や藤原京は奈良盆地の南部にあり、南には吉野山地が幾重にも重なっている。東の山並みも飛鳥から初瀬、三輪山を経て青垣山を形成し、はるか北の平城山へとつながっている。西側にはひときわ高く葛城の山々が連なり、河内の地を隔てている。太陽はつねに飛鳥や初瀬後方の山々から昇り、夕方には葛城金剛から二上山にかけての稜線に沈んでいく。山に囲まれた盆地から見える空は、少し誇張して言えば箱の底から天を仰ぐかのような閉鎖的な印象を与える。そこから吉野や御所を経て五條へ抜けて行くときもまた山に囲まれた狭隘の地を通る。

真土山飛び越え石

五條の町は、西北にそびえる金剛山のすそ野を吉野川の谷沿いに広がる。それが真土山を越えて和歌山県に入ると、ゆったりとした紀ノ川が西流し、遠く紀伊水道の方まで西の空が広がる。ここから河口までの土地は東西に低い山並みが続く中を紀ノ川が流れて行く。西にひらけている紀ノ川沿いは大和とは異なる風土を感じさせる。ことに日が西に傾いてからなら、山を越えた分視界は明るくなり、日没までの時間も延びる。紀伊の国の沿海部は、黒潮が寄せる温暖な気候で知られているが、紀ノ川沿いの内陸部であっても大和とは違う明るく暖かな風土が感じられるものである。その点で、真土山はまさに大和びとがあこがれる南国紀伊の国への入口であった。

あさもよし紀人《きひと》ともしも真土山行き来《く》と見らむ紀人ともしも　（巻一・五五）

先にも掲げたこの歌が、大和と紀伊の国境にある真土山の位置づけを表している。上二句で、紀伊の人をうらやましいと歌い、大和との往来のたびに真土山を見ているであろうことに理由を求める。諸注が指摘するように、真土山を眼前に見ての詠で、典型的な土地ぼめであり、今から入って行く紀伊の国への挨拶ともなっている。真土山は国境としてのランドマークであった。したがって、都に残された女が、紀伊の国へ向かった男を思いやって、今ごろは紀伊の国入りしているだろうか、天候によって難渋しないようにと祈る際にも歌われる。

あさもよし紀伊へ行く君が真土山越ゆらむ今日そ雨な降りそね　（巻九・一六八〇）

国境の真土山を越えることが旅における一つの区切りであり、異郷への入口という点で旅の安全があらためて祈願される。それは旅人の側からすれば家郷が思い出される契機でもある。

白たへににほふ真土の山川に我が馬なづむ家恋ふらしも　（巻七・一一九二）

真土山は、越えることによって我が家とは決定的に遠ざかってしまう場所となる。馬も自分と同じように、故郷から離れることをためらうのだろうか、そんな旅人の心境が歌われる。

いで我が駒早く行きこそ真土山待つらむ妹を行きてはや見む　（巻十二・三一五四）

この歌は紀路を都へ戻ってきての歌で、真土山までたどり着いた喜びと「待つらむ妹」に早く逢いたいというはやる気持をやはり馬に托している。

真土山夕越え行きて廬前《いほさき》の角太河原《すみだかはら》にひとりかも寝む　（巻三・二九八）

題詞に「弁基の歌一首」とあり、左注には「或《ある》は云はく、弁基は春日蔵首老の法師名なり、といふ。」ともあるので、作者は巻一・五六の巨勢の春野の歌を詠んだ人でもある。法師という立場ではあるが、

角田河原（橋本市隅田）

「ひとりかも寝む」の結句にはやはり真土山を越えて都に残してきた妻の存在が暗示されていると見て良いだろう。

橡《つるはみ》の衣《きぬ》解《と》き洗《あら》ひ真土山本《もと》つ人《ひと》にはなほ及《し》かずけり　（巻十二・三〇〇九）

真土山の「まつち」と本つ人の「もとつ」の類音による序詞から、浮気相手も本妻には及ばないと歌うこの歌も真土山が「待つらむ妹」を想起させる土地であったことと無縁ではない。

とはいえ、四方を山に囲まれた奈良盆地にあっては、万葉びとが大和の国から旅立つときはその国境において山を越えるということが常であった。それゆえ東西南北の国境において、同趣向の歌には事欠かない。

長屋王《ながやのおほきみ》、馬を奈良山に駐《と》めて作る歌二首

佐保過ぎて奈良の手向《たむけ》に置く幣《ぬさ》は妹《いも》を目離《か》れず相見しめとそ
（巻三・三〇〇）

岩が根のこごしき山を越えかねて音《ね》には泣くとも色に出でめやも
（巻三・三〇一）

題詞には、奈良山で馬を駐めて詠んだことが明示され、一首目に「奈良の手向に置く幣」とともに妹を歌い、二首目でその思いを抑えようとする姿勢を歌う。

大君の　命恐み　見れど飽かぬ　奈良山越えて　真木積《まきつ》む　泉の川の　早き瀬を　棹さし渡り　ちはやぶる　宇治の渡りの　激《たき》つ瀬を　見つつ渡りて　近江道の　逢坂山に手向して　我が越え行けば…
（巻十三・三二四〇）

奈良山を「見れど飽かぬ」と歌うのも、その向こうには恋しい我が家があるからである。奈良山という丘陵程度の山並みであっても、そこは国境であり、越えることで妹のいる場所が見えなくなる悲しみをもたらすのである。

石上大臣《いそのかみのおほまへつきみ》、従駕して作る歌

我妹子をいざみの山を高みかも大和の見えぬ国遠みかも　（巻一・四四）

いざみの山は大和伊勢国境の高見山と言われる。東の国境においても、いざみの山にかけて「我妹子」が歌われる。

夕さればひぐらし来鳴《きな》く生駒山越えてそ我が来る妹《いも》が目を欲《ほ》り　（巻十五・三五八九）

右の一首、秦間満《はだのはしまろ》

妹《いも》がりと馬に鞍《くら》置きて生駒山打ち越え来れば黄葉《もみち》散りつつ　（巻十・二二〇一）

いずれも生駒山を越えて都へ戻ってきた時、都の女性を思いつつ詠んだ歌と見られる。都に留まるのがおおむね女性であるならば、

君があたり見つつも居《を》らむ生駒山雲なたなびき雨は降るとも　（巻十二・三〇三二）

の歌は、その女性の立場から、都を旅立った男性を詠んだもので、男性はいま生駒山を越えていこうと

する状況にある。真土山もまたこうした紀和国境にある山として認識された家郷をふりかえる地であった。

（二）畿内の南限「背の山」

ただし紀路においてこの思いは真土山にとどまらない。真土山から紀路を約二〇キロ進んだ紀ノ川北岸に、畿内の南限である背の山が存在する。

凡そ畿内は、東は名墾《なばり》の横河《よこかは》より以来《こなた》、南は紀伊の兄山《せのやま》より以来、兄、此には制《せ》と云ふ。西は赤石《あかし》の櫛淵《くしふち》より以来、北は近江の狭々波《ささなみ》の合坂山《あふさかやま》より以来を畿内国《うちつくに》とす。

大化の改新の詔において畿内の四至を定めた著名な一節である。紀路においては真土山だけでなく、背の山も境界として認識され、そこでも似たような歌が歌われることになる。

勢能山を越ゆる時に、阿閉皇女《あへのひめみこ》の作らす歌

これやこの大和にしては我が恋ふる紀路にありといふ名に負ふ背の山　（巻一・三五）

表向きは大和にあってつねづね見たいと思っていた背の山を見ることが出来た感激を歌ったこの歌は、直前の三四歌とともに持統四年（六九〇）九月の紀伊の国行幸時の作と考えられる。そして作者である阿閉皇女がその前年に夫である草壁皇子を亡くした文脈を踏まえることで、極めて個人的な心情を吐露したものとして理解され、夫を亡くしてからも思い続けている悲哀が伝わってくる。一首はその事情を明示せず、「名に負ふ背の山」と詠んで、一見土地ぼめの歌に仕立てている点はじつに巧みである。

先の大和国境同様、畿内の四至についても、おおむね同じ発想は共有されている。北限である逢坂山もまた『万葉集』にしばしば歌われている。

夏四月に、大伴坂上郎女《おほとものさかのうへのいらつめ》、賀茂神社《かものやしろ》を拝《をろが》み奉《まつ》る時に、便《すなは》ち逢坂山《あふさかやま》を越え、近江《あふみ》の海を望み見て、晩頭《ひのぐれ》に帰り来《きた》りて作る歌一首

木綿《ゆふ》畳《たたみ》手向《たむけ》の山を今日越えていづれの野辺《のへ》に廬《いほ》りせむ我　（巻六・一〇一七）

歌われる手向の山は、題詞にある逢坂山であろう。

あをによし　奈良山過ぎて　もののふの　宇治川渡り　娘子《をとめ》らに　逢坂山に　手向くさ　幣《ぬさ》取り置き
て　我妹子《わぎもこ》に　近江の海の　沖つ波　来寄《きよ》る浜辺を　くれくれと　ひとりそ我が来る　妹が目を

欲《ほ》り　（巻十三・三二三七）

…近江道《あふみぢ》の　逢坂山に　手向して　我が越え行けば　楽浪《ささなみ》の　志賀《しが》の唐崎　幸《さき》くあらば　またかへり見む　道の隈《くま》　八十隈《やそくま》ごとに　嘆きつつ　我《わ》が過ぎ行けば　いや遠《とほ》に　里離《さか》り来《き》ぬ　いや高《たか》に　山も越《こ》え来《き》ぬ　剣大刀《つるぎたち》　鞘《さや》ゆ抜《ぬ》き出《い》でて　伊香山《いかごやま》　いかにか我がせむ　行くへ知らずて　（巻十三・三二四〇）

いずれも逢坂山での手向けが歌われており、峠の語源ともされる習俗が生きていたことを示している。「娘子《をとめ》らに　逢《あ》ふ―逢坂山《あふさかやま》」と「我妹子《わぎもこ》に　逢《あ》ふ―近江《あふみ》の海」の二つの掛詞には、結句にあらわれる妹に逢いたいという思いが込められ、道の隈《くま》を過ぎゆくごとに嘆くのは、その分だけ家郷から遠ざかることを意味するからである。手向けをして旅の安全を祈願するときに、家郷を思い出すのは世の常であろう。

残る畿内の四至は、東が名墾の横河と西が赤石の櫛淵である。横河、櫛淵はいずれも『万葉集』には詠まれないが、名張と明石は詠み込まれている。

当麻真人麻呂《たぎまのまひとまろ》が妻の作る歌

我が背子はいづく行くらむ沖つ藻の名張《なばり》の山を今日か越ゆらむ　（巻一・四三、巻四・五一一に重出）

長皇子《ながのみこ》の御歌

宵《よひ》に逢《あ》ひて朝面《あしたおも》なみ名張《なばり》にか日長《けなが》き妹が廬《いほ》りせりけむ　（巻一・六〇）

東の名張の地を詠む二首は、いずれも都に残された者が詠んだ歌で、四三歌は、妻がいまごろは名張の山を越えているだろうかと我が背子当麻麻呂を思いやる。長皇子の詠も大宝二年の三河行幸の際のもので、旅にある妹が名張で仮宿りしただろうと回想する。都から東国への経路を思いやるなかで、畿内の四至としての認識から選び取られた地名と言えるであろう。横河は歌われず、名張の山が詠まれる点については、「川よりは山が境界としては強く認識されていたのではなかろうか。(12)」とも推測されている。

西の明石についてもまた、

燈火《ともしび》の明石大門《あかしおほと》に入《い》らむ日や漕《こ》ぎ別《わか》れなむ家《いへ》のあたり見ず　（巻三・二五四）

天離《あまざか》る鄙《ひな》の長道《ながち》ゆ恋《こ》ひ来れば明石の門《と》より大和島《やまとしま》見ゆ〈一本に云ふ、「家のあたり見ゆ」〉　（巻三・二五五）

明石潟潮干《あかしがたしほひ》の道を明日よりは下笑《したゑ》ましけむ家近付《ちかづ》けば　（巻六・九四一）

天離る鄙の長道を恋ひ来れば明石の門より家のあたり見ゆ　（巻十五・三六〇八）

柿本朝臣人麻呂が歌に曰はく、「大和島見ゆ」

などの歌がある。櫛淵は明石川上流の押部谷の「奇淵」に比定され、山陽道と山陰道を兼ねた直線道にあったと考えられている。[13] つまり、畿内の西限としては陸路が指定されたとみられるが、実際は海路が取られることが多かったため、むしろ明石の門などの歌が残されることになったのであろう。一二五四、二二五五歌は柿本朝臣人麻呂の羇旅歌八首のうちの二首で、巻十五・三六〇八にも影響しているが、いずれも明石の地で家郷やそこで帰りを待つ人のことを詠んでいる。「漕ぎ別れなむ家のあたり見ず」(巻三・二五四)、あるいは「明石の門より家のあたり見ゆ」(巻十五・三六〇八)といった歌いぶりは、明石の地が家郷を離れて異郷へと入ってゆく転換点として陸路における山と同じように認識されていたことを示しているし、そこまでを畿内つまり「うちつくに」とする意識が明らかに認められるところである。

畿内の南限として「背の山」もまた、都に残った人を思う場所になる。背の山で手向の習俗を歌った歌は残らないが、畿内の四至として逢坂山や明石、名張と同様の認識が持たれていたことはたしかであろう。

(三)「妹の山」

『万葉集』の旅の歌においては、家郷に残してきた人を思う歌は少なくない。趣向としてはかならずしも珍しくはないが、紀伊の国の地名には、家郷を思い出させる言葉が多く含まれる点が興味深い。すなわち、真土山は巻十二・三一五四にあるように「待つ」と掛詞の関係にあり、背の山にしてもそこが家郷をしのぶ畿内の南限であることに加えて、背に対する「妹」を容易に連想させる名である。

後《おく》れ居《ゐ》て恋ひつつあらずは紀伊の国の妹背の山にあらましものを　（巻四・五四四）

麻衣《あさごろも》着《け》ればなつかし紀伊の国の妹背の山に麻蒔《ま》く我妹《わぎも》　（巻七・一一九五）

妹《いも》に恋ひ我が越え行けば背の山の妹に恋ひずてあるがともしさ　（巻七・一二〇八）

人ならば母が愛子《まなご》そあさもよし紀の川の辺《へ》の妹と背の山　（巻七・一二〇九）

『万葉集』に歌われる「妹背の山」は、年代のわかるものの中では、神亀元年十月の紀伊国行幸時の笠金村歌（巻四・五四四）が最も早い例で、それ以前の歌では「背の山」のみが歌われる。そのため、本居宣長が『玉勝間』[14]で「兄の山といふ名につきて、妹といふことをもよめれば、又妹山といふことをも、まうけて、歌のふしとせるなるべし、」と述べる。つまり、背の山が存在していたことによって、その対岸に妹の山が遇らせれるに至ったとする。これには、次の二首が傍証となる。

丹比真人笠麻呂《たぢひのまひとかさまろ》、紀伊国に往《ゆ》きて勢能山《せのやま》を越ゆる時に作る歌一首

栲領巾《たくひれ》のかけまく欲《ほ》しき妹の名をこの勢能山にかけばいかにあらむ〈一に云ふ「替《か》へばいかにあらむ」〉　（巻三・二八五）

春日蔵首老の即《すなは》ち和《こた》ふる歌一首

宜《よろ》しなへ我が背の君が負《お》ひ来《き》にしこの背の山を妹とは呼ばじ　（巻三・二八六）

丹比笠麻呂が、背の山を妹の山と呼んでは（あるいは替えては）どうかと歌っている。それに対して春日老は男性である我が君―あなたは背であり、我が君と同じ背という言葉を名に持つ「背の山」を否定して「妹の山」と呼ぶことはしませんと答えている。妹の山が背の山の南岸にあったなら、背の山を妹の山と呼ぶ必要などないから、この時点で妹の山の存在はなかったということになる。春日蔵首老は、『続日本紀』によれば大宝元年三月に還俗させられて、春日倉首老という姓名を賜っている。したがって同年九月に行われた紀伊国行幸時の歌である可能性もあるが、行幸従駕であることは明記されていないため時期は特定しがたい。ただし題詞の作者名が与えられた時期以降と言うことであれば、大宝元年以降の詠出ということになる。そして同年十月の紀伊国行幸歌には、

背の山に黄葉《もみち》常敷《つねし》く神岡の山の黄葉は今日か散るらむ　（巻九・一六七六）

大和には聞こえ行かぬか大我野《おほがの》の竹葉《たかは》刈《か》り敷き廬《いほ》りせりとは　（巻九・一六七七）

と歌われている。神岡すなわち飛鳥の神南備山を歌う発想は家郷を思い出してのことにほかならない。

次の、背の山からさらに大和へ近づいた地と推測される大我野の歌にも大和へのはやる気持が歌われている。「背の山」が妹を連想させるとすれば、そこには妹の山を歌う契機が存在するにもかかわらず、それには言及しない。つまり大宝元年の行幸では、妹の山はまだ認識されていなかったと考えられる。

ところが、巻七に載せられる

大穴道少御神《おほあなみちすくなみかみ》の作らしし妹背の山を見らくし良《よ》しも　（巻七・一二四七）

の歌は、「右の四首、柿本朝臣人麻呂が歌集に出でたり。」（巻七・一二五〇）の左注によって括られることから人麻呂歌集にあったことが知られる。加えて、原文は十三字から成る略体歌で、古体短歌ともされるため、[15]先の二首に先行して妹背の山が歌われていた可能性も否定できないのである。これについて村瀬憲夫氏「妹勢能山詠の諸問題」[16]は、伊藤博氏が想定する、伝来の間に異同や増幅をうけて成り立ったもっとも新しい種類の「人麻呂歌集」[17]から採られたものであるか、あるいは丹比笠麻呂や春日老が人麻呂歌集の歌を知らないままに歌を詠んだ可能性もあると指摘する。たしかに人麻呂歌集に妹背の山が詠まれていることは、妹の山が、天武朝の頃には存在していた可能性を考えさせる。ただ、人麻呂歌集歌の歌いぶりからは、妹の山が自明の存在であったとも思われない。すなわち「妹背の山」が「大穴道少御神の作らしし」の語を冠している点については、「万葉集では二神を並べて、物事の起源の古いことを説く例に引かれることが多い。」（『新編全集』）とされている。

大汝《おほなむち》少彦名《すくなびこな》のいましけむ志都《しつ》の岩屋《いはや》は幾代経ぬらむ　（巻三・三五五）

大汝　少彦名の　神こそば　名付けそめけめ　名のみを　名児山と負《お》ひて　我が恋の　千重《ちへ》の一重
も　慰めなくに　（巻六・九六三）

大汝　少彦名の　神代より　言ひ継ぎけらく　父母を　見れば貴く　妻子《めこ》見れば　かなしくめぐ
し　うつせみの　世の理《ことわり》と…　（巻十八・四一〇六）

これら他の用例に関して言えば、三五五歌は「志都の岩屋」が悠久の時を経てきたことの理由付けに歌われているし、九六三歌も古くからの由緒ある名であることを強調する狙いがある。四一〇六歌も遊行女婦《あそびめ》にうつつを抜かす部下尾張《おはりの》少咋《をくひ》をたしなめるにあたって、昔からの道徳的教えを持ち出すための言葉に用いている。いわば二神による権威づけが行われている。同様に、人麻呂歌集歌においても二神を引き合いに出したのは、畿内の南限である「背の山」はともかく、妹の山の存在をも権威づける目的があったのではなかろうか。

いずれにせよ歌の内容からすれば、丹比笠麻呂と春日老の唱和の段階や、大宝元年紀伊国行幸時には妹山はまだ周知されていなかったはずだから、人麻呂歌集歌の「妹背の山」や二人の唱和がきっかけとなって、藤原京の時代から奈良時代初頭にかけて、妹山が強く意識されるようになったと考えたいところである。人麻呂歌集歌の「妹背の山」が抜きんでて早い例なのであれば、村瀬氏の示した可能性は十分考えられるところである。けだし妹山が生まれたのは特定の時期に政治や法律の世界で定められたわけではなく、あくまでも文芸の世界において醸成された機運によるものであろう。ここでは「背の山」が人麻呂歌集歌や笠麻呂の発想が出てくるような地名であったことを確認しておきたい。笠麻呂が「かけまく欲しき妹の名を」と歌っていることからして、背の山は「妹」を思い出させずにはおかない土地であったと言える。

小田事《をだのつかふ》が勢能山《せのやま》の歌一首

真木の葉のしなふ勢能山しのはずてわが越えゆけば木の葉《こは》知りけむ

（巻三・二九一）

この歌も、いつ詠まれたかは不明である。背の山を実際に越えて行くときの歌で、『新編全集』は「しのはずて」は「賞美愛玩しないで。公用などの旅でせっかくの佳景もゆっくり見られなかったことをいうか。」とし、『釈注』でも、

公用にせかされてさっさと通過してしまったことへの弁解ともとれるし、また、「背」の山の名から「妹」への思いに耽って越えてきたことへの弁明ともとれる。

と解し、「しのはず」の対象を背の山の佳景と捉える。しかし、『全注』（西宮一民氏）の

ただ「背の山」から連想される「妹」のことを、ゆっくり思い慕いもせずに山越えをした、というこ

とは背後にあると考える必要はあろう。

との指摘を受けて、内田賢徳氏「上代語シノフの意味と用法」[18]が、

即ち、ここのシノフは二重に働いている。背の山の姿をよく見て—シノヒテ—そこから触発されて

くる妹をシノフという構造は右（全注—引用者注）の指摘のようにあり、かつそこに背後的な妹を思

うことを欠いて、末の句「木の葉知りけむ」は無意味であろう。

とすることに従うべきであろう。上述のように、背の山の境界としての意義は周知のことであったはず

であり、この歌を「背である私が、妹を思うことなく」と理解しうるまでに「妹」を思わせる意識が背の

山には共有されていたのである。[19]

「妹の山」が文芸の世界において連想される要因には、和歌の作歌技法として対偶表現が常に意識さ

れていたこともあったと思われる。人麻呂歌集歌には大穴道と少御神の二神が妹背の山を作ったとして

いて、大穴道と背の山、少御神と妹の山に対応が意識されていることは明らかである。妹と背という対

偶語は、対句を構成するにあたって常々考慮されるものであり、「妹の山　背の山越えて　行きし

君　いつ来まさむと」（巻十二・三一二八）のように歌作の常套手段としても利用される。それゆえ、「妹の山」

の呼び名も万葉後期にいたって定着し、他所に存在する妹の山（雌岳）を言挙げするにあたって、紀路

の妹の山が類推されることまでも起こっていく。

紀伊道《きぢ》にこそ妹山ありといへ櫛上《くしがみ》の二上山も妹こそありけれ　（巻七・一〇九八）

こうした結果を引き起こしたのは、背の山が家郷を思う境界である畿内の南限であったことを抜きにしては語れないし、『万葉集』が巻一にすでに多くの紀路の地名を収めるように、初期万葉の時代から行幸といった旅において家郷への思いを詠む機会に恵まれていたためでもある。そうした中でも注目したいのは、巻九冒頭の雄略天皇御製歌について載せられる歌群である。

五　出典としての巻九紀伊国行幸歌

（一）「我玉拾ふ」と「山道越ゆらむ」

岡本宮に天の下治めたまひし天皇の紀伊国に幸せる時の歌二首

妹《いも》がため我《われ》玉拾《ひり》ふ沖辺《おきへ》なる玉寄《よ》せ持ち来《こ》沖つ白波　（巻九・一六六五）

朝霧に濡《ぬ》れにし衣《ころも》干《ほ》さずしてひとりか君《きみ》が山道《やまぢ》越ゆらむ　（巻九・一六六六）

右の二首、作者未詳。

岡本宮は本来舒明天皇の宮を指すが、『日本書紀』の行幸記事との関わりから後岡本の宮のこととして斉明天皇の紀伊国行幸時の歌と理解されている。一首目は、紀伊の海で妹のために玉を拾おうとして白波に玉を寄せてくれるように呼びかけるもので、男性（君）の立場からの詠出である。ここには、

つともがと乞《こ》はば取らせむ貝拾《ひり》ふ我《われ》を濡らすな沖つ白波　（巻七・一一九六）

の歌に明瞭に示されるように、旅中の男性が都に残してきた女性におみやげを持ち帰ってやりたいという思いが込められている。

二首目はそれに呼応して、女性（妹）の立場から詠んでいる。旅に出た君が、朝霧に濡らした衣も乾かさないまま山道を越えようとしているのではないかとその男の身を案じている。この二首は、旅路と家郷という遠く離れた地で、おたがいを思いあう男女の姿が好対照に示されていて、その興味がかならずしも紀伊の海の風景にあるのでないことは女性の歌が山道を詠んでいる点からも明らかである。

この二首に続くのが大宝元年十月の紀伊国行幸時の歌群で、一首目は、

妹《いも》がため我《われ》玉求む沖辺《おきへ》なる白玉寄せ来《こ》沖つ白波　（巻九・一六六七）

右の一首、上《かみ》に見ゆること既《すで》に畢《を》はりぬ。ただし、歌辞少しく換《かは》り、年代相違《あひたが》へり。因《よ》りて累《かさ》ね

載《の》せたり。

となっている。左注には、重複を疑う記述もなされるが、持統太上天皇と文武天皇の行幸の折にも、先の行幸時の歌が強く意識され、そのまま踏襲された跡を示すとみられる。男の立場からの歌が冒頭に配されるのに対して、家郷に留まった女性が旅路の男性を思いやる発想は、十三首の行幸従駕歌群のあとに配された次の二首に込められる。

後《おく》れたる人の歌二首
あさもよし紀伊へ行く君が真土山越《こ》ゆらむ今日そ雨な降りそね　（巻九・一六八〇）
後《おく》れ居《ゐ》て我が恋ひ居《を》れば白雲のたなびく山を今日か越《こ》ゆらむ　（巻九・一六八一）

つまり、かつての岡本宮の天皇行幸で歌われた二首の趣向が大宝元年行幸歌群では冒頭と末尾に配される形で踏まえられている。さらに、旅路において男性が家郷の女性を思い、女性が男性の帰りを待ちつつ道中の無事を祈るという発想は、紀伊の海浜の佳景を賞する歌にも組み込まれていく。

我が背子《せこ》が使《つか》ひ来《こ》むかと出立《いでたち》のこの松原を今日か過ぎなむ　（巻九・一六七四）

出立の松原に、我が背子からの使いを出で立って待つ妹の姿を重ね合わせる。今その場で目の当たりにしている紀伊の風光を歌いながらも、家郷への思いが支配的である。

背の山に黄葉常敷《もみちつねし》く神岡の山の黄葉は今日か散るらむ　（巻九・一六七六）

大和には聞こえ行かぬか大我野《おほがの》の竹葉《たかは》刈り敷き廬りせりとは　（巻九・一六七七）

先に掲げたこの二首はその延長上にあって、紀路を都へ帰る途上の募ってゆく思いの表出である。

（二）「妻寄しこせね」

十三首の紀伊国での詠出の最後には、募る思いが妻すなわち妹へのものであることが明言されている。

紀伊の国に止《や》まず通《かよ》はむ妻の社《もり》妻寄《よ》しこせね妻といひながら〈一に云ふ「妻賜《たま》はにも妻と言ひながら」〉　（巻九・一六七九）

妻の社は真土山と背の山の間、橋本市妻の地にある。土地の神に、地名にゆかりの妻を「寄《よ》しこせね」

と歌う本伝は、どこからか妻を与えて下さいというような曖昧な願いとは思われない。たしかに異伝の「妻賜《たま》はにも」は神に妻を賜ることを願っているに違いないが、本伝が用いる「寄《よ》しこせ」「こせ」の語を持つ他の二首は、

我が背子をこち巨勢山と人は言へど君も来《き》まさず山の名にあらし　（巻七・一〇九七）

庭に立つ麻手《あさで》小衾《こぶすま》今夜《こよひ》だに夫寄《つまよ》しこせね麻手小衾　（巻十四・三四五四）

といずれも思う相手を連れて来てほしいという具体的な願いを歌っており、また「藤原宮の役民《やくみん》が作る歌」（巻一・五〇、74頁）の「よし巨勢道より」が「知らぬ国」が巨勢路を通ってやって来ると表現している点から言っても、妻の社への願いは、夫の帰りを待つ妻をここまで連れて来てはくれないかというものと考えられる。端的に言えば、「妻をわたしにくださいな」（『全注』）や「妻を授けたまえ」（『新編全集』）とする訳は、異伝の「妻賜《たま》はにも」に引きずられているというべきで、「私に妻を寄せ来させておくれ」（澤瀉『注釈』）、「妻を連れて来て置いて下さい」（『釈注』）といった訳が適切であろう。妻を持つ者は、都に残している妻をここまで寄こしてもらうことが望みなのであり、そうでない者は賜ることを神に頼むのである。本伝と異伝にはそのような対照的な相違があると考えられる。

（三）「追《お》ひ行かば」と「求めそ我が来《こ》し」

ここで想起したいのが、二つの長歌群である。先にも掲げた笠金村が娘子《をとめ》に頼まれて作ったとされる歌（巻四・五四三～五四五）と巻十三の紀伊国問答歌（三三一八～三三二一）である。

神亀元年甲子の冬十月、紀伊国に幸す時に、従駕の人に贈らむがために、娘子《をとめ》に誂《あとら》へられて作る
歌一首并せて短歌

笠朝臣金村

大君《おほきみ》の　行幸《みゆき》のまにま　もののふの　八十伴《やそとも》の男《を》と　出《い》でて行きし　愛《うるは》し夫《づま》は　天飛《あまと》ぶや　軽《かる》の道《みち》
より　玉だすき　畝傍《うねび》を見つつ　あさもよし　紀伊道《きぢ》に入り立ち　真土《まつち》山　越《こ》ゆらむ君は　もみち
葉《ば》の　散《ち》り飛ぶ見つつ　むつましみ　我は思はず　草枕　旅を宜《よろ》しと　思ひつつ　君はあるらむ
と　あそそには　かつは知れども　しかすがに　黙《もだ》もえあらねば　我《わ》が背子《せこ》が　行《ゆ》きのまにま
に　追はむとは　千度《ちたび》思へど　たわやめの　我が身にしあれば　道守《みちもり》が　問はむ答へを　言ひ遣《や》ら
む　すべを知らにと　立ちてつまづく　（巻四・五四三）

反歌

後《おく》れ居《ゐ》て恋ひつつあらずは紀伊《き》の国の妹背の山にあらましものを　（巻四・五四四）

我が背子が跡踏《あとふ》み求め追《お》ひ行かば紀伊の関守《せきもり》い留《とど》めてむかも　（巻四・五四五）

笠金村が娘子の立場で詠んだ歌は、行幸に従駕して紀路へと旅立った夫を心配し、追いかけていこうかとためらい、道守（関守）がとがめるのではないかと思いめぐらして、途方にくれる姿を描く。「あさもよし紀伊道に入り立ち真土山越ゆらむ君」は、「後れたる人の歌二首」（一六八〇、一六八一）のなかんずく一首目に重なるし、私のことを忘れて真土山を越えて、散り飛ぶもみち葉に見とれているのではないかという不安は、背の山に散り敷いた黄葉に神岡の山の黄葉を思い出す一六七六歌の趣向を踏まえていると見て良い[20]。そして、夫が行った道を追いかけて行こうとする娘子の逡巡は、「妻寄しこせね」（一六七九）という願望に呼応する発想となっている。反歌には、恋しく思ってただ待っているくらいなら、いっそ妹背の山になって、ともにいられたら良いのにと慨嘆する。しかし、愛しい人の跡を追って行ったら関守がとどめるだろうから、やはり行くことはままならない。

　金村の歌については「誰もが主人公になることのできる恋のドラマを構想して、従駕の宴で披露された[21]」との推測もされていて、そのような場があったとすれば男性官人にとっては、都に残してきた妻を寄しこせたいという願いにも応じたこの歌の趣向は我が身に即して把握され、妻との相思相愛に希望を持てる点でよろこばしく共感されたものであったと思われる。

　同様の発想は巻十三の紀伊国問答歌（72頁）にも確認することができる。反歌一首目の「杖つきもつかずも我は行かめども」（三三一九）には妹が君の帰りを待ちかねて迎えに行こうとする心境が描かれており、反歌二首目「求めそ我が来《こ》し」には、君を思うあまりに追い求めてやって来てしまったという展開までが描かれる。長歌三二一八の冒頭「紀伊の国の　浜に寄るといふ　鮑玉《あはびたま》　拾《ひり》はむと言ひて」および二連対「沖つ波　来寄る白玉　辺つ波の　寄する白玉　求むとそ　君が来まさぬ　拾ふとそ　君は来まさぬ」には、明らかに妹のために玉を拾おうとする趣向（一六六五、一六六七）が意識されており、やはり大宝元年紀伊国行幸歌の影響を見て取ることができる。ただ、妹が君を追って行く描写が、長歌に見られないことは重要である。というのも、巻十三の長歌と反歌については、単独の長歌に反歌が後付けされたとみられるものが多く、この歌群もまた、反歌二首目（三三二〇）が、巻十二・三一五七歌と類歌関係にある。そしてこの三二五七歌の方が本来の形を残しており、三三二〇歌は女性である妹が君を追い求めて巨勢道を来てしまったという行動に添うように作りかえられたとみられるからである。(22)

直《ただ》に来《こ》ずこゆ巨勢道《こせぢ》から石橋踏《いしばしふ》みなづみぞ我が来《こ》し恋《こ》ひてすべなみ　（巻十三・三二五七）

或本《あるほん》には、この歌一首を以《もち》て「紀伊の国の　浜に寄るといふ　鮑玉《あはびたま》　拾《ひり》ひにと言ひて　行きし君　いつ来まさむ」の歌の反歌と為《な》す。具《つばひ》らかには下に見ゆ。ただし、古本によりてまた重ねてここに載せたり。

長歌には君の帰りを待つ妹が描かれ、夕占を介した君は「な恋《こ》ひそ我妹《わぎも》」と言うのみで、金村の長歌の「我《わ》が背子《せこ》が　行《ゆ》きのまにまに　追はむとは　千度《ちたび》思へど」のような心情は見られない。そうであれば反歌一首目に、「杖《つゑ》つきもつかずも我は行かめども」とある歌には待つ女からより情熱的な追う女への転換がある。それを受けて二首目に、金村歌にさえ想像するのみであった道行きが実際の行動として描かれるのである。長歌一首がすでに単独で問答を構成している点も考慮すると、道を行こうとする一首目もまた後付けで、反歌を附加することによって主題を改変しようとした作為とみるべきであろう。

もちろん金村歌が我が背子を追いかけようとする娘子を描いたことが、紀伊国問答歌にも影響したという両歌群間の直接的な関係も考えられるが、金村歌には黄葉の散るさまに、問答歌には玉を拾う君に、いずれも巻九の紀伊国行幸歌群の強い影響が認められる。

金村歌の反歌五四四は、妹背の山のように一緒にいられたらと歌い、作歌年時が明記された歌の中で最も古い「妹背の山」の例になる。この神亀元年の時点では、金村も人麻呂歌集歌の「妹背の山」を知っていたであろうから、大宝元年（七〇一）以降神亀元年（七二四）までの間に妹の山も定着したと言える。一方の巻十三・三三一八の長歌は、三二五七歌の左注によれば、或本に異伝があったことが知られる。原文で両者を並べると多くの表記が異なっている。

紀伊国《きのくに》之《の》浜《はま》尓《に》 縁《よる》云《といふ》 鰒珠《あはびたま》 拾《ひりひ》尓《に》登《と》謂而《いひて》往之《ゆきし》君《きみ》何時《いつ》到来《きまさむ》 （三二五七或本）

木国《きのくに》之《の》浜《はま》 因《よる》云《といふ》 鰒珠《あはびたま》 将拾《ひりはむ》跡《と》云而《いひて》妹乃山《いものやま》勢能山《せのやま》越而《こえて》行之《ゆきし》君《きみ》何時《いつ》来座《きまさむ》 跡《と》 （三三一八）

左注の記述が編者の記憶に従って為されたものであれば、比較的自由に文字が選ばれ表記が大きく異なる可能性も考えられるが、古本にあるとおり三二五七歌を載せたとする注記者の本文尊重の姿勢が或本からの転載についても貫かれているとすれば、文字通り本文に異同のある異伝が存在していたことになる。そして或本の歌（三二五七）には「妹《いも》乃《の》山《やま》勢《せ》能《の》山《やま》越《こえ》而《て》」（三三一八）に該当する句がない。この異伝は、妹の山の成立時期とも関わって興味深い。妹の山が背の山との対偶表現として採用されるまでに広く認識されていった過程を示すものとも考えられるからである。さらに本文尊重の原則をつきつめれば、三二五七左注の異伝長歌に反歌として載せられていたものは三三一八歌ではなく、三二五七歌の形をしていたことになる。この点も、紀伊国問答歌の生成過程を物語るものと推測される。これらを時系列に並べることは控えたいが、まとめると次の諸段階がこれもまた推測される。

・巻九の紀伊国行幸歌が成立した大宝元年以降、その影響を受けて、三二五七左注の長歌が作られた。
・神亀元年紀伊国行幸で、大宝元年行幸歌を下敷きにして、君を追おうとする娘子の姿と妹背の山を詠み込んだ金村歌が作られた。
・三二五七左注長歌に、三二五七歌が反歌として付され、君を追ってくる女性の姿が加えられた。巻九の「妻寄しこせね」（一六七九）だけでなく、金村歌の影響もあったかもしれない。
・「妹の山背の山越えて」が挿入された三三一八歌が成った。
・三二五七歌が三三二〇歌に改められた。

金村歌は「かけまく欲《ほ》しき妹の名を」（巻三・二八五）と希求した妹を、「妻寄しこせね」（巻九・一六七九）―呼び寄せたいと願い、妹も自分を思って実際に来てくれたらと想像したところに発想の源がある。紀伊国問答歌の、長歌では君の帰りを待っていた女が、ためらいながらも思いあまって行動に出てしまう反歌の展開は金村歌に描かれる娘子のさらに先にある。妹の山もまた、背の山へ寄しこせてほしいという思いの帰結という点で、二つの歌群に通じるのである。

（四）「玉津島」

大宝元年の紀伊国行幸歌には、紀伊国への土地ぼめと有馬皇子追慕、そして旅路の男と家郷の女の心理を描くという三つの要素が見られるが、最後のそれは岡本宮の天皇の行幸歌二首の存在によって、とりわけ重要なテーマとして設定されていた。そこで展開された歌が枠組みとなって、後の時代に踏襲され、真土山、背の山、妻の社といった地名とともに広く受容されていったことをみてきた。巻七「羈旅にして作る」の中にも、その枠組みのもとにある歌が見える。

妹がため玉を拾《ひり》ふと紀伊の国の湯羅《ゆら》の岬《みさき》にこの日暮らしつ　（巻七・一二二〇）

左注により藤原卿の作とされる。「湯羅《ゆら》の岬《みさき》」は一六七〇、一六七一歌にも「湯羅《ゆら》の崎」として現れ、初

和歌浦　玉津島

二句「妹がため玉を拾ふと」は一六六五、一六六七歌を意識したものとしてたいへんわかりやすい。次も同じく藤原卿の作である。

玉津島見れども飽《あ》かずいかにして包《つつ》み持ち行かむ見ぬ人のため　（巻七・一二二二）

ここでは、妹への思いを象徴する玉が、玉津島の地名と融合し、その風景までも都の妻へのみやげとしたいとする。先の行幸歌二首を踏まえた詠出と言える。

玉津島よく見ていませあをによし奈良なる人の待ち問はばいかに　（巻七・一二一五）

玉津島見てし良《よ》けくも我はなし都に行きて恋《こ》ひまく思へば　（巻七・一二一七）

藤原卿の作の直前に配列されるこれらの歌にも、玉津島への評価が対照的であるが、都への思慕が歌われている点は共通する。玉津島は、聖武天皇の神亀元年十月の紀伊国行幸の際の、遊覧するに好《よ》しとし、弱《わか》の浜《うら》を明光浦《あかのうら》と改名した詔と山部赤人の玉津島従駕歌（巻六・九一七〜九一九）が注目されるが、それらにあらわれない、かつて紀伊の国の浜で希求された玉を想起させる地名として歌われた側面があった。つまり、玉津島という地名もまた、巻九の紀伊国行幸歌が創り出した枠組みの中で、旅にあって家郷への思いを歌うための素材として理解されていた。

ところで坂本信幸氏は、人麻呂歌集の、

玉津島磯の浦廻《うらみ》の砂《まなご》にもにほひて行かな妹も触れけむ　（巻九・一七九九）

には、玉津島神社の祭神衣通姫《そとおりびめ》の伝承が背景にあったこと、そして衣通姫が軽《かるの》太子を伊予に追った軽大郎女《おおいらつめ》であることから、妹背山を兄妹の関係と捉える妹背山詠、

人ならば母が愛子《まなご》そあさもよし紀《き》の川の辺《へ》の妹と背の山　（巻七・一二〇九）

も、軽太子《かるのみこ》と軽大郎女（衣通姫）兄妹の悲恋物語を背景として理解されたことを推測している。(23)この推

測は、紀路が伊予へとつづく南海道で、軽大郎女が軽太子を追って行った道であったことを考えると示唆に富む。

衣通王《そとおりのおおきみ》すなわち軽大郎女が詠んだ、

君が行き日長くなりぬやまたづの迎《むか》へを行かむ待つには待たじ　（巻二・九〇、記八七）

が類歌「迎へか行かむ待ちにか待たむ」（巻二・八五）にくらべて、より積極的な女の姿を描いている点も、金村歌の娘子や紀伊国問答歌の妹の姿勢に類似する。男が旅立った理由が行幸であろうと配流であろうと、そうした事情にかかわらず男を追おうとする点は変わらない。

こうした共通性から、梶川信行氏は金村歌について、允恭記の軽太子と軽大郎女の物語をその典型とする軽の隠り妻伝承を踏まえた架空の悲恋物語であったと指摘するが(24)、むしろ男のあとを追う衣通姫の伝承が、允恭記に取り込まれ、さらに金村歌にも影響した可能性を感じさせる。

藻刈《もか》り舟《ぶね》沖漕《こ》ぎ来《く》らし妹が島形見《かたみ》の浦に鶴翔《たづかけ》る見ゆ　（巻七・一一九九）

これも紀伊の国の歌で、妹が島は現在の友が島と考えられているが、やはり妹の名を持つ地名である。

それほどに紀伊の国は、妹を思い出させる土地であった。

◆六 おわりに

土地土地の境界はその都度来し方をふりかえり、行く末を思わせる。大和の国から放射状に延びる鄙への道は、国境と畿内の四至が二重構造になって家郷を思い起こさせる。そうした大和びとの発想にもとづいて、紀路の地名にも、家郷とそこにいる妻を思い出させる歌語としての意味が付与されていった。「我妹子をいざみの山」や「娘子らに逢坂山」とただでさえ妹への思いを詠みたがる万葉びとにとって真土山、妻の社、背の山という紀路の地名はまことにうってつけの素材であった。大宝元年紀伊国行幸歌には、岡本宮の天皇行幸歌二首の趣向がそれらの地名を介在させつつちりばめられていた。金村の紀伊国行幸従駕歌や巻十三の長歌、巻七の玉津島詠にみられるように後代の和歌は、巻九の紀伊国行幸歌の影響下に展開していった。

紀伊の国の万葉歌としては、有間皇子関連歌や、額田王の難訓歌（巻一・九）、中皇命の歌（巻一・十〜十二）と赤人の玉津島従駕歌がまず思い浮かぶが、巻九の紀伊国行幸歌もまた紀伊の国の地名と関わって、その後の紀伊の国の歌に大きな影響を与えた歌群として位置づけられる。有間皇子の悲劇という大きな事件を経ながらも、紀伊の国の万葉歌がそれのみにかたよらないのは、幸いにも初期万葉の段階から行幸の機会に恵まれ、そのたびに過去の歌を踏まえた新たな歌が蓄積されてきたことがあげられる。大和の国にはない南海の明るい風光の地であるがゆえに、詠まれた歌々には、旅のわびしさを感じさせるような趣は基本的に見られない。にもかかわらず家郷を思い出すのは、巻七の玉津島詠に示されるように、風景がすばらしいほど、愛する人とともに見たいという思いがつよまるからである。紀伊の国の風土が都に残された人を思い出させるために、それを地名に結びつけて歌うことが繰り返されていったのである。

注1 『日本古代政治史研究』(塙書房、昭和四十一年五月)所収。
2 「古代海上交通と紀伊の水軍」(『日本古代の貴族と地方豪族』塙書房、平成四年一月)。
3 「鳴滝倉庫群と倭王権」(『紀伊古代史研究』塙書房、平成十六年十一月)。
4 「(古布都押之信命《こふつおしのまことのみこと》が)木国造《きのくにのみやつこ》が祖、宇豆比古《うづひこ》の妹、山下影日売《やましたかげひめ》を娶りて、生みし子は、建内宿禰。」(孝元記)。
5 新大系『続日本紀二』(岩波書店)補注9—三二「海路の使人」。
6 『万葉』一一四号、昭和五十八年七月。『全注』にも同様の指摘がある。
7 『新編全集』地名一覧、『釈注』。
8 薗田氏前掲論。
9 坂本信幸氏「人麻呂の紀伊の歌」(『日本古代論集』笠間書院、昭和五十五年九月)。

10 薗田氏前掲論は、「大和の南部（飛鳥周辺）から難波津に出るためには、奈良盆地を斜行し、大和と河内を隔てるかなり高峻な生駒・葛城山脈を横断しなければならない。人間の移動だけならともかく、外征というような大量の物資の運輸を伴うばあいは、かなり困難な行程となろう。奈良盆地を分流する大和川の支流は河底が浅く、とくに大和川が河内に流入する亀ノ瀬付近では、十分な舟運はのぞめないのである。これにくらべて、紀ノ川およびその上流の吉野川は、その源を吉野・熊野の連峰に発し、水量は豊かで、かなり上流まで舟を浮かべることが可能である。紀ノ川水運は、中世では高野山の年貢運上にさかんに利用され、近世でも大和の五条、紀伊の橋本は、上下船の発着点として殷賑をきわめたのである。」「いまかりに、大和の飛鳥から巨勢（御所市）を経て宇智（五条市）に至り、そこから紀ノ川の水運を利用するとすれば、陸上の行程は難波津に出るよりもはるかに短縮されるであろう。」とする。

11 和田萃氏「紀路の再検討」（『季刊明日香風』一〇七、平成二十年七月）。

12 木下良氏「歴史地理的に見た『道の万葉集』」（高岡市万葉歴史館論集九『道の万葉集』笠間書院、平成十八年三月）。

13 「山陽道『播磨国』」（吉本昌弘氏執筆）（『日本古代道路事典』八木書店、平成十六年五月）。

14 「妹背山」（九の巻）、「又妹背山」（十二の巻）（『本居宣長全集第一巻』筑摩書房、昭和四十三年五月）。

15 稲岡耕二氏「人麻呂歌集と人麻呂」（『セミナー万葉の歌人と作品第一巻』和泉書院、平成十一年）。

16 『万葉集研究』第二十七集（塙書房、平成十七年六月）。

17 「異本詩体・常体朝臣人麻呂歌集」（「万葉集の成り立ち」『釈注』十二）。

18 『帝塚山学院大学日本文学研究』二十一、平成二年二月。

19 村瀬憲夫氏は「笠金村と紀伊」（『紀伊万葉の研究』和泉書院、平成七年二月）において、「紀伊国行幸という晴の場で、妹山が詠まれたことの意味は大変大きい。行幸といった公の華やかな場で公認されたことによって、妹山は一気に人々の間に広く浸透し定着していったものと思われる。」と述べる。

20 村瀬憲夫氏注19前掲論。

21 村山出氏「笠金村の従駕相聞歌」(『奈良前期万葉歌人の研究』翰林書房、平成五年三月)。

22 井ノ口史氏「『紀伊国問答歌』について」(『万葉』一六一号、平成九年五月)および、小稿「反歌附加の試み—巻十三異伝歌群の背景—」(『高岡市万葉歴史館紀要』第二十号、平成二十二年三月)。

23 坂本信幸氏前掲論。

24 「軽の道の悲恋物語」(『万葉史の論　笠金村』桜楓社、昭和六十二年十月)、「娘子に誂へられて作る歌」(『セミナー万葉の歌人と作品』第六巻、和泉書院、平成十二年十二月)。

＊万葉集の引用は『新編日本古典文学全集　万葉集』(小学館)による。

伊勢萬葉
——その特質——

廣岡義隆

一 はじめに

伊勢萬葉の範囲

担当する「伊勢」地域の範囲について確認しておく。本書の項目は、高岡市万葉歴史館名誉館長故犬養孝氏の地理概念「万葉歌の風土圏」[1]を念頭にした企画である。この「万葉歌の風土圏」における「伊勢」は、包括的な地域概念として示されている。犬養孝氏の「萬葉集における地名」[2]では「志摩。凡《およ》そ五」「伊勢。凡そ二〇」「伊賀。凡そ三」として地名がカウントされるが、同氏の「萬葉地理—その風土性[3]—」では「万葉歌の風土圏」の図と共に、「摂津の約一三〇、近江の約一四〇、紀伊の約一三〇、山城の約一二〇、伊勢の約五〇」とある。この「伊勢の約五〇」という数値は五の倍数法による表示であるが、同氏の『万葉の旅』[4]における「三重県」の表示地点を題詞、該当歌、左注について、重複はカウントせずに計数すると、丁度五十という数値になる。これにより当稿は「伊勢」地域について、文字通りの旧伊勢国の範囲と限定せず、現在の三重県に相当する旧伊賀国・旧志摩国を扱うと共に、旧紀伊国についても現三重県に相当する範囲を含めて見て行く。そうしたエリアを広く「伊勢萬葉」として考察することをお断りしておく。

なお当稿において、倭歌《わか》等の資料の頭に01〜48といった一連番号を振り、文中で01歌・48歌などという呼称を用いる。

二 天武・持統代の萬葉

当節の歌は、その多くが行幸《みゆき》など、天皇に関わっての詠である。まず壬申《じんしん》の乱（六七二年）に関して「伊勢」が出てくる。

渡会の斎宮・神風

01かけまくも　忌《ゆゆ》しきかも…中略…渡会の　斎宮ゆ　神風《かむかぜ》に　い吹《ふ》き惑《まと》はし　天雲《あまくも》を　日《ひ》の目《め》も見《み》せず　常闇《とこやみ》に　覆《おほ》ひ賜《たま》ひて　定《さだ》めてし　水穂《みづほ》の国《くに》を…下略…

（巻二・一九九、柿本人麻呂）

この作品は「高市皇子尊《たけちのみこのみこと》の城上《きのへの》殯宮《もがりのみや》の時に、柿本朝臣人麻呂の作れる歌一首」（題詞）であり、作品の成立は持統天皇十年（六九六）である。この中で、伊勢神宮を「渡会の斎宮」と表現し、その「神風」によって乱の勝利が決定的になったと表現している。この「渡会の斎宮」は「わたらひのいつきのみや」と訓《よ》むのが常であるが、西宮一民氏⑸の説く通り、ここは斎王宮をさすのではなく、神宮のことであるので、「わたらひのいはひのみや」と訓むべき箇所である。なお伊勢に冠する枕詞「神風の」については、柿本人麻呂のこの高市皇子尊挽歌（巻二・一九九）における「神風」の語が契機となって成立⑹したものと考えられる。

波多横山

作品として古いのは、次の十市皇女《とおちのひめみこ》に関わる一首であり、時に天武天皇四年（六七五）のことである（左注）。

02 河上《かはかみ》のゆつ盤《いは》むらに草《くさ》むさず常《つね》にも冀《がも》な常処女《とこをとめ》にて　（巻一・二二、吹芡刀自《ふふきのとじ》）

この作には、「十市皇女《とをちのひめみこ》、伊勢神宮に参《まゐ》り赴《おもむ》く時に、波多の横山の巌《いはほ》を見て、吹芡刀自《ふふきのとじ》の作れる歌」（題詞）と詠作場所が明示され、歌に「ゆつ盤《いは》むら」と表現されているが、その「波多《はた》」（波多《はた》の横山《よこやま》）の所在が明確でない。「家城《いえき》説」「井関大仰《いぜきおおのき》説」「波瀬《はぜ》説」「川合高岡《かわいたかおか》説」がある。各説の位置については三重大学万葉旅行の会の執筆になる「河口・波多コース」(7)が詳しい。家城及び井関大仰は雲出川《くもずがわ》が貫流する地であり、波瀬及び川合高岡は波瀬川（雲出川支流）が流れる地で、いずれも旧一志《いちし》郡（現、津市）の地である。犬養孝氏が(8)「一志町の大字に八太《はた》（近鉄川合高岡駅東方）があり、神名帳の波多神社がある」としているのは川合高岡説に該当する。しかしながら、いずれの説においても「横山」と「巌」の双方を満たすものはない。私は、「横山巌」とは「横山状の巌」（横山なす巌）ではないかと、提起したことがある。(9)

伊勢神宮・伊勢斎宮

02歌の題詞及び左注に「伊勢神宮」が出る。この「伊勢神宮」は01歌において「わたらひのいはひのみや」として出たものであり、「伊勢神宮」の訓は「いせのかむみや」である。国家の神と位置付けられて早い時期の伊勢神宮であることが注意される。「伊勢神宮」は、大伯皇女《おおくのひめみこ》の次の03・04歌の題詞にも出る（大津皇子《おほつのみこ》、竊《ひそ》かに伊勢神宮に下《くだ》りて上《のぼ》り来る時に、大伯皇女《おほくのひめみこ》の御作歌《つくりませるみうた》、二首）。この「伊勢神宮」については岡田精司氏(10)に論考がある。時に天武天皇十四（十五）年（六八六）のことと推定できる。

03 吾《わ》がせこを倭《やまと》へ遣《や》るとさ夜深《よふ》けて鶏鳴露《あかときつゆ》に吾《わ》が立《た》ち霑《ぬ》れし　（巻二・一〇五、大伯皇女）

04 二人《ふたり》行《ゆ》けど去《ゆ》き過《す》ぎ難《かた》き秋山《あきやま》を如何《いかに》か君《きみ》が独越《ひとりこ》ゆらむ　（巻二・一〇六、大伯皇女）

同年の作として、次の歌がある。

05 神風《かむかぜ》の伊勢の国にも有《あ》らましを奈何《なに》しか来《き》けむ君《きみ》も有《あ》らなくに　（巻二・一六三、大来皇女）

06 見《み》まく欲《ほ》り吾《わ》が為《す》る君《きみ》も有《あ》らなくに奈何《なに》しか来《き》けむ馬疲《うまつか》るるに　（巻二・一六四、大来皇女）

05歌・06歌の題詞（大津皇子薨《かむあが》りし後《のち》、大来皇女《おほくのひめみこ》、伊勢斎宮より京《みやこ》に上《のぼ》りたまひし時に御作歌《つくりませるみうた》、二首）に見られる「伊勢斎宮」は斎王宮のことと考えられ、「いせのいつきのみや」と訓読する（西宮一民氏）(11)。関連して言及すると、古名張《こなばり》の中心地である夏見《なつみ》の寺院址（夏見廃寺）は、大津皇子の菩提を弔《とむら》うために大来皇女が建立した昌福寺であろうと推定されている（現地に夏見廃寺展示館がある）。詳しくは『東海の万葉歌』(12)を参照されたい。

名張の山

ついで持統天皇六年（六九二）の伊勢行幸時の詠歌がある。道順を追う形で見ると、まず「隠」（なばり）の地が出る。

07 吾《わ》がせこは何所行《いづくゆ》くらむ己《おき》つもの隠の山を今日《けふ》か越《こ》ゆらむ　（巻一・四三、当麻真人麻呂妻《たぎまのまひとまろのつま》）

重出歌（巻四・五一一）があり、巻第一はその題詞が簡略であるのに対し、巻第四の場合は「伊勢国に幸《いでま》しし時、当麻麻呂大夫《まへつきみ》の妻《つま》の作れる歌一首」と行幸に従駕した官人の妻の詠であることが明確である。名張の山とは漠然とした名張地域の山というのではなくて、畿内と畿外の境界としての山をさし、それは大和国との国境をなしている山々をさしての称としてある。

伊勢への行程は、名張《なばり》から川口《かわぐち》の地を経て雲出川沿いに伊勢中川の地へ出るコースと共に、吉野から高見山《たかみやま》越えをして松阪市へ出るコース、青山峠越えをするコース、JR関西本線にほぼ沿う形で関・亀山へ出るコースなどがある。この持統天皇六年の伊勢行幸時は名張の地が詠まれており、川口から伊勢中川の地へ出るコースであったものと推定される。先の02歌の十市皇女一行のコースも同様であった。

いざみの山

この一行中の石上大臣《いそのかみのおおまえつぎみ》（麻呂《まろ》）の歌には「去来見乃山《いざみのやま》」（高見山）が詠《うた》われている。

08 吾妹子《わぎもこ》を去来見の山を高《たか》みかも日本《やまと》の見《み》えぬ国遠《くにとほ》みかも　（巻一・四四、石上麻呂）

行幸コース自体は川口経由であったこと、右で見た通りであるが、詠歌には著名な高見山越え(13)を歌詠素材にしての歌となっている。

あみの浦・答志崎・いらごの島

この一連の歌群の最初に、柿本人麻呂の「留京三首」が位置している。これら、四〇番歌から四四番歌の五首は、行幸《みゆき》から還京後の都における歌宴において披露された歌々であろう。人麻呂の三首（伊勢国に幸《いでま》しし時に、京《みやこ》に留《とど》まれる柿本朝臣人麻呂の作れる歌）も先の当麻麻呂の妻の一首も留守をした者の詠歌である。

09 あみの浦に船乗《ふなの》りすらむ嬬嬬《をとめら》等が珠裳《たまも》のすそにしほみつらむか　（巻一・四〇、柿本人麻呂）
10 釧《くしろ》著《つ》く手節の崎に今日《けふ》もかも大宮人《おほみやびと》の玉藻《たまも》苅《か》るらむ　（巻一・四一、柿本人麻呂）
11 潮《しほ》さゐにいらごの島辺《べ》榜《こ》ぐ船《ふね》に妹《いも》乗るらむか荒《あら》き島廻《しまみ》を　（巻一・四二、柿本人麻呂）

この「あみの浦《うら》」の地については位置が確かでないと見るむきもないことはないが、詠われる地点が一直線上に位置する鳥羽市小浜《おはま》の地（小字名「アミノ浜」）と見てよい（「手節《たふし》の崎《さき》」は答志島《とうしじま》の岬）。この三首についてはこれまで種々書いて来たが、一番の問題点は「いらごの島」が余りにも遠くに位置していることである。このことについては、「文芸地図」として論じた。(14) これを簡略に記すと、以下のようにな

アミノ浜から答志島（左奥）菅島（右）を望む　撮影 1989 年 3 月 22 日

る。

　鳥羽から伊良湖岬まで約二十キロメートル、現代の高速船で三十五分を要します。官人の優雅な船遊びには向きません。…中略…これらを「記憶による誤り」と断ずるよりも、むしろ「文芸化における地域理解」と把握して見る方が文学を見てゆく上では有効でしょう(15)。

　その「いらごの島」については、神島《かみしま》説もあるが（沢瀉『注釈』）、伊良湖岬であろう。伊勢の地ではなくて三河国と考えるのがよい。当稿の範囲からは外れる。

阿胡行宮

　右の一連五首（巻一・四〇～四四）には、次の左注がある。

12右、日本紀《にほんぎ》に曰《い》はく、「朱鳥六年…三月…中略…、天皇諫《いさめ》に従《したが》ひたまはず、遂《つひ》に伊勢に幸《いでま》す。五月…、阿胡行宮に御《いでま》し…」といふ。

ここに録されている「五月…、阿胡行宮《あごのかりみや》に御し…」は、この『萬葉集』左注のままに読むと、持統天皇六年（六九二）三月の行幸が五月まで及んでいたかの如くである。これについて、現行の『日本書紀』テキストを見ると、三月の持統行幸は「車駕《すめらみこと》、宮に還《かへ》りたまふ。」（三月二十日条）とあって三月に帰京している。五月の記事は『日本書紀』テキストも同文ながら、それは二度目の行幸ではなくて、「阿胡行宮に御しし時」とあり、その上の「五月…」はその下文（賦役免除記事）に冠している。三月条にも「過ぎます志摩の…」という言及があり、三月の行幸が「阿胡」にまで及んでいたと考えられる。その「阿胡行宮」の位置は明確でないが、志摩市阿児《あご》町国府《こう》（旧称、英虞《あご》郡阿児町国府）辺りかと推定されている。

伊勢の浜荻・大海

次の二首は、年次不詳ながら、この持統天皇六年（六九二）の伊勢行幸時の歌と考えられる。13歌には「碁檀越《ごのだにをち》、伊勢国に往《ゆ》きし時に、留《とど》まれる妻《つま》の作れる歌、一首」（題詞）とあり、また14歌の場合は「右一首、伊勢の従駕《おほみとも》にして作れる」（左注）とあって行幸従駕歌であることが明らかである。土屋文明氏『萬葉集年表』[16]はそう位置付け、松田好夫氏『万葉集年表』[17]も14歌を持統天皇六年（六九二）としている。

13 神風《かむかぜ》の伊勢の浜荻《はまをぎ》折《を》り伏《ふ》せて客宿《たびね》や為《す》らむ荒《あら》き浜辺《はまべ》に　（巻四・五〇〇、碁檀越妻《ごのだにおちのつま》）

14大《おほ》き海《うみ》に島《しま》も在《あ》らなくに海原《うなはら》のたゆたふ浪《なみ》に立《た》てる白雲《しらくも》　（巻七・一〇八九、作者未詳）

13歌は「（神風の）伊勢」という総名であり、14歌は海景を歌うのみであって、具体的な地域名が詠みこまれているものではない。

塩気のみ香れる国

この持統天皇六年（六九二）の余波と思われる詠に次の一首がある（持統天皇七年）。

15明日香《あすか》の　清御原《きよみ》の宮《みや》に　天《あめ》の下《した》　知《し》らし食《め》しし　八隅知《やすみし》し　吾《わ》が大王《おほきみ》　高照《たかて》らす　日《ひ》の皇《み》
子《こ》　何方《いかさま》に　念《おも》ほし食《め》せか　神風《かむかぜ》の　伊勢の国は　奥《おき》つ藻《も》　靡《な》みたる波《なみ》に　塩気《しほけ》のみ　香《かを》れる
国《くに》に　味凝《うまこり》　あやに乏《とも》しき　高照《たかて》らす　日《ひ》の御子《みこ》　（巻二・一六二、持統天皇）

天武天皇崩後八年の忌日斎会《きじつさいえ》の夜の夢を歌にしたものである（題詞）。ここに「神風の伊勢の国」の海景が夫天武天皇の記憶と共に展開されている。伊勢国は二十年前の壬申の乱（六七二）時に辿《たど》った路《みち》であった。その時には伊勢の神域に立ち寄ることもなく、伊勢湾を眺め得たとしてもわずかな遠望にすぎなかった。その乱時の遥かな思い出と一年半前の海景の記憶とが渾然《こんぜん》と一体化した夢の景として作品化されている。

円方の港

持統天皇は、今一度伊勢国を通過している。

16大夫《ますらを》の得物矢《さつや》手挿《たばさ》み立《た》ち向《む》かひ射《い》る円方は見《み》るに清潔《さやけ》し

（巻一・六一、舎人娘子《とねりのおとめ》）

大宝二年（七〇二）の参河行幸時の詠であり（題詞「従駕作歌」）、一行は円方《まとかた》の湊《みなと》から船出して東へ向かった。この円方の湊は櫛田川《くしだがわ》（あるいはその支流）の川口港と推定され、松阪市東黒部町《ひがしくろべ》垣内田《かいとだ》を中心とした広域名と推定される。(18)「円方《まとかた》の湊《みなと》」が詠われる次の一首も可能性から考えると、この時の作であろう。

17円方の湊の渚鳥《すどり》浪立《なみた》てや妻唱《つまよ》び立《た》てて辺《へ》に近著《ちかづ》くも

（巻七・一一六二、作者未詳「羈旅作《きりよのさく》」）

み熊野

次に年次不明ながら、持統天皇代の作と推定できる作に次の一首がある。

18 三熊野の浦の浜木綿《はまゆふ》百重《ももへ》成《な》す心《こころ》は念《おも》へど直《ただ》に相《あ》はぬかも　（巻四・四九六、柿本人麻呂）

「浜木綿」の実態については、説があって明確ではないが、「三熊野《みくまの》の浦《うら》」が詠まれている。熊野の範囲について沢瀉久孝氏は広く「今の東牟婁《ひがしむろ》・西牟婁《にしむろ》のあたりをさしたもの」（『注釈』当該歌条）としているが、上代に見られる用例からは西牟婁地域を含まず、「現在の熊野灘《くまのなだ》に面した地域」(19)である。この歌によって、紀伊半島をめぐる行程で都人が東方をめざすことがあったと判明する。このことは、比定地に説のある「神之埼《みわのさき》（神前《みわのさき》）・狭野《さの》」（巻三・二六五、巻七・一二二六）の地を考える一つの指針（和歌山説という指針）になる。

三　聖武行幸における萬葉

吾松原・狭残行宮

天平十二年（七四〇）の聖武天皇関東行幸に関わる伊勢萬葉は、次の通りである。

19 河口の野辺《のべ》に廬《いほ》りて夜《よ》の歴《ふ》れば妹《いも》が手本《たもと》し念《おも》ほゆるかも　（巻六・一〇二九、大伴家持）

20 妹《いも》に恋《こ》ひ吾《あ》の松原《まつばら》ゆ見渡《みわた》せば潮干《しほひ》の潟《かた》にたづ鳴《な》き渡《わた》る　（巻六・一〇三〇、聖武天皇）

21後《おく》れにし人《ひと》を思《おも》はく四泥の崎木綿《ゆふ》取《と》りしてでて好住《さき》くとそ念《おも》ふ（巻六・一〇三一、丹比家主）
22御食《みけ》つ国《くに》志麻の海部《あま》ならし真熊野の小船《をぶね》に乗《の》りて奥《おき》へ榜《こ》ぐ見《み》ゆ（巻六・一〇三三、大伴家持）

一連の歌群には、他に大伴家持の一首（巻六・一〇三二）及び美濃国での三首（巻六・一〇三四〜一〇三六）があると共に、「十二年庚辰冬十月、大宰少弐藤原朝臣広嗣、謀反《みかどかたぶ》けむとし軍発《いくさだ》ちするに依《よ》り、伊勢国に幸《いでま》しし時」（総題）及び個々の題詞・左注があるが、今は便宜略した。従来、20歌に見られる「吾乃松原」を地名と見ているが、「妹《いも》に恋《こ》ひ吾《あ》の」までが序詞であり、「松原」は普通名詞であって、この一首に地名を含まない（なお、後出の43歌、参照）。ここで確認できる地域名は、「河口行宮」（19歌題・20歌左・21歌左）、「河口の野辺」（19歌）、「吾松原」（20歌左）、「三重郡」（20歌左）、「朝明行宮」（20歌左）、「四泥能崎・思泥崎」（21歌・21歌左）、「狭残行宮」（22歌題）、「志麻」（22歌）、「真熊野」（22歌）となる。

この内、「吾松原《あかまつばら》」（20歌左）については、例えば「大安寺伽藍縁起并流記資財帳《だいあんじがらんえんぎならびにるきしざいちょう》」でも確認できる「三重郡赤松原《あかまつばら》」という地名であり、20歌に見られる「吾乃松原」を地名「赤松原」と誤認した注記者の見解に過ぎない記述である。また「狭残行宮」（22歌題）は「さざらの行宮《かりみや》」と読み「朝明行宮《あさけのかりみや》」のことである（「朝明行宮」は郡名由来の呼称、「狭残《さざら》行宮」は地域名由来の呼称であり、「不破《ふは》行宮」〈郡名由来、巻六・一〇三六題〉に対する「和射見我原乃《わざみがはらの》行宮」〈地域名由来、巻二・一九九〉と軌を一にするものである）。

これらの歌群・地域呼称等の諸事項については、廣岡の『行幸宴歌論』[20]で詳述したので、今は紙幅の関係上、簡略に示すにとどめる。

安貴王の歌

他に、安貴王《あきのおおきみ》の行幸従駕の歌（題詞「伊勢国に幸《いでま》しし時、安貴王の作れる歌一首」）がある。この歌はいつの行幸における作であるのか判然としない。養老二年（七一八）の元正天皇養老行幸（美濃国醴泉行幸）時の作とする説があり（沢瀉『注釈』・西宮『全注』など）、その可能性はある。「聖武行幸における萬葉」からはずれることになるが、ここに補足的に掲げておく。

23 伊勢の海の奥《おき》つ白浪花《しらなみはな》にもが裹《つつ》みて妹《いも》が家裹《いへづと》に為《せ》む　（巻三・三〇六、安貴王）

四 伊賀・伊勢・志摩

以下は年代上ランダムとなるが、右で触れることが出来なかった歌々について、地域別に見て行く。

名張・名張野

24 暮《よひ》に相《あ》ひて朝面《あしたおもな》無み隠にか気長《けなが》く妹《いも》が廬《いほ》りせりけむ　（巻一・六〇、長皇子《ながのみこ》）

25暮《よひ》に相《あ》ひて朝面《あしたおもな》羞み隠野の芽子《はぎ》は散《ち》り去《に》き黄葉早続《もみちはやつ》げ

（巻八・一五三六、縁達師《えにたちし》）

名張の地は先に07歌（含重出歌）として出た。この三首四例が『萬葉集』に見られる名張の地である。現在の名張の中心地からは郊外となる古名張、即ち夏見廃寺（05歌・06歌条、参照）のある夏見周辺の総名である。[21] 25歌の第一二句「暮相而朝面羞」は24歌同様に「暮《よひ》に相《あ》ひて朝面羞《あしたおもな》み」と読み、「隠《なばり》」の地を修飾する序詞である。上代において「なばる」とは身を隠すことを意味するところから、ナバリの地名に「隠」字を使用し、「一夜新枕《にいまくら》を共にして翌朝（恥かしくて）会わす顔もなく隠れたい」という意味の序詞として展開している。この「なばる」という古語が失われた後には、地名用字「隠」も理解できないこととなり、歌枕「かくれ野」「かくれの山」が成立している。

鈴鹿川の八十瀬（定五郎橋より）
撮影 2000 年 4 月 8 日

鈴鹿川

26鈴鹿河八十瀬渡《やそせわた》りて誰《た》が故《ゆゑ》か夜越《よごえ》に越《こ》えむ妻《つま》も在《あ》らなくに

（巻十二・三一五六、作者未詳）

鈴鹿川《すずかがわ》は鈴鹿山脈に発し、加太《かぶと》の地を経《へ》、鈴鹿市を東流して伊勢湾に注ぐ流長約四十キロメートルの河川である。この歌の詳細についても『東海の万葉歌』(22)を参照されたい。後に「八十瀬」の語と共に歌枕化(23)している。

三重の川

27 吾《わ》が畳《たたみ》三重の河原《かはら》の磯《いそ》の裏《うら》に如是《かく》しもがもと鳴《な》く河蝦《かはづ》かも
（巻九・一七三五、伊保麻呂《いほまろ》）

この「三重乃河《みへのかは》」の所在は、「大安寺伽藍縁起并流記資財帳」によって、現在の内部川《うつべがわ》であることが判明している。鈴鹿の山系に源を発し、旧三重郡を貫流し、鈴鹿川に合流する川である。この一首は、ほぼ南北に流れる川筋が往時の街道と交差する采女里《うねめのさと》（四日市市采女《うねめ》町）辺りでの作と推定できる。

山辺の御井

28 山辺の御井を見《み》がてり神風《かむかぜ》の伊勢処女等《いせをとめたち》相見《あひみ》つるかも
（巻一・八一、長田王《おさだのおおきみ》）

29 八隅知《やすみ》し　わご大皇《おほきみ》の　高照《たかて》らす　日《ひ》の皇子《みこ》の　聞《き》こし食《を》す　御食《みけ》つ国《くに》　神風《かむかぜ》の　伊勢の国は　国見《くにみ》ればしも　山見《やまみ》れば　高《たか》く貴《たふ》とし　河見《かはみ》れば　さやけく清《きよ》し　水門成《みなとな》す　海《うみ》も広《ひろ》し　見《み》渡《わた》す　島《しま》も名高《なだか》し　ここをしも　ま細《くは》しみかも　挂巻《かけま》くも　あやに恐《かし》こき　山辺の　五十師の原

に　内日刺《うちひさ》す　大宮《おほみや》つかへ　朝日《あさひ》なす　ま細《くは》しも　暮日《ゆふひ》なす　うら細《くは》しも　春山《はるやま》の　しなひ盛《さか》えて　秋山《あきやま》の　色《いろ》なつかしき　百磯城《ももしき》の　大宮人《おほみやびと》は　天地《あめつち》と　日月《ひつき》と共《とも》に　万代《よろづよ》にもが

（巻十三・三二三四、作者未詳）

30山辺の五十師の御井は自然《おのづ》から成《な》れる錦《にしき》を張《は》れる山《やま》かも

（巻十三・三二三五、同反歌）

28歌には「山辺《やまのべ》の御井《みゐ》」とあり、29歌は「山辺《やまのべ》の五十師《いし》の原《はら》」、30歌に「山辺《やまのべ》の五十師《いし》の御井《みゐ》」とある。年代的には29歌・30歌の長反歌が古いと考えられ、この長歌作品は行幸先の行宮讃歌とおぼしい。「御井」と「御」が付くゆえんである。当時の井は泉が一般的であり、この井も行宮のほとりの井（清泉）、と言うか逆に山辺にある泉のほとりに営まれた行宮であろう。その行幸は、持統天皇六年（六九二）の可能性がある。その時に作られた行宮は破却されたとしても、その「井」は「御井」として都人にまでよく知られていたものと考えられる。28歌には「和銅五年壬子夏四月、長田王《をさだのおほきみ》を伊勢斎宮に遣《つか》はしし時、山辺の御井にて作れる歌」という題詞があり、一種の名所化の様が見て取れる。和銅五年は七一二年である。この題詞に見られる「伊勢斎宮」は伊勢神宮或いは斎宮司（後の斎宮寮）という役所を持つ斎王宮の双方が考えられるが、可能性としては後者であろう。

さて、山辺の御井の比定地に諸説があるが、松阪市嬉野宮古《うれしのみやこ》町（旧称、一志《いちし》郡嬉野《うれしの》町宮古《みやこ》）の蓋然性があることについて、かつて詳説(24)した。ただし現遺址とは異なり、より山手（山裾）の方に位置するものであろう。

度会の大川

31度会の大川の辺《へ》の若歴木《わかひさぎ》吾《わ》が久《ひさ》ならば妹恋《いもこ》ひむかも　（巻十二・三一二七、柿本人麻呂歌集「羈旅発思」）

この「度会《わたらひ》の大川《おほかは》」に五十《い》鈴川《すずがわ》説も無いことはないが、一般には宮川《みやがわ》であると考えられている。先に「み熊野」の条で言及したように、紀伊国から牟《む》婁《ろ》地域を経て東行《とうこう》することがあった。後の世には、西《さい》行《こう》して宮川を渡れば神域に入ったという感慨を伴う特別の川として意識されるのであるが、萬葉当時においては伊勢神宮は特殊な存在であり（前掲、岡田精司論文(25)）、一般官人は素通りしたものと推定できる。この歌にも神宮の影は全くない。この歌は、紀伊半島をぐるりと巡る長旅をし、度会の地に足を踏み入れた官人における妻を思う詠と見るのがよい。

菅島・夏身の浦

32酢蛾島の夏身の浦に依《よ》する浪間《なみあひだ》も置《お》きて吾《わ》が念《おも》はなくに　（巻十一・二七二七、作者未詳）

「酢蛾島《すがしま》」の所在について、伊勢国とするものに、吉田東伍氏『大日本地名辞書』(26)、鴻巣盛広氏『全釈』、沢瀉久孝氏『注釈』等があるがこれらは少数派というべきであり、大多数は所在未詳としている。しかしながら、『日本歴史地名総索引』(27)で検索しても鳥羽市沖合いの菅島《すがしま》しか確認できない。のみならず、『日本歴史地名大系』(28)全冊や百科事典をはじめとする知識コンテンツを一括検索できるサイト「ジャパンナレッジ」(29)によっても、一件の小字名を除いては鳥羽市沖合いの「菅島」しか確認できないのである。歴史地名・現代地名のいずれにおいても、島名としては他に確認できないところからすると、右の32歌に比定地に関する手がかりは何もないが、鳥羽市沖合いの、答志島《とうしじま》に向き合って位置する菅島である可能性を認めてよい。「夏身《なつみ》の浦《うら》」の所在は「酢蛾島」(菅島)内の浦という以外は不明である。村瀬憲夫氏は「菅島の北部にあるこの島ただひとつの集落の辺りの浦」としている(30)。三河方面へ向けての航路、あるいは三河方面からの航路における船上からの詠であろう。

伊勢の海

「伊勢の海」は広域をさす総名である。現在であれば伊勢湾になるが、犬養孝氏が「古昔は多く伊勢の南部から志摩にかけての海を称したようである」(31)とする。萬葉歌によると、まさにそういうことになる。歴史記録からは志摩は大化の当初より志摩国としてあるが、より早い時期には広く伊勢地域であったと考えざるを得ない。そのことが志摩地方の海を「伊勢の海」と呼ぶことになっているのであろう。

33伊勢の海の白水郎《あま》の島津《しまつ》が鰒玉《あはびたま》取《と》りて後《のち》もか恋《こひ》の繁《しげ》けむ　（巻七・一三二二、作者未詳）

この「海人《あま》の島津」は諸注が未詳としているが、現地志摩の国造（島津国造）を言う。この歌にも「伊《い》勢《せ》の海《うみ》の」とある。なお、鰒玉および島津国造については、廣岡「しらたま」(32)を参照されたい。

この「伊勢の海」を詠む歌々の特徴として、『東海の万葉歌』(33)において三つの特徴を指摘した。即ち、「さす位置と範囲」「歌われ方」「歌の質」の三件である。この内、「さす位置と範囲」は右に示した通りである。「歌われ方」とは、次の笠女郎の歌で理解できる通り、歌枕《うたまくら》としての地名理解による詠出をいう。歌枕とは、単に歌に詠みこまれた地名というものではなく、特定の景物をともなう観念的地名として形成された歌詠地名をいう。(34)

34伊勢の海の磯《いそ》も動《とど》ろに因《よ》する浪恐《なみかしこ》き人《ひと》に恋《こ》ひ渡《わた》るかも　（巻四・六〇〇、笠女郎《かさのいらつめ》）

都の女人笠女郎がいかにして「伊勢の海」を知り得たのであろうか。おそらく地方へ赴任した官人によって「恐こき」と表現し得る荒波の様が伝えられていた。そうした間接体験による「磯もとどろに」荒れる「伊勢の海」の様によって、この一首は歌い上げられているのである。そういうごく早い歌枕化を想定しなければならない。続く「歌の質」は、この歌枕化と連動していることであるが、歌詠内容が恋の歌である。かつて、伊勢の海の歌はなぜか恋の歌であると書いたことがあるが、現地を実見しない歌枕としての歌であるから、現地の景物が中心となるのではなくて、歌詠の中心は当然のことながら別のことに向かってしまう。もっぱら恋の歌になるというのは、必然的な帰結としてあるのである。

35 伊勢の白水郎《あま》の朝《あさ》な夕《ゆふ》なに潜《かづ》くと云《い》ふ鰒《あはび》の貝《かひ》の独念《かたもひ》にして　（巻十一・二七九八、作者未詳）

36 伊勢の海ゆ鳴《な》き来《く》る鶴《たづ》の音《おと》どろも君《きみ》し聞《き》こさば吾恋《われこ》ひめやも　（巻十一・二八〇五、作者未詳）

37 神風《かむかぜ》の　伊勢の海の　朝《あさ》なぎに　来依《きよ》る深海松《ふかみる》　暮《ゆふ》なぎに　来因《きよ》る俣海松《またみる》　深海松《ふかみる》の　深《ふか》めし吾《われ》を　俣海松《またみる》の　復去《またゆ》き反《かへ》り　つまと言《い》はじとかも　思《おも》ほせる君《きみ》　（巻十三・三三〇一、作者未詳）

「伊勢の海」を詠みこんだ歌は、他に14歌・15歌・23歌・29歌がある。これらは行幸従駕等によって現地を体験しての歌であるゆえに恋歌とはなっていない。

五　疑問故地

古典の故地研究において、地域愛好心から、自分の住地に引き寄せて考えがちな傾向がとかくある。我田引水による地域研究は研究ではなくなってしまう。

東歌・防人歌

まず東歌三首と防人歌一首を示そう。

38 鈴《すず》が音《ね》の早馬駅《はゆまうまや》の堤井《つつみゐ》の水《みづ》を賜へな妹《いも》がただ手《て》よ　（巻十四・三四三九、作者未詳）

39 草蔭《くさかげ》の安努《あの》な行《ゆ》かむと墾《は》りし道《みち》阿努《あの》は行《ゆ》かずて荒草《あらくさ》立《だ》ちぬ　（巻十四・三四四七、作者未詳）

40 ま金《かね》ふく尓布《にふ》の真朱《まそほ》の色《いろ》に出《で》て言《い》はなくのみそ吾《あ》が恋《こ》ふらくは　（巻十四・三五六〇、作者未詳）

41 遠江《とへたほみ》志留波《しるは》の磯《いそ》と尓閇《にへ》の浦《うら》と会《あ》ひてしあらば言《こと》も通《かゆ》はむ

（巻二十・四三二四、遠江国山名《やまな》郡防人《さきもり》丈 部《はせつかべの》川相《かわい》）

38歌は第一句の「すずがねの」（早馬に冠する枕詞）を地名「鈴鹿」（鈴鹿嶺《すずかね》）と理解してのものである。亀山市関町古厩《ふるまや》[35]をその地とし、今でも現地にはそうした説明板が立てられている。

39歌は「安努《あの》」を津市安濃町《あのう》とみるものである。これについては、廣岡「「草蔭の安努」考」[36]で全面的に否定した。

40歌の「尓布《にふ》」についても多気郡《たき》多気町《たき》丹生《にゅう》の地であると見る説があるが、「安努」同様に否定するのが良い。未勘国歌《みかんこくか》（『萬葉集』巻第十四の編者が国名を特定していない歌）であっても（38歌・39歌・40歌）、第二の東《あずま》・第一の東[37]の地域範囲で考えるべきものである。

41歌の防人歌においても、津市贄崎《にえざき》の地と見たり、度会郡南伊勢町《みなみいせ》贄浦《にえうら》とする説があるが、遠江国の内で考究すべきである。

阿保山

42阿保山《あほやま》の佐宿木《さくら》の花《はな》は今日《けふ》もかも散《ち》り乱《みだ》るらむ見《み》る人《ひと》無《な》しに　（巻十・一八六七、作者未詳）

この歌の「阿保山」について伊賀説を挙げるものに、『萬葉代匠記』一説、『萬葉集略解』、折口信夫『口訳』、『萬葉集私注』一案及び松田好夫氏(38)がある。私はこの松田説により名賀《なが》郡青山町（現、伊賀市の該当各地域）の山と見ていたが、その決め手は何も無いのである。奈良の不退寺《ふたいじ》裏の丘陵と見る説の根拠が無いことはかつて説いたが（旧版『東海の万葉』(39)）、それと同様に旧青山町（古称「阿保」）も説得的な根拠を欠いている。今回、「疑問故地」に位置付けた。

吾松原

43風吹《かぜふ》けば黄葉《もみち》散りつつ小《すく》なくも吾松原清《きよ》からなくに　（巻十・二一九八、作者未詳）

この歌の第四句を20歌（巻六・一〇三〇）にならって「あがのまつばら」と訓《よ》んで地名と解釈する説がある

が、この第四句も「わがまつばらの」と読み、「吾《わ》が」は松原を引き出す短い序に過ぎず、20歌同様に地名が詠みこまれている歌ではないと見るべきものである。

阿坂山

44 時待《ときま》ちて落《ふ》りし鍾《しぐ》れの雨零《あめや》収みぬ開朝香山之将黄変　（巻八・一五五一、市原王）

この歌の下句は通常「開《あ》けむ朝《あした》か山《やま》の黄変《もみ》たむ」と訓《よ》んでいるが、古写本に「開」字の無い本があり（大矢本・京大本・寛永版本など）、「朝香《あさか》の山《やま》の黄変《うつ》ろひぬらむ」（寛永版本など）と読まれ、阿坂《あざか》の地（松阪市大阿坂町《おおあざか》・小阿坂町《こあざか》）の山と見る説（宣長『古事記伝』など）がある。しかし本文認定から認められない。

矢野の神山

45 妻隠《つまごも》る矢野《やの》の神山露霜《かみやまつゆしも》ににほひ始《そ》めたり散《ち》らまく惜《を》しも　（巻十・二一七八、柿本人麻呂歌集）

この第二句の「矢野の神山」の「矢野」について、度会郡玉城《たまき》町矢野《やの》の地と見る説があるが、この地については諸説があり、決め手を欠くものであり、玉城町の小地名矢野である可能性は低い。

飛幡の浦

46 霍公鳥《ほととぎす》飛幡《とばた》の浦《うら》に敷《し》く浪《なみ》の屡《しくしく》君《きみ》を見《み》む因《よし》もがも

（巻十二・三一六五、作者未詳）

この「飛幡の浦」について、鳥羽市の鳥羽浦と見る説[40]があるが、北九州市説同様にやはり決め手に欠けるのである。

安胡の浦

47 安胡《あご》の浦《うら》に船乗《ふなのり》すらむ処女《をとめ》らが赤裳《あかも》の裾《すそ》に潮満《しほみ》つらむか

（巻十五・三六一〇、遣新羅使人「当所誦詠古歌」）

天平八年（七三六）の遣新羅使人一行が瀬戸内を西へ航行する際に、船上で詠じた「古歌」であり、この歌の左には、「柿本朝臣人麻呂歌曰、「あみのうら」、又曰、「たまものすそに」」と、巻第一の四〇番歌らしい歌が注記されている。この第一句の「安胡乃宇良《あごのうら》」について、志摩市阿児町説が根強くあるが、題詞に「所《ところ》に当《あ》たりて誦《よ》み詠《うた》へる」とあり、これは沢瀉『注釈』が瀬戸内海上の「安芸郡の倉橋島付近に求めるべきであらう」とした比定が積極的に支持されよう。

網児の山・佐堤の崎

48網児《あご》の山五百重《やまいほへ》隠《かく》せる佐堤《さで》の崎《さき》さではへし子《こ》が夢《いめ》にし見《み》ゆる

（巻四・六六二、市原王）

「網児の山」は、諸注が志摩郡英虞《あご》（現、志摩市阿児町）の山々の総称とする。土屋文明氏『萬葉集私注』は他所の可能性を指摘し、判然としない。決め手に欠けるというべきである。「佐堤の崎」も全く不明である。

六　おわりに

朝床《あさとこ》に聞《き》けば遥《はる》けし射水河《いみづかは》朝《あさ》こぎしつつ唱《うた》ふ船人《ふなびと》

（巻十九・四一五〇、大伴家持「江《かは》を泝《さかのぼ》る船人《ふなびと》の唱《うた》を遥《はる》かに聞《き》く歌一首」）

と家持に詠われる、(41)その現地住人による舟歌がどういうものであったか知りたいものであるが、土着の人々による現地の歌は『萬葉集』に数少ない……というよりも、無いのではなかろうか。「東歌」「防人歌」とて、これは「土着の歌」ではなくて、都人が歌う倭歌《わか》を見よう見まねで真似《まね》た模倣文化に過ぎないものである。(42)巻第十六に載る「能登国歌三首」（巻十六・三八七八～三八八〇）にあっても、最初の二首は都人による観察の視点で詠出された作であり、後一首の机《つくえ》の島のわらべ歌と目される作も恐らく都人の手が加わっているものであろう。

倭歌とは都の文化そのものであり、都人によって流布した文芸形態である。『萬葉集』は貴族による貴族のための、都の文化の結晶としての歌集である。

伊勢萬葉にあっては、それが「現地風」というか、現地らしい意匠《いしよう》をまとうということが全くなくて、都人の文化そのものとして展開している。加藤静雄氏(43)が「三重県が中央文化圏と大きくかかわりを持ち、愛知県が中央と東国との接点に位置し、静岡県・山梨県が東国文化圏に位置する」と指摘している通りである。第二節・第三節で見た歌は、行幸時の萬葉歌であるからそれは当然のこととなる。第四節中の作者未詳歌においても全て都人の歌であることが明らかであり、現地の人の作は見られないのである。

都から「伊勢」地域を訪れた人の詠作の第一の特質は、海景を詠《よ》むということである。大和は海のない国である。生まれて初めて目にする外海の景は新鮮であった。難波も大和から比較的近いが、湾入した海は穏やかである。志摩まで足を伸ばせば、荒々しい外洋に触れることが出来る。その産物の「藻《も》」「海松《みる》」「鰒《あはび》」「鰒玉《あはびたま》」などは志摩の産として都に入って来ていて、知識として脳裏にあった（「鰒玉」以外は数少ない木簡〈「木簡データベース」(44)参照〉で確認できる。「鰒玉」は注32の「46しらたま」参照）。それが現地の海景と結びついて歌として展開されている。こうした景物以上に、より直接的な印象としての「塩気《しほけ》のみ

家城にて　撮影1986年1月12日

香《かを》れる国《くに》」（15歌、持統天皇）という評はリアリティに富んでいる。行幸後一年半の詠《うた》においてなお新鮮な記憶として、この香る塩気があったのである。

第二の特質は、都人の眼による風土の発見である。海景もそうしたものとして数えられるが（「潮騒《しほさゐ》」なす海景11歌、「奥《おき》つ白浪《しらなみ》」23歌、「磯《いそ》もとどろに寄《よ》せる浪《なみ》」34歌）、それと共に「草《くさ》む」すことのない「波多《はた》の横山《よこやま》の巌《いはほ》」（02歌）であり、「伊勢の浜荻《はまをぎ》」（13歌）、「湊《みなと》の渚鳥《すどり》」（17歌）、「浦の浜木綿《はまゆふ》」（18歌）、「潮干《しほひ》の潟《かた》」の「たづ（鶴）」（20歌）、「真熊野《まくまの》の小船《をぶね》」（22歌）、「鈴鹿河」の「八十瀬《やそせ》」（26歌）である。その地で生活する者にとっては取り立てて言うこともない日常の景が、都人には新鮮であり一首に詠出するに足る景物であったのである。草むすことのない波多の横山の巌（02歌）は、家城ラインと称される累々と層なす岩石群と結び付いてこそ生きた詠となろう。また、伊勢の浜荻（13歌）は留守歌であり、磯もとどろに寄せる浪（34歌）は都での詠歌であって、いずれも間接体験歌ではあるが、この歌の底には直接体験が息づいているのである。こうした都人によってしか発見され得ない風土が発見されて、一首に作品化されているのであり、まさに「美の存在と発見」[45]なのであった。

右の二つの特質は、「伊勢」地域にこれほどの数の倭歌を残した大きな理由であると指摘できよう。

注1　犬養孝氏『万葉の旅』上巻（社会思想社、現代教養文庫・一九六四年）。「万葉歌の風土圏」は、この書の一四頁の図とその説明をいう。

2　犬養孝氏「萬葉集における地名」（同氏『萬葉の風土』塙書房、所収・一九五六年）、二五六頁。

3　犬養孝氏「萬葉地理―その風土性―」（同氏『萬葉の風土』所収、注2に同じ）、図は三〇〇頁、引用は三〇五頁。

4　犬養孝氏『万葉の旅』中巻（社会思想社、現代教養文庫・一九六四年）、二八九〜二九二頁。

5　西宮一民氏「「斎宮」の訓義」（同氏『上代祭祀と言語』桜楓社、所収・一九九〇年）

6　廣岡義隆「枕詞「神風の」の成立」（報告書『三重県下市町村の地域づくりの方策の研究』三重県高等教育機関連絡会議・一九九八年三月）

7　三重大学万葉旅行の会「河口・波多コース」（『ウォーク万葉』六号・一九八六年四月。なお『ウォーク万葉』の主要

記事はサイトで縦覧できる。http://www.unisys.co.jp/KANSAI/manyo/)
8　犬養孝氏、注4に同じ。二九一頁。
9　廣岡義隆「「横山巌」別解」(『ウォーク万葉』八号・一九八六年一〇月、巻頭言)
10　岡田精司氏「古代における伊勢神宮の性格」(同氏『古代祭祀の史的研究』第Ⅱ部第十章。塙書房、一九九二年)
11　西宮一民氏「「斎宮」の訓義」、注5に同じ。
12　廣岡義隆「隠(名張)」(『東海の万葉歌』おうふう・二〇〇〇年七月)
13　佐藤隆氏「いざみの山」(『東海の万葉歌』、注12に同じ)
14　廣岡義隆「文芸地図」(『美夫君志論攷』おうふう・二〇〇一年九月)
15　廣岡義隆「44文芸地図」(はなわ新書『萬葉のこみち』塙書房・二〇〇五年)
16　土屋文明氏『萬葉集年表』(岩波書店・初版一九三二年・第二版一九八〇年)
17　松田好夫氏『万葉集年表』(桜楓社・一九六八年)
18　廣岡義隆「円方(的形)」(『東海の万葉歌』、注12に同じ)
19　廣岡義隆「上代における熊野地域の様相」(報告書『熊野の歴史、文化についての考察』三重県高等教育機関連絡会議・二〇〇〇年三月)
20　廣岡義隆『行幸宴歌論』(和泉書院・二〇一〇年)
21　廣岡義隆「隠(名張)」(『東海の万葉歌』、注12に同じ)
22　廣岡義隆「鈴鹿河」(『東海の万葉歌』、注12に同じ)
23　廣岡義隆「45鈴鹿川の八十瀬」(『萬葉のこみち』、注15に同じ)
24　廣岡義隆「山辺御井」(『東海の万葉歌』、注12に同じ)
25　岡田精司氏「古代における伊勢神宮の性格」(注10に同じ)

26 吉田東伍氏『大日本地名辞書』増補版全八巻（冨山房・一九六九年〜一九七一年）
27 日本地名学研究所編『日本歴史地名総索引』全三冊（名著出版・一九八〇年）
28 『日本歴史地名大系』全四十八巻五十冊（平凡社・一九七九年〜二〇〇四年）
29 ジャパンナレッジ（japanknowledge）https://member.japanknowledge.com/auth/screen（検索事項、すかしま・すがしま・すげしま・酢蛾島・酢我島・須賀島・菅島）。一件の小字名は、大阪市東成区の旧称深江村内の「菅島」である。
30 村瀬憲夫氏「酢蛾島（菅島）」（『東海の万葉歌』、注12に同じ）
31 犬養孝氏『万葉の旅』中巻、注4に同じ。
32 廣岡義隆「46しらたま」（『萬葉のこみち』、注15に同じ）
33 廣岡義隆「伊勢の海」（『東海の万葉歌』、注12に同じ）
34 廣岡義隆「詠み合はせの成立―万葉における「歌枕」の成立―」（『語文叢誌』大阪大学、一九八一年三月）、廣岡義隆「万葉「歌枕」の成立」（『美夫君志』二六号、一九八二年三月）。片桐洋一氏編『歌枕を学ぶ人のために』（世界思想社、一九九四年）。
35 龍貞玄編『伊勢名所拾遺集』（延宝九年〈一六八一〉刊）「都追美井」の項目で上巻に。安岡親毅著『勢陽五鈴遺響』（天保四年〈一八三三〉刊、三重県郷土資料刊行会翻刻本による）は俗伝として退けている（「古馬屋」条）。
36 廣岡義隆「「草蔭の安努」考」（三重大学人文学部紀要『人文論叢』四号・一九八七年三月）
37 「第一の東」「第二の東」については、「18近江は畿外？」を参照されたい（『萬葉のこみち』、注15に同じ）。
38 松田好夫氏「萬葉集に於ける東海地方」（『萬葉集大成』21風土篇、平凡社、一九五五年一一月）
39 廣岡義隆「阿保山」（『東海の万葉』桜楓社・一九七六年七月）
40 藤堂元甫編『三国地志』（宝暦十三〈一七六三〉刊、上野市古文献刊行会編翻刻本による）巻之八十七、志摩国答

志郡「鳥羽浦」条（九〇五頁）

41 この四一五〇番歌については中国文学の影響が種々指摘され、中でも梁何遜「中川聞棹謳」の表現との関係が指摘されている（鉄野昌弘氏「光と音」同氏『大伴家持「歌日誌」論考』五九頁、初出一九八八年一月。内田賢徳氏「感傷と知」『萬葉』一八一号、二〇〇二年七月）。

42 廣岡義隆「防人歌の形成」「東歌の形成」（『上代言語動態論』第二篇第三章・第四章、塙書房・二〇〇五年）

43 加藤静雄氏『万葉の歌12東海』（保育社・一九八六年）、七頁。

44 「木簡データベース」は、奈良文化財研究所「木簡データベース」http://www.nabunken.jp/Open/mokkan/mokkan2.html によった。

45 川端康成『美の存在と発見』（毎日新聞社・一九六九年）

＊『萬葉集』の本文・訓は筆者の策定による。

山城国の歌

坂本信幸

一　山城国の歌

山城国は、『古事記』には、「山代《やましろ》」（孝元天皇条、崇神天皇条ほか）、「山代国《やましろのくに》」（崇神天皇条、垂仁天皇条）と「山代」と表記され、『日本書紀』には、「山代直《やましろのあたひ》」（神代）一例、「山城国《やましろのくに》」（欽明天皇三十一年四月条）一例以外は、「山背《やましろ》」（崇神天皇十年九月条、垂仁天皇三十四年三月条ほか）「山背国《やましろのくに》」（雄略天皇十七年三月条、欽明天皇即位前紀条ほか）とすべて「山背」の表記である。また、『続日本紀』はすべて「山背」、「山背国」で統一されている。『万葉集』では、「開木代」三例（巻七・一二八六、巻十一・二三六二、巻十一・二三六三）、「山代」六例（巻三・四八一、巻六・一〇五〇、巻九・一七〇七、巻十一・二四七一、巻十二・二八五六、巻十三・三二三六）、「山背」二例（巻三・二七七、巻十七・三九〇七）、「山背道」一例（巻十三・三三一四）となっており、山は木を切り出すところ（伐木地）であるという意で「開木《やま》（代《しろ》）」とした戯書の表記(1)を措けば、おおむね「山代」から「山背」の表記に移っていったと考えられる。

今日一般的な「山城国」の表記は、『日本紀略』(延暦十三年(七九四)十一月条)に、平安京へ遷都した後、この国が山河が廻り囲んで自然と城を成す景観を呈しているということで、「宜しく山背国を改めて、山城国となす」という詔が出され、以後定着したものである。

山城国に属する郡は、『和名類聚抄』(元和古活字本)に「乙訓於止久　葛野加止乃　愛宕於多岐　紀伊岐　宇治宇知　久世久世　綴喜豆々岐　相楽佐加良加」と見えるように八郡をなす。犬養孝の『万葉の旅』によると、『万葉集』に出てくる地名では、最多の大和国は別にして、周辺(近畿)のひとかたまりは、万葉歌の多い土地であり、歌・題詞・左注を延べて数えると、摂津が約二三〇、近江が約一四五、紀伊が約一二五、山城が一二〇、伊勢が約五〇、といった具合で山城は四番目の数である。「山背」の表記は、いうまでもなく平城京から見て奈良山の背後を意味している。生駒山塊の向こうが摂津・河内であり、難波が瀬戸内海航路の海の玄関口として万葉の前期から後期まで歌われた土地であるように、山城は近江とともに北陸道のルートとして歌われた土地であるが、近江が、大津宮が営まれた地で、大津宮関係の歌が万葉の前期に集中しているのに対し、山城の万葉歌は、聖武天皇の時代に恭仁京《くに》が営まれたことにより数多くの歌が残され、概ね万葉の後期に集中している。言ってみれば、山城国の歌は、大きく北陸道のルートとしての羈旅《きりよ》の歌群と、恭仁京関係の歌群とを中心としてまとめることができよう[2]。もう一つ大きな特徴は、羈旅の歌群に柿本人麻呂関係の歌がかなりの数を占めることである。

二　山城国の人麻呂関係歌

山城国での人麻呂関係歌は、

柿本朝臣人麻呂、近江国より上り来る時に、宇治河の辺に至りて作る歌一首

もののふの　八十宇治川《やそうぢがは》の　網代木《あじろき》に　いさよふ波の　行くへ知らずも　（巻三・二六四）

の人麻呂作歌一首と、人麻呂歌集歌が二六首を占める。恭仁京関係歌群を除く山城国の歌の半数を越える数である。二六四の人麻呂作歌は、題詞にあるように近江国からの帰途での作であり、この近江への旅は、一首措いて続く、

近江《あふみ》の海　夕波千鳥　汝《な》が鳴けば　心もしのに　古《いにしへ》思ほゆ　（巻三・二六六）

の人麻呂歌と同じ折の作と考えられ、両首は、巻一・二九～三一の近江荒都歌と同じ折の作と考えられるという。(3)二六四の無常観、二六六のしみじみとした懐旧の情と比較して、人麻呂歌集歌は、

宇治川の　瀬々のしき波　しくしくに　妹《いも》は心に　乗りにけるかも　（巻十一・二四二七）

などのように相聞的情調の歌が多く、歌調に相違を見せ、その可能性は高いといえる。

山城での人麻呂歌集歌の歌の場は、泉川五首（巻九・一六八五—六、一六九五、一七〇八、巻十一・二四七二）[4]、宇治川七首（巻九・一六九九、一七〇〇、巻十一・二四二七〜三三）、名木川五首（巻九・一六八八—九、一六九六〜八）、久世の川原一首（巻十一・二四〇三）、久世の社一首（巻七・一二八六）、石田の社一首（巻十二・二八五六）、鷺坂三首（巻九・一六八七、一六九四、一七〇七）、木幡山一首（巻十一・二四二五）、宇治若郎子の宮一首（巻九・一七九五）、それと久世の若子一首（巻十一・二三六二）となっている。

川辺での作が一八首、社や宮での作が三首、坂及び山での作が三首と、歌われた場には傾向が見て取れる。

山背の　石田《いはた》の社《もり》に　心鈍《おそ》く　手向《たむけ》したれや　妹に逢ひ難《がた》き　（巻十二・二八五六）

とあるように、羈旅において社は行旅の安全を祈る手向けの場所であった。一見単なる土地の相聞歌のように見える

山背の　久世《くせ》の社《やしろ》の　草な手折《たを》りそ　我が時と　立ち栄ゆとも　草な手折りそ　（巻七・一二八六）

という旋頭歌も、これが山城での人麻呂歌集歌であること、久世の社が歌われていることを考慮すると、手向けの歌としての機能をもつものと考えられる。(5)

山城国に関わる万葉歌で最も早い年代の歌は、皇極天皇の時代の額田王の

秋の野の　み草刈り葺《ふ》き　宿れりし　宇治のみやこの　仮廬《かりいほ》し思ほゆ　（巻一・七）

であるが、この歌に知られるように、「草」は羈旅においては仮廬の材料としての意味をもつ。社の草を手折ることの禁忌は、社に対する敬意の表明となる。「宇治若郎子《うぢのわきいらつこ》の宮所の歌」では、

妹らがり　今木《いまき》の嶺に　茂り立つ　夫松《つままつ》の木は　古人《ふるひと》見けむ　（巻九・一七九五）

と「古人」のことを想像する。古人は諸注のいうように宇治若郎子のことをさすと考えてよい。その地の伝承に関わる人物を追慕することは鎮魂の意味をもつ。大宝元年（七〇一）の紀伊行幸時に、人麻呂が有間皇子に関わる結び松を見て、

後《のち》見むと　君が結べる　岩代《いはしろ》の　小松が末《うれ》を　また見けむかも　（巻二・一四六）

と歌い、長意吉麻呂《ながのおきまろ》が

岩代の　崖《きし》の松が枝《え》　結びけむ　人は反《かへ》りて　また見けむかも　（巻二・一四三）

と歌ったと同様に、旅において歌われるべき手向けの歌である。

手向けという観点からすると「山」「坂」は手向けの場所としての意味があった。(6) 鷺坂については、久世神社の鎮座する丘陵地であるとする通説に従ってよいと考えられる。前述の久世の社は芳賀紀雄（『万葉の歌人と風土7　京都』）の指摘するように(7)久世神社と考えるべきであろう。とすれば、なおのこと手向けをすべき場所であった。

同様に、徒渉点としての川は、旅程において重要な地点として意識され、歌の歌われる場所であった。泉川は、巻十三の作者未詳歌に「大君の　命《みこと》恐《かしこ》み　見れど飽かぬ　奈良山越えて　真木《まき》積む　泉の川の　早き瀬を　棹《さを》さし渡り……」（巻十三・三二四〇）と歌われているように、奈良山を越えてきた旅人が渡河する地点であり、大伴家持の「長逝せる弟を哀傷する歌」にも

天《あま》ざかる　鄙《ひな》治めにと　大君の　任《ま》けのまにまに　出《い》でて来《こ》し　我《われ》を送ると　あをによし　奈良山
過ぎて　泉川　清き川原に　馬留《とど》め　別れし時に　ま幸《さき》くて　我《あれ》帰り来《こ》む　平《たひら》けく　斎《いは》ひて待て
と　語らひて　来《こ》し日の極《きは》み……　（巻十七・三九五七）

と歌われており、北陸方面へ旅する人をそこまで送って行くならわしの地点であったと考えられる。泉川には、行基による泉里での架橋のことも知られている（『行基年譜』）。

また宇治川は、同じ作者未詳歌に「……ちはやぶる　宇治の渡りの　激《たぎ》つ瀬を　見つつ渡りて　近江《あふみ》道《ぢ》の　逢坂山《あふさかやま》に　手向《たむけ》して　我が越え行けば……」（巻十三・三二四〇）と歌われ、やはり渡りの地—徒渉点であった。恭仁京関係の歌を除いた山城歌で人麻呂歌集歌以外のものでは、「山背にして作る」という題詞のもとに、

宇治川は　淀瀬《よどせ》なからし　網代人《あじろひと》　舟呼ばふ声　をちこち聞こゆ　（巻七・一一三五）
宇治川に　生《お》ふる菅藻《すがも》を　川早み　取らず来《き》にけり　つとにせましを　（巻七・一一三六）
宇治人の　喩《たと》ひの網代　我《われ》ならば　今はならまし　こつみ来ずとも　（巻七・一一三七）
宇治川を　舟渡せをと　呼ばへども　聞こえずあらし　梶の音もせず　（巻七・一一三八）
ちはやひと　宇治川波を　清みかも　旅行く人の　立ちかてにする　（巻七・一一三九）

と宇治川の歌ばかりが記載されているのは、大化二年（六四六）に元興寺の僧、道登・道昭が勅を奉じて宇治川橋を造ったことを記す「宇治橋断碑」に「浼浼《べんべん》たる横流は、其の疾《はや》きこと箭《や》の如し。修修たる征人は、騎を停《とど》めて市《いち》を成す。重深に赴《おもむ》かむと欲《おも》ひて、人馬命を亡《うしな》ふ。古《いにしへ》従《よ》り今に至るまで、杭竿《かうかん》を知ること莫《な》し」と記すように、そこが古来行旅の難所であったが故に、特に手向けの歌が歌われるべき場所として考えられていたからであろう。

名木川は、「名木」が『倭名類聚抄』に記す「久世郡那紀」の地（現在の宇治市伊勢田町付近）であることは明かであり、かつてはその地を流れて巨椋池に注ぎ込んでいた川と考えられるものの、人麻呂歌集の名木川の歌がどの地点で歌われたかは不明である。いずれ北陸道を目指して渡らなくてはならない川であり、

あぶり干《ほ》す　人もあれやも　濡《ぬ》れ衣《ぎぬ》を　家には遣《や》らな　旅のしるしに　（巻九・一六八八）
衣手《ころもで》の　名木《なき》の川辺《かはへ》を　春雨に　我《あれ》立ち濡ると　家思ふらむか　（巻九・一六九六）
家人《いへびと》の　使ひにあらし　春雨《はるさめ》の　避《よ》くれど我《あれ》を　濡らさく思へば　（巻九・一六九七）
あぶり干す　人もあれやも　家人の　春雨すらを　間使《まつか》ひにする　（巻九・一六九八）

と家人のことを歌っていることを考えれば、旅先の土地の嘱目の景物の描写と旅の安全を斎ってくれて

いる家人のことを歌う、という旅の歌の型(8)を踏まえた作といえる。

人麻呂歌集の山城歌の多さは、人麻呂のこの地への旅が一再ならず行われた旅であったことを物語っていよう。

三　恭仁京関係歌の特徴

天平九年（七三七）四月から八月にかけて政治の中枢にいた藤原四兄弟（房前《ふささき》、麻呂《まろ》、武智麻呂《むちまろ》、宇合《うまかい》）が天然痘の流行により次々と死去した後、代わって政治の中心的存在となったのは、天平十年一月十三日正三位右大臣に任命された橘諸兄であった。諸兄の政治体制の下で重用されたのは、養老元年（七一七）に遣唐使として入唐し天平七年に唐から帰国後、天平九年二月に従五位下に任ぜられた吉備真備《きびのまきび》、同じく九年八月に僧正に任ぜられた玄昉《げんぼう》であった。天平十年十二月、大宰の少弐に左遷された藤原広嗣《ひろつぐ》は、天平十二年八月二十九日、上表文に時の政治の批判をし、玄昉と吉備真備との処分を求め、九月一日に反乱を起こす。いわゆる藤原広嗣の乱である。

乱は大将軍大野東人《おおののあずまひと》のもとに平定され、十月二十九日には広嗣は捕らえられ、十一月一日に処刑されて終わるが、この間十月二十六日に、聖武天皇は大将軍大野朝臣東人らに「朕意《われおも》ふ所有るに縁《よ》りて、今月の末暫《しまらせきのひむかし》く関東《》に往《ゆ》かむ。その時に非《あら》ずと雖《いへど》も、事已《ことや》むこと能《あた》はず。将軍これを知るとも、驚き怪しむべからず」と勅して、伊賀、伊勢、美濃、近江などを巡幸し、諸兄に先発させて恭仁の地を整備させ、十二月十五日、とうとう平城京に帰ることなくそのまま恭仁宮に行幸し、恭仁京を造営することとなる。

聖武天皇によって恭仁京が営まれたことから、山城には数多くの歌が残されることとなったが、その恭仁京も、やがて天平十五年には造営が停止され、十六年二月には難波宮が皇都とされ、十七年正月には紫香楽宮に遷るなど迷走の後、ついに五月には平城宮に戻ることとなる。それ故、恭仁京関係歌には造営に関わる讃美・称讃の歌と、廃都を悲歎・悲傷する歌とが詠まれているところに特徴がある。

また、恭仁の新京を造営する間、古京となった平城京に留まった大伴坂上大嬢との別離が生じたことにより、家持が

一重山《ひとへやま》　隔《へな》れるものを　月夜良《つくよよ》み　門《かど》に出《い》で立ち　妹《いも》か待つらむ　（巻四・七六五）

都路《みやこぢ》を　遠みか妹が　このころは　うけひて寝《ぬ》れど　夢《いめ》に見え来《こ》ぬ　（巻四・七六七）

今知らす　久邇《くに》の都に　妹に逢はず　久しくなりぬ　行きてはや見な　（巻四・七六八）

などの相聞歌を残している点、さらに、天平十六年閏正月十三日に安積皇子《あさかのみこ》が脚の病により十七歳で薨《こう》じた時に家持が長歌二首反歌四首の挽歌を作成しているところから、「雑歌」「相聞」「挽歌」がそれぞれ

残されているのも特徴といえる。

四　田辺福麻呂《たなべのさきまろ》の恭仁京讃歌

山城国相楽郡に都が遷されたことについては、相楽郡が橘諸兄の勢力基盤であったことによると考えられている。(9)『続日本紀』天平十二年五月条に、「五月乙未（十日）、天皇、右大臣の相楽別業《さがらかのべちごふ》に幸《みゆき》したまふ。宴飲酣暢《えんいむたけなは》なるときに、大臣の男无位奈良麻呂《をのこむゐならまろ》に従五位下を授く」という諸兄の別業への行幸記事があり、また、十二月条に「戊午（六日）、不破より発ちて坂田部横川《よかは》に至りて頓《とど》まり宿る。是の日、右大臣橘宿禰諸兄、在前《さき》に発ち、山背国相楽郡恭仁郷《やましろさがらかくに》を経略《けいりやく》す。遷都を擬《はか》ることを以ての故なり」の記事によっても、諸兄主導の下に遷都がなされたことが推考できるが、相楽郡に遷都すべき理由はそれだけではなかったであろう。恭仁京の前身となる相楽郡の甕原《みかのはら》離宮への行幸は、元明天皇の和銅六年（七一三）六月二十三日（～二十六日）の行幸を初めとして、和銅七年閏二月二十二日、元正天皇の霊亀元年（七一五）三月一日、七月十日、聖武天皇の神亀四年（七二七）五月四日（～六日）、天平八年（七三六）三月一日（～五日）、十一年三月二日（～五日）、同二十三日（～二十六日）と繰り返されて来ており、甕原自体に対する好尚も天皇にはあったと考えられる。(10)

恭仁京遷都に関わって、もとの都平城京のあった奈良は「故郷」と呼ばれるようになる。その奈良の地の荒廃を悲しんだ歌として、田辺福麻呂歌集に次の歌がある。

奈良の故郷《ふるさと》を悲しびて作る歌一首 并せて短歌

やすみしし　我《わ》が大君の　高敷《たかし》かす　大和《やまと》の国は　天皇《すめろき》の　神の御代《みよ》より　敷きませる　国にしあれば　生《あ》れまさむ　皇子の継ぎ継ぎ　天《あめ》の下《した》　知らしまさむと　八百万《やほよろづ》　千年《ちとせ》をかねて　定めけむ　奈良の都は　かぎろひの　春にしなれば　春日山《かすがやま》　三笠《みかさ》の野辺《のへ》に　桜花《さくらばな》　木《こ》の暗隠《くれがく》り　かほ鳥は　間《ま》なくしば鳴く　露霜《つゆしも》の　秋さり来れば　生駒山　飛火《とぶひ》が岡《をか》に　萩《はぎ》の枝《え》を　しがらみ散らし　さ雄鹿《をしか》は　つま呼びとよむ　山見れば　山も見が欲《ほ》し　里見れば　里も住み良し　もののふの　八十伴《やそとも》の緒《を》の　うちはへて　思へりしくは　天地《あめつち》の　寄り合ひの極《きは》み　万代《よろづよ》に　栄《さか》え行《ゆ》かむと　思へりし　大宮すらを　頼めりし　奈良の都を　新《あら》た世《よ》の　事にしあれば　大君の　引きのまにまに　春花《はるはな》の　うつろひ変はり　群鳥《むらとり》の　朝立《あさだ》ち行《ゆ》けば　さすだけの　大宮人《おほみやひと》の　踏《ふ》み平《なら》し　通《かよ》ひし道は　馬も行《い》かず　人も行《ゆ》かねば　荒れにけるかも　（巻六・一〇四七）

反歌二首

立ち変はり　古き都と　なりぬれば　道の芝草　長く生《お》ひにけり　（巻六・一〇四八）

なつきにし　奈良の都の　荒れ行けば　出《い》で立つごとに　嘆きし増《ま》さる　（巻六・一〇四九）

この歌は四段からなる。第一段では、天皇が統治する大和の国は歴代天皇の統治する国であり、お生まれになる皇子が代々いつまでもそこで国土を支配すると定めていた「奈良の都は」、と冒頭から一六句で主題となる都を提示し、第二段では、「かぎろひの」から「里も住み良し」まで二〇句でその奈良の都を讃美し、第三段では、「もののふの」から「奈良の都を」まで一二句で永久に栄えるだろうと期待していた奈良の都に対する官人たちの心情を述べ、「新た代の」から末尾までの一五句では、それにもかかわらず恭仁京遷都により荒廃してしまった旧都を詠嘆する。

それに対して、続く恭仁京讃歌では次のように歌われる。

久邇の新京を讃《ほ》むる歌二首 并せて短歌

現《あき》つ神《かみ》　我《わ》が大君《おほきみ》の　天の下　八島《やしま》の中《うち》に　国はしも　多くあれども　里はしも　さはにあれども　山並《やまなみ》の　宜《よろ》しき国と　川なみの　立ち合ふ里と　山背《やましろ》の　鹿背山《かせやま》のまに　宮柱《みやばしら》　太敷《ふとし》きまつり　高知《たかし》らす　布当《ふたぎ》の宮は　川近み　瀬の音《おと》ぞ清き　山近み　鳥が音《ね》とよむ　秋されば　山もとどろに　さ雄鹿《をしか》は　つま呼びとよめ　春されば　岡辺《をかへ》もしじに　巌《いはほ》には　花咲きををり　あなおもしろ　布当の原　いと貴《たふと》　大宮所《おほみやどころ》　うべしこそ　我が大君は　君ながら　聞かしたまひて　さすだけの　大宮ここと　定めけらしも

（巻六・一〇五〇）

反歌二首

三香原《みかのはら》　布当の野辺《のへ》を　清みこそ　大宮所〈一に云ふ「ここと標刺《しめさ》し」〉　定めけらしも
（巻六・一〇五一）

山高く　川の瀬清し　百代《ももよ》まで　神しみ行かむ　大宮所
（巻六・一〇五二）

我が大君　神の尊《みこと》の　高知らす　布当の宮は　百木《ももき》もり　山は木高《こだか》し　落ち激《たぎ》つ　瀬の音《おと》も清し　うぐひすの　来鳴《きな》く春へは　巌《いはほ》には　山下《やました》光り　錦なす　花咲きををり　さ雄鹿の　つま呼ぶ秋は　天霧《あまぎ》らふ　しぐれをいたみ　さにつらふ　黄葉《もみち》散りつつ　八千年《やちとせ》に　生《あ》れつかしつつ　天の下　知らしめさむと　百代《ももよ》にも　変はるましじき　大宮所《おほみやどころ》
（巻六・一〇五三）

反歌五首

泉川《いづみがは》　行く瀬の水の　絶えばこそ　大宮所　うつろひ行かめ
（巻六・一〇五四）

布当山　山並《やまなみ》見れば　百代にも　変はるましじき　大宮所
（巻六・一〇五五）

娘子《をとめ》らが　続麻掛《うみをか》くといふ　鹿背《かせ》の山　時し行ければ　都となりぬ
（巻六・一〇五六）

鹿背の山　木立《こだち》を繁み　朝去らず　来鳴きとよもす　うぐひすの声
（巻六・一〇五七）

狛山《こまやま》に　鳴くほととぎす　泉川　渡りを遠み　ここに通《かよ》はず〈一に云ふ「渡り遠みか　通はざるらむ」〉
（巻六・一〇五八）

鹿背山

第一長歌一〇五〇では、第一段（「布当の宮は」まで）で数多くの国の中から一つの国を選択するという讃美形式で、山城国にある布当の宮を提示し、第二段（「川近み」から「大宮所」まで）で、その布当の宮を具体的に讃美し、第三段（「うべしこそ」から末尾まで）で、前段の叙述からの結論として、布当の宮を宮都と決めたことを讃歎する。

第二長歌も同様に、第一段（「布当の宮は」まで）で土地を提示し、第二段（「百木もり」から「黄葉散りつつ」まで）でその土地を具体的な詞章で讃美し、第三段（「八千年に」から末尾まで）で前段の讃美表現を受けて、不変の宮として恭仁の大宮所を讃美する。両長歌ともに典型的な土地讃美の歌である。

都の荒廃を悲歎する歌と、讃歌とでは自ずと内容や構造は異なるが、いずれもその土地を讃美する表現をもつ点では共通する。それが、一〇四七歌では「かぎろひの　春にしなれば　春日山　三笠の野辺に　桜花　木の暗隠り　かほ鳥は　間なくしば鳴く　露霜の　秋さり来れば　生駒山　飛火が岡に　萩の枝を　しがらみ散らし　さ雄鹿は　つま呼びとよむ　山見れば　山も見が欲し　里見れば　里も住み良し」と春に東方の春日山、秋に西方の生駒山の景観を叙して讃美するのに対し、恭仁京讃歌では、一〇五〇歌では、「山並の　宜しき国と　川なみの　立ち合ふ里」という前提のもと、「川近み　瀬の音ぞ清き　山近み　鳥が音とよむ」と川の景観叙述を含み込んだ対句による讃美をする。一〇五三歌でも同様に、「百木もり　山は木高し　落ち激つ　瀬の音も清し」と山川の対句で讃美している。長歌全体としては、やや山の表現に叙述が多く割かれているとはいえ、「山高く　川の瀬清し」（一〇五二）と反歌でも並列讃美され、一〇五四歌では、「泉川　行く瀬の水の　絶えばこそ　大宮所　うつろひ行かめ」と宮の盛衰が泉川の恒久性と関わるがごとくに歌われている。こういった表現自体は、柿本人麻呂の吉野讃歌の「この川の　絶ゆることなく　この山の　いや高知らす　水そそく　瀧の都は　見れど飽かぬかも」（巻一・三六）に典拠をもつものとは言え、奈良の都においては、京域内を流れる佐保川があるにも関わらずそのようには歌われないのである。

　福麻呂だけでなく、正に造都の最中である天平十三年二月に作られた境部老麻呂《さかひべのおゆまろ》の「三香《みか》の原の新都を讃むる歌」にも「山背の　久邇の都は　春されば　花咲きをり　秋されば　もみち葉にほひ　帯《お》ばせる　泉の川の　上《かみ》つ瀬に　打橋渡し　淀瀬には　浮橋渡し」（巻十七・三九〇七）と六句にわたって泉川

の叙述がされ、反歌一首には、

楯並《たたな》めて　泉の川の　水脈《みを》絶えず　仕《つか》へ奉《まつ》らむ　大宮所　（巻十七・三九〇八）

とやはり泉川の恒久性と大宮の繁栄を関わらせて歌っている。十五年の秋八月十六日の大伴家持作でも同様に、

今造る　久邇の都は　山川《やまかは》の　さやけき見れば　うべ知らすらし　（巻六・一〇三七）

と山川のさやけさが宮都造営の理由とされている。

佐保川は春日山原始林を水源とし、若草山北側を経巡って奈良盆地へ出、平城京の南西の九条あたりまで京域を流れる川であるが、春日大社の山として神聖視され樹木伐採が禁じられてきた山を水源とするにもかかわらず、今日でも水量の少ない比較的小さな流れである。当時は生活排水や排泄物は道路の脇の側溝に捨てられ、川の水で流される仕組みになっていたわけであるから、人口十万人とも推定される平城京において、佐保川の水量は十分でなかったはずである。おそらく、佐保川下流には汚物が溜まり、大宮の内にも影響を及ぼしていたに違いない。それに対して、泉川は年間を通じて水量も多く、

「藤原宮の役民が作る歌」に、「新《あら》た代と　泉の川に　持ち越せる　真木のつまでを　百《もも》足《た》らず　筏《いかだ》に作り　のぼすらむ」（巻一・五〇）と歌われているように、材木の集積地として「木津」とも呼ばれ、古代から水運の要となる川であったことも、遷都の大きな理由であったと考えられる。陸路においても山城は交通の要衝の地であった(2)。

恭仁京跡

五　廃都恭仁京

聖武天皇の東国行幸については、近年広嗣の反乱による異常な逃避行と考えるだけでなく、その彷徨の旅と壬申の乱の時の天武天皇の東遷経路との関係が指摘されている。伊藤博『万葉集釈注三』(11)は、「そ

山城国分寺跡

の行幸の足取りは、天武天皇の壬申の乱の行程そのままである」として、「聖主天武天皇の跡を追えば、救いや加護が得られるといった神だのみに似る気持があったのではないか」と推定している。また、瀧浪貞子『古代日本宮廷社会の研究』[12]では、「聖武天皇が、壬申の乱における大海人皇子の行動を意識し、それを追体験しようとしていたことはまず間違いないであろう」と指摘し、壬申の乱を追体験することにより、貴族官人らとの連帯感・一体感を得ようとしたものと推定する。

確かに、大がかりなこの行幸は、単なる思いつきではなく、用意されたものであり、その行程からして壬申の乱の天武の行程を意識したものであったといえよう。そうすると、何よりもその原点であった天武の吉野隠遁が思い起こされていたはずである。山紫水明の地である恭仁の地は、その吉野の景観に通じるところがある。一〇五〇歌が人麻呂の吉野讃歌巻一・三六を踏まえた讃美表現をとるのも、こういったことと関わるのであろう。

その恭仁を流れる泉川は、山城国を貫流する形で北流し、宇治川と合するのであり、何よりも山城国は川の国であり、恭仁京は水の都であったといえる。

その恭仁京も天平十六年二月二十日、「恭仁宮の高御座《たかみくら》并せて大き楯を難波宮に運ぶ」ということになり、二十六日には左大臣橘諸兄が、難波宮を以て定めて皇都とする勅を宣言することとなり、やがては廃都となって行く。

その恭仁の荒都を歌った田辺福麻呂の歌が、恭仁京讃歌に続いて収載されている。

春の日に、三香原《みかのはら》の荒墟を悲しび傷《いた》みて作る歌一首 并せて短歌

三香原　久邇の都は　山高み　川の瀬清み　住み良しと　人は言へども　あり良しと　我は思へど　古《ふ》りにし　里にしあれば　国見れど　人も通はず　里見れば　家も荒れたり　はしけやし　かくありけるか　三諸《みもろ》つく　鹿背山《かせやま》のまに　咲く花の　色めづらしく　百鳥《ももとり》の　声なつかしき　ありが欲《ほ》し　住み良き里の　荒るらく惜しも　（巻六・一〇五九）

反歌二首

三香原　久邇の都は　荒れにけり　大宮人の　うつろひぬれば　（巻六・一〇六〇）

咲く花の　色は変はらず　ももしきの　大宮人ぞ　立ち変はりける　（巻六・一〇六一）

当然のことながら、福麻呂は前の「久邇の新京を讃むる歌」を意識して作歌したはずである。新京讃歌の方では、「高知らす　布当の宮は」と一〇五〇、一〇五三とも提示されているのに対し、悲傷歌の方では、「三香原　久邇の都は」と提示される。荒廃は「宮」ではなく「都」であることは、「奈良の都を悲しびて作る歌」（一〇四七）が「奈良の都は」と歌うのと同じである。その荒廃の理由が一〇四七では「馬も行かず　人も行かねば　荒れにけるかも」と歌われているのに対し、一〇六〇では「大宮人の　うつろひぬれば」と、大宮人のうつろいによるものと歌われる。新京讃歌では、「百代まで　神しみ行かむ　大宮所」（一〇五二）、「百代にも　変はるましじき　大宮所」（一〇五三）と讃えられ、一〇五四では、泉川の流れる水が絶えたならこそ大宮所のうつろうこともあろう、と歌い、一〇五五では、布当山の山並みを見ると「百代にも　変はるましじき　大宮所」である、と自然の不変と同じく不変の宮であることを讃えたその大宮所である都を、大宮人のうつろいという人為によって荒廃したものとして捉えているのである。一〇六一においても、「咲く花の　色は変はらず」という自然の不変に対して、「大宮人ぞ　立ち変はりける」と人の可変を歌う。

表現の焦点が、新京讃歌の「大宮所」に対し、悲傷歌では「大宮人」となっているのも、福麻呂の意図したところであろう。福麻呂は下級官人である以外閲歴は定かでないが、巻十八・四〇三二歌の題詞に「天平二十年春三月二十三日に、左大臣橘家の使者造酒司令史田辺福麻呂に守大伴宿禰家持が館に饗す」

と見え、土屋文明『万葉集私注 巻第十八』（筑摩書房・昭和三十一年）には「橘家の家令を兼ねて居たか、少くとも実質的にはそこに隷属して居た」と推定する。造酒司令史は大初位上相当であるところから、伊藤博『万葉集釈注九』（集英社・平成十年）はその内実を文書を勘え署す役の「少書吏」であったと推定し、「すなわち、年来諸兄の庇護のもとにあった福麻呂は、造酒司令史という正職のもと、橘一位家の家令（少書吏）をも兼ねていたのであろう」とされる。つまり、福麻呂は恭仁京遷都を推進する中心的人物である諸兄のもとにあって、恭仁京の造営から荒廃までを見ていたことになる。その福麻呂が、「はしけやし　かくありけるか」と歌い、「大宮人の　うつろひぬれば」「大宮人ぞ　立ち変はりける」と歌った表現の奥には、時政に対する批判が隠っているように感じられる。

とはいえ、あくまでも恭仁の自然は変わることなく美しいものとして、福麻呂は歌ったのである。

注
1　井手至「人麻呂集戯書『開木代』について」（『万葉』昭和三十六年十月）
2　山城国は北陸道のみならず、木津川右岸を経由する東山道・東海道、左岸を経由する山陰道、山陽道の古道に繋がる交通の要衝の地であり、木津川から淀川を経て瀬戸内海に繋がる水運の要でもあった。
3　大岡信『私の万葉集　一』（講談社・平成六年）、伊藤博『万葉集釈注二』（集英社・平成八年）
4　巻十一・二四七一は「山背の　泉の小菅」とあるが、この菅は川辺の菅と考えられる。
5　巻七・一二八六は、おそらくもとは人麻呂による、土地の民謡の採歌に係るものと思えるが、歌の

6　機能としては手向けと考え得る。
坂や山の手向けは、
　百足らず　八十隅坂に　手向せば　過ぎにし人に　けだし逢はむかも（巻三・四二七）
　周防なる　磐国山を　越えむ日は　手向よくせよ　荒しその道（巻四・五六七）
　ちはやふる　神のみ坂に　幣奉り　斎ふ命は　母父がため（巻二十・四四〇二）
などの歌にも知られるところである。

7　芳賀紀雄『万葉の歌人と風土7　京都』（保育社・昭和六十一年）

8　旅の歌の型については、大濱厳比古『新万葉考』「叙景歌と人麻呂」（大地・昭和五十四年）、及び、伊藤博『万葉のいのち』「『家』と『旅』」（塙書房・昭和五十八年）参照。

9　喜田貞吉『帝都』（日本学術普及会・昭和十四年）、北山茂夫『万葉の時代』（岩波書店・昭和二十九年）及び『万葉集全注　巻第六』（吉井巌担当、有斐閣・昭和五十九年）

10　『続日本紀　一』（新日本古典文学大系・平成元年）には、三月の行幸は曲水の宴、五月の行幸は騎射の行事と関係あると推定する。聖武天皇の神亀四年五月の行幸記事には、「丙子（五日）、天皇、南野の樹に御しまして餝馬・騎射を観たまふ」とあり、肯われる。天平十一年三月の行幸記事には「己卯（二十三日）、天皇と太上天皇と、甕原離宮に行幸したまふ」とも記されており、甕原行幸自体は、諸兄との関係によるよりも、前代からの伝統と考える方がよいように思われる。

11　伊藤博『万葉集釈注三』（集英社・平成八年）

12　瀧浪貞子『古代日本宮廷社会の研究』（思文閣・平成三年）

＊『万葉集CD-ROM版』（塙書房刊）使用

近江の風土

——宇宙に名有る地なり——

関　隆司

近江国は、宇宙《あめのした》に名有る地《ところ》なり。地広く人衆《おほ》くして、国富み家給《そな》はる。東は不破に交り、北は鶴鹿《つるが》に接き、南は山背に通ひて、此の京邑《みやこ》に至る。水海《みづうみ》清くして広く、山の木繁くして長し。其の壌《つち》は黒壚《つち》にして、其の田は上の上なり。

「武智麻呂伝」

一　はじめに

近江は豊かな国である。

近江国の風土の特徴は、何よりもまず、国の中心に大きな水海が存在することである。水運や漁業が発達し、港が作られ、水海を中心とする人々の活発な営みがあったと想像される。

その水海の中央から眺めれば、四方を山に囲まれていることがわかる。これも大きな特徴である。その山々は、鉄鉱石の産地としても有名で、現在までに七十か所以上の製鉄遺跡が確認されているという。近江は鉄の国でもあった。

一方、平安時代に成立した『和名類聚抄』に記された近江国の田積数は、「三万三千四百二町五段百八十四歩」(元和本)とある。これは、同書に記された田積の全国第四位の数字である。多くの人々が生活していた証しである。

近江は、貴重な資源を抱える山と、豊富な水に恵まれ、多くの田を擁する豊かな国なのである。

そのためだけではないだろうが、大津宮(天智天皇)・紫香楽《しがらき》宮(聖武天皇)・保良《ほら》宮(淳仁天皇)と、三度も宮が遷され帝都となっている。そのうち、大津宮遷都に関わる歌が万葉集には伝わっていて、どの歌もよく知られている。

額田王の「三輪山惜別歌」は、大和から近江に遷る時のものであるし、蒲生野での大海人皇子との物語もよく知られている。柿本人麻呂の「近江荒都歌」も、歌われているのは夏草の生い茂る廃都ではあるが、近江遷都に関わるものと言って良い。

一方で、近江(アフミ)という音が「逢ふ身」を連想させることから、愛する人を思う歌が生まれている。

しかし、これらの歌は、人事に関わる歌というべきで、風景も詠まれてはいるが、風土に関わるものではない。風土に関わる歌というのは、やはり、山や水といったその土地の自然に接することによって生まれたものを指すべきであろう。近江の風土に関わる歌にはどのようなものがあり、どのような特徴があるだろうか。

二　近江路

天平十八年（七四六）から天平勝宝三年（七五一）まで越中国守であった大伴家持は、赴任する時と少納言となって帰京した時だけはでなく、朝集使などの任務を帯びて数度、都と越中を往復している。それにもかかわらず、万葉集に家持の近江の歌はない。それは単に近江だけの話ではなく、越前の歌も、帰路の途上、越前国庁で偶然部下に出会ったために詠まれた歌が残されているだけであって、「大君の任《ま》けのまにまに」という意識をもって都と越中を往復する家持にとって、その途上での歌作など考えられなかったと、考えていいのかも知れない。

そのような家持が越中守として北陸道を往復していた時、途上の近江国は藤原仲麻呂《なかまろ》のものになりつつあったのだ。

無論、一国を個人の所有物にすることは不可能である。しかし仲麻呂は、天平十七年（七四五）九月に任じられて以来、「紫微《しび》内相」などの要職に就いていた天平宝字二年（七五八）に近江守を兼官している記録が残っているので、天平宝字八年（七六四）のいわゆる「恵美押勝《えみのおしかつ》の乱」で亡くなるまで、約二十年にわたって近江国守であった可能性が高い。一国の長官が二十年近く不変であったことは、その国のさまざまな部分に良くも悪くも多大な影響を与えたに違いない。

その一端は、たとえば近年発掘が進んで解明されつつある、要塞化した近江国府の異様さ（1）に現れていると思うのだが、政治史的には、『続日本紀』に記されている次の事実に注目したい。

（天平宝字四年）八月甲子。勅して曰はく、「子は祖《おや》を尊しとす。祖は子を亦貴しとす。此れ不易の彝《ゐ》式にして聖主の善行なり。其れ先朝の太政大臣藤原朝臣は唯に功天下に高きのみに非ず、是れ復皇家の外戚なり。是を以て先朝正一位太政大臣を贈る。斯れ実に我が令に依りて已に官位を極むと雖も、周礼に准ふるに猶足らぬこと有り。窃《ひそか》に思ふに、勲績宇宙を蓋へども、朝賞人望に允《あた》らず。斉の太公の故事に依りて、追ひて近江国十二郡を以て封して淡海公とすべし。余官は故《もと》の如し。

「先朝の太政大臣藤原朝臣」は、藤原不比等のこと。「我が令に依りて已に官位を極む」とは、「大宝令」に定められた官の頂点である「太政大臣」と位の頂点である「正一位」が、不比等の死後に追贈されているることを指す。不比等は「令」の規定では官位ともに極めたということになる。しかし、「礼」の考えでは、それだけでは不十分であり、斉の太公（太公望）が、周の軍師となって殷を打ち破った褒美として斉に封ぜられたように、不比等に近江国の十二郡を「封」じて「淡海公」とするというのである。「封」とは唐の制度であり、厳密には日本の令制にはなじまない。もし右の記事を文面そのままに受け取れば、近江国は不比等の私有物となってしまうことになるのだが、その部分は内実が伴うわけではなく、あくまで「淡海公」の方に重点があるようである。

この天平宝字四年八月時の太政大臣は、藤原仲麻呂であった。藤原不比等は仲麻呂の祖父に当たる。この時の正確な呼称を用いれば、天平宝字四年（七六〇）正月に、大保（右大臣）から太師（太政大臣）に昇任した恵美押勝（藤原仲麻呂）が、祖父を礼の思想に基づいて敬ったのである。同じ時に、不比等の妻県犬養三千代には正一位が贈られ、令の規定にはない「大夫人《だいぶにん》」と呼ばせることも決められている。ともかく、不比等に近江国が封じられ、「淡海公」という敬称が贈られた理由は、時の権力者が仲麻呂であったということ以外にない。

冒頭に掲げた「武智麻呂伝」は、『藤氏家伝』の下巻にあたる。仲麻呂が僧延慶に作らせた部分である。延慶は、鑑真が来日した折りに通訳を務めた人物だが、冒頭に掲げた「近江国は、宇宙に名有る地なり」という一節は、仲麻呂の気に入るように記したものであろうか。文飾はあるだろうが、仲麻呂にとって近江が最上の国だったことは間違いない。(2)

その近江国を―恐らく人生の中で始めて通過して―越中に赴任した大伴家持の歌に、次の表現があることに注目したい。

恋緒《れんしょ》を述ぶる歌一首　并せて短歌

妹《いも》も我も　心は同じ　比《たぐ》へれど　いやなつかしく　相見れば　常初花《とこはつはな》に　心ぐし　めぐしもなしに　はしけやし　我が奥妻　大君《おほきみ》の　命恐《みことかしこ》み　あしひきの　山越え野行き　天ざかる　鄙《ひな》治めにと　別れ来《こ》し　その日の極《きは》み　あらたまの　年行き帰り　春花の　うつろふまでに　相見《あひ》ねば　いたもすべなみ　しきたへの　袖返しつつ　寝《ぬ》る夜《よ》おちず　夢《いめ》には見れど　うつつにし　直《ただ》にあらねば　恋しけく千重に積もりぬ　近くあらば　帰りにだにも　うち行きて　妹が手枕　さし交へて　寝ても来ましを　玉桙《たまほこ》の　道はし遠く　関さへに　へなりてあれこそ　よしゑやし　よしはあらむそ　ほととぎす　来《き》鳴かむ月に　いつしかも　早くなりなむ　卯の花の　にほへる山を　よそのみも　ふりさけ見つつ　近江路《あふみぢ》に　い行き乗り立ち　あをによし　奈良の我家《わぎへ》に　ぬえ鳥の　うら嘆けしつつ　下恋に　思ひうらぶれ　門《かど》に立ち　夕占《ゆうけ》問ひつつ　我《あ》を待つと　寝《な》すらむ妹を　逢ひてはや見む

（巻十七・三九七八）

あらたまの　年反《かへ》るまで　相見ねば　心もしのに　思ほゆるかも　（三九七九）

ぬばたまの　夢にはもとな　相見れど　直にあらねば　恋止まずけり　（三九八〇）

あしひきの　山きへなりて　遠けども　心し行けば　夢に見えけり　（三九八一）

春花の　うつろふまでに　相見ねば　月日数みつつ　妹待つらむそ　（三九八二）

右、三月二十日夜裏《よのうち》に忽《たちま》ちに恋情を起こして作る。大伴宿祢家持家持は、越中から都へ向かうことを「近江路《あふみぢ》に　い行き乗り立ち」と表現しているのだ。

この長歌一首と短歌四首の一連は、題詞と左注からわかるように、越中守大伴家持が「夜裏に忽ちに恋情を起こし」て詠んだ歌である。この時家持は国守として越中に赴任していた。

家持が越中国守に任じられたのは天平十八年（七四六）六月のことである。万葉集に残された歌から、七月の下旬には赴任し、その年末と翌年の始めを越中で——しかも病床で——過ごしたと想像されている。冒頭の歌は、病から回復した天平十九年（七四七）三月二十日の歌である。赴任して以来、一度も都の土を踏んでいない。

歌の内容から、家持は越中に単身赴任していて、奈良の妻を恋しく思っている気持ちがよくわかる。題詞の「忽ちに恋情《れんじょう》を起こし」た理由はさまざま推察されているが、本稿は、家持が妻を恋しく思っていることが確認できれば十分である。その妻を思う長歌の中に「近江路」とある。家持は、奈良へ向かう気持ちを、越中の山を「ふりさけ見つつ　近江路に　い行き乗り立ち　あをによし　奈良の我家に…寝すらむ妹を　逢ひてはや見む」と表現しているのである。

言うまでもなく、越中国は七道のうちの「北陸道」に属し、近江国は「東山道」に属していて、二国の属する「道」は異なっているのだが、近江国から美濃国に向かう東山道のミチは湖東を通るのに対して、北陸道へ続くミチは近江国の湖西側を通っていた。その北陸道のミチは、さらに近江国を抜けて若狭国へ向かうミチと、越前国へ向かうミチに分かれていた。家持が、越中国から都へ向かうには、まず越前国を通過しなければならなかったのであり、近江国はその先である。それを「近江路に　い行き乗り立ち」と詠んでいることは問題とされてよい。

家持の三九七八番歌には、越中赴任を「あしひきの　山越え野行き　天ざかる　鄙治めに」とあるし、これ以前の歌にも「大君の　任けのまにまに　しなざかる　越を治めに　出でて来し…」（巻十七・三九六九）などと表現している。都生まれの家持にとっては、越中も越前も同じコシの国であり、たとえば『時代別国語大辞典　上代篇』に見える、

ち［路・道］（名）みち。独立の用例なく、複合語の中に見られる。地名の下にチがついたとき、
　そこへ行くべき道、その地域内を通じている道、またその地域・あたりの意になる。

という説明を参考にして、越中から都へ向かう道はコシの先の「近江路」だったと考えたらいいのだろうか。

念のため、万葉集の他の「近江路」を探すと、まず、巻四に次のようにある。

岡本天皇の御歌一首　并せて短歌

神代より　生《あ》れ継ぎ来れば　人さはに　国には満ちて　あぢ群《むら》の　通ひは行けど　我《あ》が恋ふる　君にしあらねば　昼は　日の暮るるまで　夜は　夜《よ》の明くる極み　思ひつつ　眠《い》も寝かてにと　明かしつらくも　長きこの夜を　（巻四・四八五）

反歌

山のはに　あぢ群騒き　行くなれど　我《われ》はさぶしゑ　君にしあらねば　（四八六）

近江路の　鳥籠《とこ》の山なる　不知哉川《いさやがは》　日のころごろは　恋ひつつもあらむ　（四八七）

右、今案ふるに、高市岡本宮・後岡本宮、二代二帝おのおの異にあり。ただし、岡本天皇といふは、未だその指すところを審らかにせず。

この「鳥籠の山なる　不知哉川」は、巻十一の作者未詳歌に、

犬上《いぬかみ》の　鳥籠の山なる　不知哉川　いさとを聞《き》こせ　我《わ》が名告《の》らすな　（巻十一・二七一〇）

とあって、現在の彦根市あたりと考えられる。この「近江路」は『時代別国語大辞典』の「その地域・あたりの意」という説明で受け取ってよい。

巻十三には、次のようなまとまりの中に「近江路」がある。

そらみつ　大和の国　あをによし　奈良山越えて　山背《やましろ》の　管木《つつき》の原　ちはやぶる　宇治の渡り　岡屋の　阿後尼《あごね》の原を　千年《ちとせ》に　欠くることなく　万代《よろづよ》に　あり通《がよ》はむと　山科《やましな》の　石田《いはた》の社《もり》

の　皇神《すめかみ》に　幣《ぬさ》取り向けて　我《われ》は越え行く　逢坂山《あふさかやま》を　（巻十三・三二三六）

或本の歌に曰く

あをによし　奈良山過ぎて　もののふの　宇治川渡り　娘子《をとめ》らに　逢坂山に　手向くさ　幣取り置きて　我妹子《わぎもこ》に　近江の海の　沖つ波　来寄る浜辺を　くれくれと　ひとりそ我《あ》が来る　妹が目を欲《ほ》り　（巻十三・三二三七）

反歌

逢坂を　うち出《い》でて見れば　近江の海　白木綿花《しらゆふばな》に　波立ち渡る　（三二三八）

右の三首

近江の海　泊《と》まり八十《やそ》あり　八十島の　島の崎々　あり立てる　花橘を　上枝《ほつえ》に　もち引き掛け　中つ枝《え》に　いかるが掛け　下枝《しづえ》に　ひめを掛け　汝《な》が母を　取らくを知らに　汝が父を　取らくを知らに　いそばひ居《を》るよ　いかるがとひめと　（三二三九）

右の一首

大君《おほきみ》の　命恐《みことかしこ》み　見れど飽《あ》かぬ　奈良山越えて　真木積む　泉の川の　早き瀬を　棹《さを》さし渡り　ちはやぶる　宇治の渡りの　激《たき》つ瀬を　見つつ渡りて　近江路の　逢坂山に　手向して　我が越え行

けば　ささなみの　志賀の唐崎　幸くあらば　またかへり見む　道の隈《くま》　八十隈ごとに　嘆きつつ　我が過ぎ行けば　いや遠に　里離り来ぬ　いや高に　山も越え来《き》ぬ　剣大刀　鞘《さや》ゆ抜き出《い》でて　伊香山《いかご》　いかにか我がせむ　行くへ知らずて　（三二四〇）

反歌

天地を　訴《うれ》へ乞《こ》ひ禱《の》み　幸くあらば　またかへり見む　志賀の唐崎　（三二四一）

右の二首、ただしこの短歌は、或書に云はく、穂積朝臣老の佐渡に配せられし時に作る歌といふ。

どのような時の、誰の歌なのかは不明だが、奈良から近江に向けて説明の進む、いわゆる「道行文《みちゆきぶみ》」の歌である。「近江路の　逢坂山」で「手向け」をするのは、そこが畿外への境だったからだろう。奈良山を越えて山背に入り、逢坂山を越えると畿外である。しかし奈良時代においても、近江は旧帝都であった。帝都であった時は、近江は当然「畿内」であっただろう。その近江を抜けて愛発山を越えると、コシである。

だから、コシにいる家持が都へ向かう道は、何よりもまず「近江路」だったということだろうか。政治史的には、そう考えていいと思う。しかし、歌の世界ではどうだろうか。家持以前の歌に、近江がどう詠まれていたのかという視点を加えてみよう。

家持が、越中赴任以前に学んでいたと考えられている万葉集の巻十二・十三に、次のような表現がある。

我妹子《わぎもこ》に　またも近江の　安《やす》の川　安眠《やすい》も寝ずに　恋ひ渡るかも
（巻十二・三一五七）

あをによし　奈良山過ぎて　もののふの　宇治川渡り　娘子《をとめ》らに　逢坂山に　手向くさ　幣《ぬさ》取り置きて　我妹子に　近江の海の　沖つ波　来寄《きよ》る浜辺を　くれくれと　ひとりそ我《あ》が来る　妹が目を欲り
（巻十三・三二三七）

三一五七番歌は、近江の「安の川」を眼前にして詠まれたものだろう。「安の川」から「安眠」が導かれているのが歌の主題だが、うたいおこしは「我妹子に　またも近江の」とある。「近江」に「逢ふ（身）」の意が当然含まれている。三二三七番の長歌に見える「我妹子に　近江の海の」も同じである。
家持も目にしたはずの原文表記を示せば、次の通りである。

吾妹児尓　又毛相海之　安河　安寝毛不宿尓　恋度鴨
（巻十二・三一五七）

緑青吉　平山過而　物部之　氏川渡　未通女等尓　相坂山丹　手向草　糸取置而　我妹子尓　相海之海之　奥浪　来因浜辺乎　久礼久礼登　独曽我来　妹之目乎欲
（巻十三・三二三七）

どちらも近江を「相海」と表記している。近江をこう表記するのは、万葉集中にこの二首しかない。特に長歌の方は、その前後の本文に、

未通女等尓　相坂山丹（未通女等に　相坂山に）

我妹子尓　相海之（我妹子に　相海の海の）

とあって、どちらもアフの意味を「相」という表記ではっきり示している。「逢ふ」を想起させるから「相海」と表記されたのだ。現在「逢坂山」と表記する山を、万葉集では「相坂山」と記していることも付け加えて、「相海」は、わずか二首の例だが、家持以前に近江は「逢ふ」を連想させる歌語になっていたと見てよい。すると、家持の「近江路」にも「妻に逢ふ」という思いが込められていると想像することが許されるだろう。

越中にいる家持にとって、「近江路」は、都への道である以上に、妻に逢う道として意識されていたのではないか。多くの歌で「大君の　任けのまにまに」と威勢良くうたう家持が、つい「大君の　命恐み」と弱気にうたってしまい、題詞に「恋緒を述ぶる歌」と記した歌であった。「近江路に　い行き乗り立ち」という表現には、妻への思いがにじみ出ていると考えられないだろうか。

無論、万葉歌のすべての「近江」に「逢ふ（身）」の意が含まれているわけではない。

三 近江の海

人麻呂の近江歌には、有名な次の歌がある。

柿本朝臣人麻呂、近江国より上り来る時に、宇治河の辺に至りて作る歌一首

近江の海　夕波千鳥　汝《な》が鳴けば　心もしのに　古《いにしへ》思ほゆ　（巻三・二六六）

おそらく、近江の水海に関わるもっとも有名な万葉歌だろう。水海は、風景の一部として詠み込まれており、結句に「古思ほゆ」ともあって、恋人を思う歌ではない。

この歌のように「近江の海」とうたいおこすものが、人麻呂歌集の略体歌に四首も見える。

近江の海　沖つ白波　知らねども　妹がりといはば　七日《なぬか》越え来《こ》む　（巻十一・二四三五）

近江の海　沖つ島山　奥《おく》まけて　我が思ふ妹《いも》が　言《こと》の繁《しげ》けく　（巻十一・二四三九）

近江の海　沖漕ぐ舟に　いかり下ろし　忍びて君が　言待つ我ぞ　（巻十一・二四四〇）

近江の海　沈《しづ》く白玉　知らずして　恋《こひ》せしよりは　今こそ増され　（巻十一・二四四五）

この四首の「近江の海」は「沖・沈く」と、その下に置かれる歌の主題を詠み出すための修辞として詠まれている。この表現は、作者未詳歌巻にも、

近江の　沖つ島山　奥まへて　我《あ》が思ふ妹が　言の繁けく　（巻十一・二七二八）
近江の　辺《へた》は人知る　沖つ波　君を置きては　知る人もなし　（巻十二・三〇二七）

とあり、「白→知ら」や「沖→奥（置）」といった言葉の置き換えのために使われている。

人麻呂歌集の略体歌には、次のような歌もある。

青みづら　依網《よさみ》の原に　人も逢はぬかも　石走《いはばし》る　近江県《あがた》の　物語りせむ　（巻七・一二八七）

三句目に「人も逢はぬかも」とあるが、「近江」に「逢ふ」の意は重ねていない。

右に掲げた歌は、どれも短歌である。短歌で「近江の海」と詠んだ時、その後に詠まれる主題は「逢ふ」ではないということなのではないか。

確認のために万葉集を調べてみると、「近江の海」と訓まれ得る例は、既に掲げた歌を除いて次のようにある。

いさなとり　近江の海を　沖離《さ》けて　漕ぎ来る船　辺《へ》につきて　漕ぎ来る船　沖つ櫂《かい》　いたくなはねそ　辺つ櫂　いたくなはねそ　若草の　夫《つま》の　思ふ鳥立つ
（倭姫皇后、巻二・一五三）

磯の崎　漕ぎたみ行けば　近江の海　八十《やそ》の湊《みなと》に　鶴《たづ》さはに鳴く
（高市黒人、巻三・二七三）

近江の海　湊は八十ち　いづくにか　君が船泊《は》て　草結びけむ
（作者未詳、巻七・一一六九）

近江の海　波恐《かしこ》みと　風守り　年はや経なむ　漕ぐとはなしに
（作者未詳、巻七・一三九〇）

作者判明歌でもっとも古いものは、倭姫皇后の一五三番歌である。この歌の直前に並べられた一五一・一五二番歌の題詞に「天皇の大殯《おほあらき》の時の歌二首」とあるので、天智天皇の亡くなった天智十年（六七二）末か翌年の年頭の歌だと考えられる。歌は「いさなとり　近江の海を」とうたい起こされているが、「いさなとり」のイサナはクジラのことで、一般的に海を導く枕詞として知られる語句である。ところが、「いさなとり」も「近江の海」と同様、この一五三番歌が作者判明歌の中でもっとも古い例となる。また、「いさなとり」と修飾する例も、一五三番歌にしかない。万葉集の用例を見る限り、最初に表現されたのは「いさなとり　近江の海」であったのだ。近江の水海は、歌の世界では、最初から「ウミ」として表現されているのである。

作者判明歌で、倭姫皇后に続くのは人麻呂である。人麻呂の歌は、すでに掲げたようにすべて初句に「近江の海」が置かれているのが特徴である。

人麻呂と同時代でやや遅れると考えられている高市黒人の二七三番歌は、巻三に「羇旅の歌八首」としてまとめ置かれたうちの一首で、その八首のうちには、

我が船は　比良《ひら》の湊に　漕ぎ泊てむ　沖辺な離《さか》り　さ夜ふけにけり　（二七四）
いづくにか　我《わ》が宿りせむ　高島の　勝野の原に　この日暮れなば　（二七五）

という近江の歌が含まれている。黒人には、作者に異伝を持つ「近江荒都」を詠んだ次の歌もある。

高市古人、近江の旧き堵を感傷して作る歌　或書に云はく高市連黒人なりといふ
古《いにしへ》の　人に我《われ》あれや　ささなみの　古き都を　見れば悲しき　（巻一・三二）
ささなみの　国つ御神の　うらさびて　荒れたる都　見れば悲しも　（三三）

高市連黒人が近江の旧き都の歌一首
かく故《ゆゑ》に　見じと言ふものを　ささなみの　古き都を　見せつつもとな　（巻三・三〇五）
右の歌、或本に曰く、小弁の作なり、といふ。未だこの小弁といふ者を審らかにせず。

巻一の黒人の歌の前には、人麻呂の「近江荒都歌」が置かれている。

近江の荒れたる都に過る時に、柿本朝臣人麻呂が作る歌

玉だすき　畝傍《うねび》の山の　橿原《かしはら》の　ひじりの御代《みよ》ゆ　或は云ふ「宮ゆ」　生《あ》れましし　神のことごとつがの木の　いや継ぎ継ぎに　天《あめ》の下　知らしめししを　或は云ふ「めしける」　天《そら》にみつ　大和を置きて　あをによし　奈良山を越え　或は云ふ「そらみつ　大和を置き　あをによし　奈良山越えて」　いかさまに　思ほしめせか　或は云ふ「思ほしけめか」　天《あま》ざかる　鄙《ひな》にはあれど　石走る　近江の国の　さざなみの　大津の宮に　天の下　知らしめしけむ　天皇《すめろき》の　神の尊《みこと》の　大宮は　ここと聞けども　大殿《おほとの》は　ここと言へども　春草の　繁く生ひたる　霞立ち　春日《はるひ》の霧《き》れる　或は云ふ「霞立ち春日か霧れる　夏草か　しげくなりぬる」　ももしきの　大宮所《おほみやどころ》　見れば悲しも　或は云ふ「見ればさぶしも」

（巻一・二九）

反歌

ささなみの　志賀《しが》の唐崎《からさき》　幸《さき》くあれど　大宮人《おほみやひと》の　船待ちかねつ　（三〇）

ささなみの　志賀の　一に云ふ「比良の」　大わだ　淀むとも　昔の人に　またも逢はめやも　一に云ふ「逢はむと思へや」　（三一）

周知のように、人麻呂の歌には異伝が付されているものがあり、その多くは人麻呂自身の推敲の跡を示すと考えられている。今、「近江荒都歌」で注目したいのは、三一番歌である。異伝歌を復元すると次のようになる。

ささなみの　比良《ひら》の大わだ　淀むとも　昔の人に　逢はむと思へや

この歌がいつ作られたのかはわからないのだが、人麻呂自身がこの歌の地名と結句を替え、二九番歌の反歌としてふさわしいものに仕立てたのが三一番歌である、と考えられている。すると、三一番歌の「昔の人」は、二九番歌からの流れの上で、大津宮の置かれた時代の人々と考えてよいが、その元になった歌である「比良」の「昔の人」は、誰を指していると考えればいいのだろうか。

話は前後するが、近江の大きな水海は、水運が発達して、数多くの港があったと想像される。万葉集には、すでに掲げたように次の歌がある。

磯の崎　漕ぎたみ行けば　近江の海　八十《やそ》の湊《みなと》に　鶴《たづ》さはに鳴く　（高市黒人、巻三・二七三）

近江の海　湊は八十ち　いづくにか　君が船泊て　草結びけむ　（作者未詳、巻七・一一六九）

近江の海　泊まり八十あり　八十島の　島の崎々　あり立てる　花橘を　上枝《ほつえ》に　もち引き掛

け　中つ枝《なかつえ》に　いかるが掛け　下枝《しづえ》に　ひめを掛け　汝《な》が母を　取らくを知らに　汝が父を　取らくを知らに　いそばひ居《い》るよ　いかるがとひめと
（作者未詳、巻十三・三二三九）

歌に詠まれた「八十」は、無論実数ではなく、「多く」の意である。ミナトも、語義通り河口を指す「水門」である可能性もあるが、とりありえず右の三首のみを掲げることができる。一見してわかるのは、多くの港というのは「至る所で」とか「たくさんありすぎて」といった意味で使われていて、港の姿を描写していないということ。このことは、単独の港を詠んだ歌を見ても同じである。

その中で、いくつかの港の名前が歌に詠まれているのだが、とたえば、既に掲げた黒人「羈旅の歌八首」の中の次の歌は、

我が船は　比良の湊に　漕ぎ泊てむ　沖辺な離り　さ夜ふけにけり
（高市黒人、巻三・二七四）

と、今まさに水上を進む歌だが、船頭任せで、しかも夜の航行であればなおさらのこと、陸地から離れることは不安だったと容易に想像される。

しかし、歌だけを見る限り「比良の湊」である必然性はない。どこの港であっても構わないだろう。わざわざ「比良の湊」が詠まれる理由があったのではないか。

そこで万葉集を見ると、次のような「比良」の歌があることに気付く。

ささなみの　比良山風の　海吹けば　釣する海人《あま》の　袖反《かへ》る見ゆ

（槐本、巻九・一七一五）

「比良」は、後世「近江八景」の一つ「比良の暮雪」として知られる地である。現在は琵琶湖西岸に連なる「比良山地」として名高い。比叡山から列なる連峰である。この「比良山地」から吹き降ろす強風は、現在でも「比良おろし」と呼ばれ、特に春先に吹くものは「比良八荒」と呼ばれ、農業・漁業はもとよりJR湖西線を運休させることがしばしばあり、実際に列車を横転させたこともあるという。一七一五番歌の「比良山風」が、この比良おろしと想像すると、陸地から見ている作者にはただの風だが、水上の海人にとっては生命を脅かす激しい風となる。黒人の歌には、単に夜の暗さだけが不安材料だったのではなく、比良山風の恐ろしさが背景にあるのではないか。

一方、「比良」の歌には、次のようなものもある。

なかなかに　君に恋ひずは　比良の浦の　海人ならましを　玉藻《たまも》刈りつつ

（作者未詳、巻十一・二七四三）

この歌には「或本の歌」があり、

なかなかに　君に恋ひずは　留牛馬の浦の　海人にあらましを　玉藻刈る刈る

という。この或本歌の類歌が巻十二にある。

後れ居て　恋ひつつあらずは　田子の浦の　海人ならましを　玉藻刈る刈る　（巻十二・三二〇五）

これらの歌は、浦のある地名を入れ替えればどこでも使える同想異形の歌である。たまたまその歌が詠まれた場所が「比良の浦」であったから、地名が残されたのだ。「比良」には何かあるのではないか。正確な解答にはならないのだが、比良の地に天皇の行幸があったことが、歌が詠まれた背景にある可能性が高いだろう。その行幸は、万葉集に次のように見えている。

額田王の歌

秋の野の　み草刈り葺《ふ》き　宿れりし　宇治《うぢ》の都の　仮廬《かりいほ》し思ほゆ　（巻一・七）

右、山上憶良大夫の類聚歌林に検《ただ》すに、曰《いは》く、「一書に、戊申の年、比良宮に幸せるときの大御歌」といふ。ただし、紀《き》に曰く、「五年の春正月、己卯の朔の辛巳に、天皇、紀の温湯より至ります。三月の戊寅の朔、天皇、吉野宮に幸して肆宴したまふ。庚辰の日に、天皇、近江の平の浦に幸す」といふ。

左注に見える、山上憶良の『類聚歌林』が引用する「一書」に、「戊申の年、比良宮に幸せるときの大御歌」とあったということである。「戊申の年」は、孝徳天皇の大化四年（六四八）に当たるが、『日本書紀』には、この行幸の記録はない。左注後段の「紀に曰く、『五年の春正月…近江の平の浦に幸す』」は、斉明天皇の五年（六五九）のことである。こちらは『日本書紀』に簡単な記事がある。

「比良宮」がどこであるのかはまったく不明だが、後に元正天皇が美濃国行幸時に近江で水海を「観望」し、「行在所」で各国の歌舞を見た場所は、このことと関わりがあるのだろう。正史ではないが、『藤氏家伝』に収める「鎌足伝《かまたり》」には、

先帝と皇后とに見る奉らむこと得ば、奏して曰へ『我が先帝陛下、平生之日に、遊覧したまひし淡海と平の浦の宮処《みやこ》とは、猶昔日の如し』と。朕《われ》此の物を見る毎に、嘗て目を極め心を痛めずといふことあらず。一歩《ひとあし》も忘れず、片言も遺《わす》れず。

との記述がある。右の「朕」は天智天皇で、「先帝と皇后」は舒明・斉明天皇を指す。天智時代に「此の物」を見たということは、まだ建物などが残っていたのだろう。元正天皇の比良行幸時の「行在所」に

も再利用されたことを想像することも、許されるだろう

すると、人麻呂が三一番歌に作り替えた元歌に見える「比良」の「昔の人」も、具体的な姿を描くことができるようになる。

ところで、「近江の海」を現在の一般的な注釈書はアフミノウミと六音で訓んでいるのだが、長くアフミノミと五音で訓まれていた。それは、『日本書紀』の神功皇后摂政元年の記事に載せる歌謡に、

阿布弥能弥　瀬田の渡に　潜く鳥　田上過ぎて　宇治に捕へつ　（紀三五）

と、アフミノミという仮名書きが見えるからである。アフミノミであれば「逢ふ身の身」とも想起できて、より「逢ふ」の語感を強く意識するのではないか。

これに対して、アフミノウミと六音で訓む説は、万葉集の仮名書き例が「伊豆乃宇美尓」（東歌、巻十四・三三六〇）、「古之能宇美乃」（大伴家持、巻十七・三九五九）、「奈呉乃宇美」（巻十八・四〇三二）などのように「地名につゞけて何々の海といふ場合、仮名書例は六音になつても、すべてウミとある」（沢瀉『注釈』巻第一、一四三頁）ことを理由とする。

しかし、アフミノウミは伊豆の海や越の海などと同じ「地名＋海」と言っていいのだろうか。

四　「近江」と「淡海」

「近江」という表記は、「遠江」という表記と組み合わせて説明されることが多い。どちらの国名も同じ理由から名付けられたものと考えられるからである。その理由とは、どちらの国にも大きな淡水湖が存在することである。現在の琵琶湖と浜名湖のことで、多くの辞書には、淡水湖の意の「淡海（アハウミ）」がアフミに変化し、「近淡海・遠淡海」という表記の「淡海」が「江」に改められたものと説明されている。

ところが、遠江は「トオトアフミ（とおとうみ）」と呼ばれ続けたのに対して、近江はアフミ（おうみ）と、「近」が発音されていない。それは、単純に、アフミと言えば「近江の海」のことであり、それを基準として、「遠ツ」アハウミと呼ばれたということなのだろう。

つまり、「近」という表記は、遠い淡海が意識されてから付されたものと、まずは想像されるだろう。

そこで史料を探ってみると、『古事記』には「近江」という表記がなく、「淡海」・「近淡海」と記されている。一方、正史である『日本書紀』には、「近江」はあるが「淡海」と「近淡海」は見えない。

現存する『常陸風土記』には「淡海」があって、『播磨風土記』は「近江」とある。

『懐風藻』は一貫して「淡海」であり、『続日本紀』には「淡海」も「近淡海」も「近江」も見える。

さて、万葉集はどうだろうか。

万葉集巻一の「雑歌」は、「泊瀬朝倉宮御宇天皇代」の標を立てて、雄略天皇の歌から始まる。以後、歌はどの天皇の時代に詠まれたものかという分類をされ、並べられている。その標に、「近江大津宮御宇天皇代」がある。有名な「三山歌」の題詞は、「中大兄近江宮御宇天皇三山歌」と記されている。

巻二の「相聞」は、「難波高津宮御宇天皇代」から始まり、二番目が「近江大津宮御宇天皇代」である。「挽歌」の部立に進むと、「後岡本宮御宇天皇代」に続いて、「近江大津宮御宇天皇代」とある。

天智天皇が重体になった時の皇后の歌は、

一書に曰く、近江天皇の聖体不予《みやまひ》したまひて、御病急《みやまひには》かなる時に、大后の奉献《たてまつ》る御歌一首（一四七）

と記されており、有名な額田王の歌の題詞には、

額田王、近江天皇を思《しの》ひて作る歌一首（巻四・四八八、巻八・一六〇六）

とある。「近江」は天智天皇に関わる表記なのだ。

一方、本人の表記意識が残っていると言われる柿本人麻呂の歌はどうか。

人麻呂の歌の中でも古いと言われている人麻呂歌集歌のアフミは次のように表記されている。原文を

【　】で示す。

青みづら　依網の原に　人も逢はぬかも　石走る【淡海県】物語りせむ　（巻七・一二八七）

【淡海〻】沖つ白波　知らねども　妹がりといはば　七日越え来む　（巻十一・二四三五）

【淡海】沖つ島山　奥まけて　我が思ふ妹が　言の繁けく　（巻十一・二四三九）

【近江海】沖漕ぐ舟に　いかり下ろし　忍びて君が　言待つ我ぞ　（巻十一・二四四〇）

【淡海〻】沈く白玉　知らずして　恋せしよりは　今こそ増されれ　（巻十一・二四四五）

「淡海」が四例で「近江」が一例である。この「淡海」という表記は、人麻呂作歌にも次のようにある。

玉だすき　畝傍の山の　橿原の　ひじりの御代ゆ　生れましし　神のことごと　つがの木の　いや継ぎ継ぎに　天の下　知らしめししを　天にみつ　大和を置きて　あをによし　奈良山を越え　いかさまに　思ほしめせか　天ざかる　鄙にはあれど　石走る【淡海国乃】ささなみの　大津の宮に　天の下　知らしめしけむ　天皇の　神の尊の　大宮は　ここと聞けども　大殿は　ここと言へども　春草の　繁く生ひたる　霞立ち　春日の霧れる　ももしきの　大宮所　見れば悲しも　（巻一・二九）

【淡海乃海】　夕波千鳥　汝が鳴けば　心もしのに　古思ほゆ　（巻三・二六六）

人麻呂の表記は、一例を除いて「淡海」なのである。

すでにとりあげ大伴家持の表記も、実は「淡海路」である。

『古事記』には、上代特殊仮名遣いの中でも特殊であるモの書き分けがあることはよく知られており、「越」の国を「高志」と表記するなど、古い事実が記録されていることはよく知られている。すると、「近江」という表記は、やはり「遠江」を意識した新しい表記方法だということが理解され、時の政府がまとめあげた『日本書紀』に「近江」しか見えないことは、成立当時の公定表記に徹底して直されているのだろうと想像できる。

そのように考えると、天武・持統朝に編纂されたかと考えられている人麻呂歌集に、「近江」の表記があることは問題であることがわかるだろう。この点について、賀茂真淵が早く『人麻呂集序』（続群書類従完成会『賀茂真淵全集　第二巻』に収める）で、「近江」の表記は和銅六年（七一三）の、諸国郡郷に「好字」を用いよとの詔で、淡海を近江としたのだろうという指摘があり、近くは、国名の公定表記決定は、大宝四年（七〇一）の国印頒布時との指摘もあるのだが、どちらにしても、その時以前とそれ以後が異なるのかどうかは、その国々の事情であって、画一的なものではない。

奈良文化財研究所がWEB上で公開している「木簡データベース」によれば、「近江」と読める資料は、平城京や長岡京からのみ出土しており、藤原京からはまだ見つかっていないようである。その代わりに藤原京からは「遠江」と読めるものが見つかっており、それより古い飛鳥京の遺跡から「近淡」という資料が出ているという。

すると、天武朝から持統朝にかけて、「近江・遠江」という表記が固まっていったものと想定できる。この時代が全国を律令によって統治し始める画期でもあり、また、近江に都を置いた天智朝ではなく、次の代だからこそ「近・遠」という意識が持たれた、と考えるのがわかりやすい。

このように考えてくると、人麻呂歌集に「近江」と見えるのは、公定されて間もない文字表記を人麻呂が使用したものと想像することができるわけだが、すると「近江」が一例しかないことが、改めて問われることとなる。恐らくその理由は、歌の並びにあると考えられる。人麻呂の「近江」は、次のようにある。

淡海奥嶋山奥儲吾念妹事繁　（巻十一・二四三九）

近江海奥滂船重石下蔵公之事待吾序　（巻十一・二四四〇）

いわゆる略体歌であるから、助詞などにあたる文字が記されていない。通説による訓み下し文は次のようになる。

近江《あふみ》の海《うみ》　沖つ島山　奥まけて　我が思ふ妹が　言の繁けく　（巻十一・二四三九）

近江の海　沖漕ぐ船に　いかり下ろし　忍びて君が　言待つ我ぞ　（巻十一・二四四〇）

ところが、近く「新編日本古典文学全集本」（小学館）は、二四三九番歌初句を「近江《あふみ》の」と四音にした。これは、早く『童蒙抄』に「淡海の二字を、あふみの海とは読難し。―（中略）―又約めずにあはうみと読みたるかなるべけれど、先づ字の如く、あはうみと句を調えて読也。」と指摘されているように、原文通りではアフミノウミとはとても訓めないのである。このことは、たとえ沢瀉『注釈』なども同意見である。それでも、アフミノウミと訓むのが通説なのは、万葉集の他の歌ではアフミノウミと詠まれることが普通であり、また、二七二八番歌に、

淡海之海奥津嶋山奥間経而我念妹之事繁苦　（巻十一・二七二八）

とあることなども通説に影響しているのだが、『校本万葉集』によれば、この歌の残っている次点本系の古写本のうち、「嘉暦伝承本」と「古葉略類聚抄」には「淡海之奥」と下の「海」がなく、「類聚古集」は「淡海之奥海」と本文が逆転しているという。人麻呂歌集歌の表記を問題とするときに、この歌を参考にするのは間違いだろう。

人麻呂歌集歌の歌本文に「淡海」と「近江海」が並んでいるのであるから、『童蒙抄』の言うことの方が穏やかではないか。「新編日本古典文学全集本」の姿勢は正しいのではないだろうか。

もしそうであるならば、改めて気になるのは、水海自体がすでにアフミノウミと呼ばれていた可能性の高さである。

語構成としては、アフミのウミのアフミは、国名であろう。しかし、その国名は、アハウミから出来たものである。倭姫皇后が、「いさなとり 近江の海」とうたい起こした時、皇后が「近江国の海」といった意識を持っていたとは考えられない。皇后が頭に描いたのは水海そのものであろう。大和の人々に早くから知られていた巨大な淡水海は、その国の呼び名となり、そしてそのままその水海の呼び名となったのではないか。アハウミがアフミとなったように、アフミノウミも早くに変化しただろう。『日本書紀』歌謡に残されたアフミノミという訓みは、万葉集全体の訓みとして、見直すべきものだと思われる。

五 近江の山

比良山地の端、山背国側に位置するのが、比叡山である。平安朝以後、天台宗本山延暦寺の山として有名であるが、最澄より早く、奈良時代にこの山に登って「禅処」を開いた人物がいる。藤原武智麻呂《むちまろ》である。『藤氏家伝』の「武智麻呂伝」の中に、次のような一節がある。

（和銅）八年正月に至りて、従四位上に叙す。是に、国の中省事《うちことはぶ》かれ、百姓多きに閑《しづ》かなり。公、無為の道を欽《たふと》び仰ぎて、虚玄の味を咀《か》み嚼《くら》ふ。優遊自足して、心を物の外に託《つ》く。遂に比叡山に登り、淹留《とどま》りて日を弥《わた》る。爰《ここ》に、柳樹一株を栽《う》ゑ、従者に謂《かた》りて曰はく、「嗟乎《ああ》、君ら、後の人をして吾が遊び息《いこ》ふ処を知らしめむ」といふ。

武智麻呂は、和銅五年（七一二）から霊亀二年（七一六）まで近江守であった。近江守に任じられたことについて「武智麻呂伝」は次のように記している。

（和銅五年）四月に、従五位上に叙す。五年六月に、徙《うつ》りて近江守と為る。近江国は、宇宙《あめのした》に名有《なあ》る地《ところ》なり。地広く人衆《おほ》くして、国富み家給《そな》はる。東は不破《ふは》に交り、北は鶴鹿《つるが》に接《つ》き、南は山背に通ひて、此の京邑《みやこ》に至る。水海《みづうみ》清くして広く、山の木繁くして長し。其の壌《つち》は黒壚《つち》にして、其の田は上の上なり。水旱《すいかん》の災有りと雖も、曽《むかし》より穫《と》れぬ恤《うれへ》無し。故、昔聖主・賢臣、都を此地に遷したまひき。郷童・野老、共に无為《ぶゐ》を称へ、手を携へて巡り行き、大路《おほぢ》に遊び歌ひき。時の人咸《みな》太平なる代《みよ》と曰ひき。此れ、公私往来の道にして、東西二《ふたつ》の陸《くぬが》の喉《のみど》なり。

本稿冒頭に掲げたのは、この一節である。「武智麻呂伝」に記す武智麻呂と近江の記述はこれだけなのだが、天平勝宝三年（七五一）の序文を持つ『懐風藻』に次の詩がある。

外従五位下石見守麻田連陽春一首　年五十六

五言。和藤江守詠裨叡山先考之旧禅処柳樹作。

近江惟帝里
裨叡寔神山
山静俗塵寂
谷間真理専
於穆我先考
独悟闡芳縁
宝殿臨空構
梵鐘入風伝
烟雲万古色
松柏九冬堅
日月荏冉去
慈範独依々
寂莫精禅処

五言。藤江守裨叡山先考の旧禅処の柳樹を詠ずるの作に和す

近江はこれ帝里
裨叡《ひえい》はまことに神山なり
山静かにして俗塵寂《せき》とし
谷間《かん》にして真理専らなり
ああ穆《ぼく》たるわが先考
ひとり悟つて芳縁を闡《ひら》く
宝殿　空に臨んで構へ
梵鐘　風に入つて伝ふ
烟雲　万古の色
松柏　九冬堅し
日月　荏冉《じんぜん》として去り
慈範　独り依々《いい》たり
寂莫たる　精禅の処

俄為積草墀　俄に積草の墀《ち》となる
古樹三秋落　古樹　三秋落ち
寒花九月衰　寒花　九月《きうげつ》衰ふ
唯余両楊樹　ただ余す　両楊樹《やうじゆ》
孝鳥朝夕悲　孝鳥　朝夕《てうせき》悲しむ

題詞に見える「藤江守」は「藤原近江守」の意で、近江守藤原仲麻呂を指す。題詞と詩の二句目に見える「禅叡」が比叡山である。題詞と詩の五句目に見える「先考」は、仲麻呂の父武智麻呂を指す。つまり、「近江守藤原仲麻呂が、比叡山に父藤原武智麻呂が建てた古い禅処の柳樹を詠んだ詩に、麻田陽春が和した作」ということにある。『国史大辞典』の「比叡山」の項に「近江守藤原武智麻呂が神仏習合の禅院をつくり、子の仲麻呂もここを訪れたという（『懐風藻』）」と記すのは、この詩を基にしたものであろう。題詞に見える「先考」の「旧禅処」は、詩には「宝殿」「精禅処」と詠まれており、「梵鐘」もあったようである。

武智麻呂の比叡登山が和銅八年（七一五）であることは、「武智麻呂伝」による。麻田陽春が「外従五位下」に叙せられたのは天平十一年（七三九）正月だが、没年は不明である。藤原仲麻呂の近江守就任は、天平十七年（七四五）で、仲麻呂が近江守就任早々に父親の「柳樹一株」を植えた地を訪れたとしても、三十年の年月が流れていることになる。無論、仲麻呂は、『懐風藻』の序文が記された天平勝宝三年（七五一）にも近江守であったから、その時の官が記されたものと考え、麻田陽春も極官を記されたのだとすれば、作詩時はまったく不明となる。

ところで、比叡山の歴史を概説する一般書の中に、『懐風藻』に藤原仲麻呂の詩が載っているとするものがあるのは、この詩のことである。『懐風藻』の題詞を信じる限り、詩全体は麻田陽春の作であって、仲麻呂のものではない。仲麻呂の詩は、父の旧跡に関わって作られたものだったのだろうと想像される。実際に詩を見ると前半十句と後半八句では調子が異なっており、例えば、前半は「殿様気分に満ちてをり、大袈裟で鷹揚である」なのに対して、後半は「縝重につつしみ深いのとは甚だ相違がある」（林古渓『懐風藻新註』）といった評があるように、一人の作者によるものとは思えない。しかも、前半には「我先考」とあり、また、前半と後半で韻が異なっていることを考慮すれば、題詞の「一首」を無視して、前半を「藤江守詠裨叡山先考之旧禅処柳樹作」とし、後半を麻田陽春がその詩に和したものと見る説[3]も簡単には否定できない。これが、仲麻呂の詩と認める立場である。

『懐風藻』の成立についてはいろいろ説があり、作品の追補などがあったことも想像されている。すると、この詩も当初は藤原仲麻呂と麻田陽春の二人二作に分けられていたものが、仲麻呂の乱の影響を受けて、仲麻呂の名前が削除されたものなどと想像すると面白いのだが、これも像像でしかない。

さて、漢詩に描かれた比叡は、

近江はこれ帝里　裨叡はまことに神山なり
　山静かにして俗塵寂とし　谷間にして真理専らなり

などと描写されているのだが、短歌はこのような表現が苦手である。

たとえば、短歌に地名が詠み込まれるということは、その地名に重点が置かれているのであって、三十一文字という制限の中では、その土地の風景を描写するのは、難しくなるだろう。

短歌において風景を丁寧に描写すればするほど、地名を詠み込む余裕は、当然少なくなる。地名を歌に詠み込むということは、何か理由があるはずである。すると、まずはその土地に何かの由縁がある場合が想像できる。次に考えられるのは、その地名から別の興味が惹かれた場合である。

万葉集の短歌に、近江の山は次のようにある。可能な限り題詞や左注も含めて、五十音順に掲げてみる。

逢坂山

我妹子《わぎもこ》に　逢坂山《あふさかやま》の　はだすすき　穂には咲き出《い》でず　恋ひ渡るかも　（巻十・二二八三）

そらみつ　大和の国　あをによし　奈良山越えて　山背の　管木の原　ちはやぶる　宇治の渡り　岡屋の　阿後尼の原を　千年に　欠くることなく　万代に　あり通はむと　山科の　石田の社

の　皇神に　幣取り向けて　我は越え行く　逢坂山を　（巻十三・三二三六）

或本の歌に曰く

あをによし　奈良山過ぎて　もののふの　宇治川渡り　娘子らに　逢坂山に　手向くさ　幣取り置きて　我妹子に　近江の海の　沖つ波　来寄る浜辺を　くれくれと　ひとりそ我が来る　妹が目を欲り　（巻十三・三二三七）

大君の　命恐み　見れど飽かぬ　奈良山越えて　真木積む　泉の川の　早き瀬を　棹さし渡り　ちはやぶる　宇治の渡りの　激つ瀬を　見つつ渡りて　近江道の　逢坂山に　手向して　我が越え行けば　ささなみの　志賀の唐崎　幸くあらば　またかへり見む　道の隈　八十隈ごとに　嘆きつつ　我が過ぎ行けば　いや遠に　里離り来ぬ　いや高に　山も越え来ぬ　剣大刀　鞘ゆ抜き出でて　伊香山　いかにか我がせむ　行くへ知らずて　（巻十三・三二四〇）

我妹子に　逢坂山を　越えて来て　泣きつつ居れど　逢ふよしもなし　（巻十五・三七六二）

伊香山

笠朝臣金村が、伊香山《いかごやま》にして作る歌二首

草枕　旅行く人も　行《ゆ》き触《ふ》れば　にほひぬべくも　咲ける萩かも　（巻八・一五三二）
伊香山　野辺に咲きたる　萩見れば　君が家なる　尾花し思ほゆ　（巻八・一五三三）

石辺の山

白真弓　石辺の山の　常磐なる　命なれやも　恋ひつつ居らむ　（巻十一・二四四四）

沖つ島山

近江の　沖つ島山　奥まけて　我が思ふ妹が　言の繁けく　（巻十一・二四三九）
近江の　沖つ島山　奥まへて　我が思ふ妹が　言の繁けく　（巻十一・二七二八）

塩津山

笠朝臣金村、塩津山《しほつ》にして作る歌二首
ますらをの　弓末《ゆずゑ》振り起こし　射《い》つる矢を　後《のち》見む人は　語り継《つ》ぐがね　（巻三・三六四）
塩津山　うち越え行《ゆ》けば　我《あ》が乗れる　馬そつまづく　家《いへ》恋ふらしも　（巻三・三六五）

田上山

藤原宮の役民《やくみん》が作る歌

やすみしし　我《わ》が大君《おほきみ》　高照《たかて》らす　日の皇子《みこ》　荒たへの　藤原が上に　食《を》す国を　見《め》したまはむと　みあらかは　高知《たかし》らさむと　神《かむ》ながら　思ほすなへに　天地《あめつち》も　依《よ》りてあれこそ　石走る　近江の国の　衣手《ころもで》の　田上山《たなかみやま》の　真木《まき》さく　檜《ひ》のつまでを　もののふの　八十宇治川に　玉藻なす　浮かべ流せれ　そを取ると　騒《さわ》く御民《みたみ》も　家忘れ　身もたな知らず　鴨じもの　水に浮き居て　我が造る　日の御門《みかど》に　知らぬ国　よし巨勢道《こせぢ》より　我が国は　常世《とこよ》にならむ　図負《あやお》へる　くすしき亀も　新《あら》た代《よ》と　泉の川に　持ち越せる　真木のつまでを　百足《ももた》らず　筏《いかだ》に作り　のぼすらむ　いそはく見れば　神からならし

（巻一・五〇）

木綿畳《ゆふたたみ》　田上山《たなかみやま》の　さなかづら　ありさりてしも　今ならずとも

（巻十二・三〇七〇）

高島山

高島にして作る歌二首（うち一首）

旅なれば　夜中にわきて　照る月の　高島山に　隠《かく》らく惜しも

（巻九・一六九一）

連庫山

ささなみの　連庫山《なみくらやま》に　雲居《ゐ》れば　雨そ降るちふ　帰り来我《こわ》が背

（巻七・一一七〇）

比良山

槐本の歌一首

ささなみの　比良山風《ひらやまかぜ》の　海吹けば　釣する海人《あま》の　袖反る見ゆ

（巻九・一七一五）

鳥籠の山

岡本天皇の御歌一首〈并せて短歌〉

神代《かみよ》より　生れ継《つ》ぎ来《く》れば　人さはに　国には満ちて　あぢ群の　通ひは行けど　我《あ》が恋ふる　君にしあらねば　昼は　日の暮るるまで　夜は　夜《よ》の明くる極み　思ひつつ　眠も寝かてにと　明かしつらくも　長きこの夜を

（巻四・四八五）

反歌

山のはに　あぢ群騒き　行くなれど　我はさぶしゑ　君にしあらねば

（巻四・四八六）

近江道の　鳥籠《とこ》の山なる　不知哉川《いさやがは》　日のころごろは　恋ひつつもあらむ

（巻四・四八七）

犬上《いぬかみ》の　鳥籠《とこ》の山なる　不知哉川《いさやがは》　いさとを聞こせ　我が名告らすな　（巻十一・二七一〇）

一見、どの歌にどこの地名を入れても成立しそうである。たとえば、右のうち笠金村の四首のうちの二首は、

草枕　旅行く人も　行き触れば　にほひぬべくも　咲ける萩かも　（巻八・一五三二）
ますらをの　弓末振り起こし　射つる矢を　後見む人は　語り継ぐがね　（巻三・三六四）

という歌で、題詞がなければ近江の歌とは到底わからない。

そのような中にあって歴史的背景を持つ「田上山」などは、長歌に詠まれたからこそ、その特質を描写できたのであって、短歌で表現するのは不可能であったといえるだろう。

その意味では、作者未詳歌巻の中に、都からほど近い近江で(4)詠まれた歌が多数含まれていることは、容易に想像されるが、それらを発掘するのは、不可能である。

注1　平井美典『藤原仲麻呂がつくった壮麗な国庁・近江国府』（新泉社、平成二十二年）に詳しい。

2　平安時代に編纂された『和名類聚抄』に、畿内七道に属する各国の田積が記されている。その値は、『和名類聚抄』の写本によって微妙に異なるのだが、いま「元和本」の値で上位国を並べると次のようになる。

陸奥国　五万千四百四十町余
常陸国　四万九十二町余
武蔵国　三万五千五百七十四町余
近江国　三万三千四百二町余
信濃国　三万九百八町余
上野国　三万九百三十七町余
下野国　三万百五十五町余
出羽国　二万六千百九十二町余

現在の東北・関東地域が並んでいる中に近江が含まれている。松尾光氏（「『和名類聚抄』コンピュータ遊び」「東アジアの古代文化」平成十一年八月）の指摘のように、多数の渡来人が居住する地域は先進技術の導入が進み、生産性が高かったのだろう。

なお、越前国一万二千六十六、加賀国一万三千七百六十六。能登国八千二百五。越中国一万七千九百九。である。越前＋加賀＋能登の三国合計では近江国を上回る。越中＋能登では出羽国に及ばない。

3　林古渓「懐風藻—陽春の作・作者と撰者」（「国語と国文学」昭和二十三年六月）など。

4　私自身の近江万葉は、実際に自分の足で訪れて感じたものよりも、企画展示でお世話になった岸哲男氏の写真や文章から（たとえば『写真紀行　近江の万葉散歩』東方出版　平成九年などがある）の影響が大きい。

また、近江万葉全般について、また、近江万葉歌の発掘については、廣岡義隆『万葉の歌―人と風土―8　滋賀』（保育社、昭和六十一年）が詳しい。本稿は、できる限り廣岡氏の取り上げなかった問題点に絞って論じたつもりである。併せてお読みいただきたい。

＊使用した万葉集は、新編日本古典文学全集本（小学館）を基本としたが、表記を変えたところがある。『懐風藻』は、江口孝夫『懐風藻』（講談社学術文庫）を使用し、『古事記』と『日本書紀』は、新日本古典文学大系本（岩波書店）、『藤氏家伝』は、『藤氏家伝　鎌足・貞慧・武智麻呂伝　注釈と研究』（吉川弘文館）によった。

尾張三河の万葉歌

――古東海道の海路を中心に――

佐藤　隆

一　はじめに

上代文学において各地方の国の文学を考察する場合は、まず平安時代の『延喜式』兵部省「諸国駅伝馬」条を根拠にして、五畿七道に注目し、畿内と東海道、東山道、北陸道、山陰道、山陽道、南海道、西海道に属する国々について言及するのが一般的である。『延喜式』に記載された東海道は、「伊賀・伊勢・志摩・尾張・参河・遠江・駿河・伊豆・甲斐・相模・武蔵・安房・上総・下総・常陸」の十五の諸国となる。

本書では、別項目に伊勢国や東国が用意されている。そこでそれらに関わる国々を除き、東海道から尾張、三河、遠江、駿河の諸国と、東山道に属する美濃国の歌に言及すべきであるが、紙数の都合上と筆者の力量から「尾張・三河」の両国を中心とし、遠江・駿河・美濃の国の歌は、注に歌番号のみを紹介する[1]に留めた。東海地方の歌を理解する参考図書としては、既に多くの本が出版されている。その主なものを挙げれば、松田好夫『東海の万葉地理　尾張篇』[2]、松田好夫編『東海の万葉』[3]、加藤静雄『万葉の歌　人と風土12　東海』[4]であり、筆者が深く関わった『東海の万葉歌』[5]がある。これらの本では、「伊賀、伊勢、志摩、尾張、三河、美濃・飛騨、遠江、駿河・伊豆」を扱い、東海の歌の全容を理解することができるので、詳細はこれらによって戴きたい。

上代文学を考える上で東海道と言った場合、五畿（初期は四畿）七道と言う言葉の意味するところは大きい。「七道」とあり「道」とあるので陸路を想起することになる。そして東海道の陸路を思い浮かべ各駅を考えの中心に置いて文学を考察するのが一般的である。陸路を想定すること自体は重要であり陸路を考察すべきであるが、同時に海路も想定の枠に入れることも重要である。何故なら、東海道は東山道と対をなしていると考えられ、「東」の「山道」に対して「海道」を意識して名付けられていると考えられるからである。

なお、七道の中の南海道も西海道も「海道」とある。南海道は「紀伊・淡路・阿波・讃岐・伊予・土佐」の各国をむすんでいる。例えば紀伊から淡路、淡路から阿波の道を想定するとき、海路は必要条件になることは明らかである。西海道については明確に論ずることはできないが、「薩摩（隼人）の瀬戸」（3二四八、6九六〇）の歌の存在から諸国への行き来には海路が利用されたと想像され、それぞれに海路利用を意識した名称と推定する。

さてすでに、歴史の分野の古代歴史地理学界では、古東海道は海路を多く用い、文字通りの「東」の「海道」であったことが明らかにされている。その海路の中心は、伊勢湾口の渡海であり東京湾口の渡海である。危険を伴うが海路を利用すれば飛躍的に交通の便が良くなり大量の物資の輸送が可能になるからである。

本項で注目するのは、伊勢国と尾張・三河国との交通に関連する、伊勢湾口を横断する十八キロメートルの渡海航路の存在である。古代史の学界では、速い潮流を考慮しなければならないが、島影を目指して進むことができ充分渡海可能なルートとされている。この海路に注目することによって、万葉集の和歌解釈に新しい展開が期待される。今回はこの点にも配慮しながら論を進める。

二 古代の尾張

藤原時代の持統上皇三河行幸に従った高市黒人や長奥麻呂や、奈良時代に常陸守で按察使でもあった藤原宇合のように、都から東国に向かって旅に出ることにする。

伊勢国に至ってからは尾張・三河国に進むことになるが、万葉人たちは悩むことになる。陸路を行くか海路を行くかである。

図1は兼康保明「東海の河川の海人たち(6)」からの引用である。他でもよく利用されるこの図から明ら

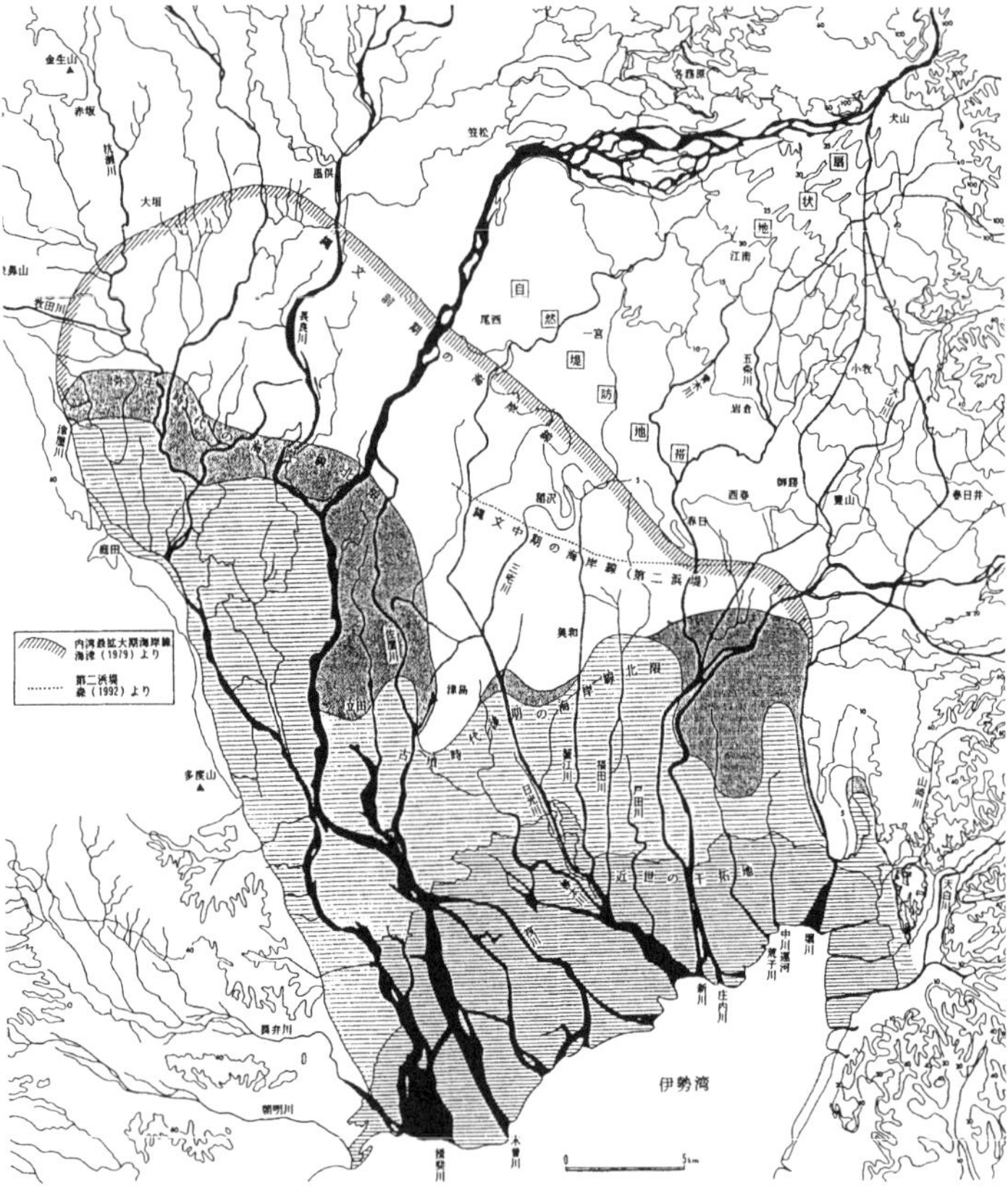

図１　伊勢湾・各時代の推定海岸線（兼康保明「東海の河川の水人たち」『海人たちの世界—東海の海の役割』中日出版社より）

かなように、濃尾平野は木曽三川と呼ばれる「揖斐川」「長良川」「木曽川」の三川によって形成された広大な扇状地でありデルタ地帯である。各時代に従って海岸線は南に延びていったが、古墳時代には伊勢湾は海が奥深くまで進入していた。養老山地の東を現在の揖斐川や長良川に沿って奥深く、上代では元正天皇の美濃国行幸、現在では孝行息子の昔話で有名な養老の滝（岐阜県養老郡養老町）のある山麓のあたりまで海が入って来ていたのである。愛知県の津島市の南も海岸線であったのである。つまり、現在の熱田神宮のある名古屋市の熱田台地の西側から養老山地にかけてはすべて伊勢湾内であったのである。

伊勢から東に向かう旅人たちは、南下して志摩から伊勢湾口を舟で渡るか、そのまま東へ進み、次に北上して海岸の何れからか舟に乗り、対岸の尾張か三河を目指すことになったのである。

尾張国はこのような深く入り込んだ伊勢湾を有し、広大な扇状地濃尾平野の中に存在するのである。国府はその扇状地中心に位置する現在の稲沢（愛知県稲沢市）の地に置かれたのである。

令制の官道である東海道と東山道の中間点に位置している。この位置に置かれていることから、尾張国は東海東山の両道に属していたする田中卓説[7]が注目されている。陸路を考える時は、この点にも留意すべきである。

陸路を考えるには、令制の官道が参考になる。図2は、大下武「〝東海〟のなかの尾張と美濃―とくに古東海道と古東山道について[8]―」からの引用である。

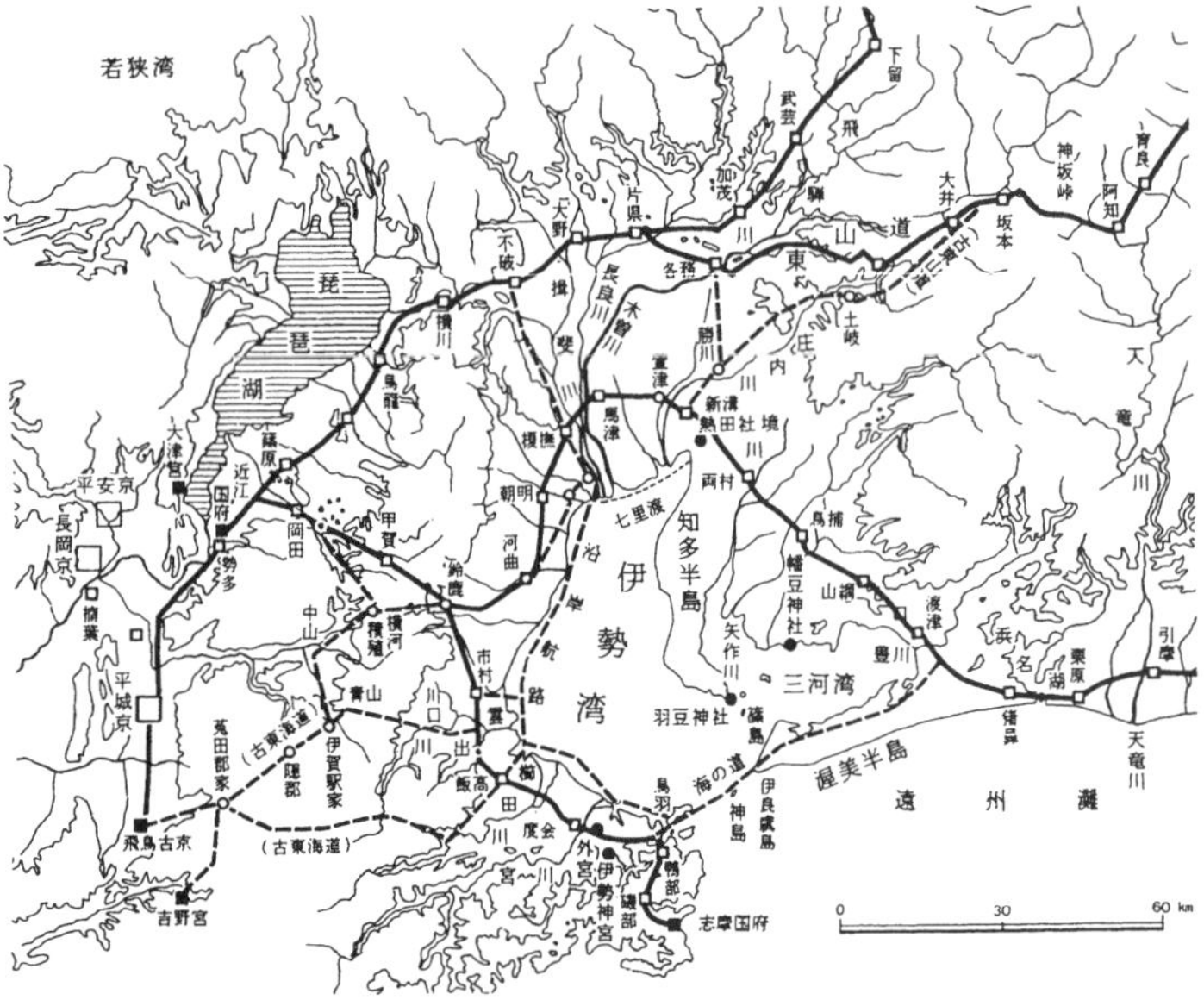

図２　伊勢湾・各時代の推定海岸線（大下武「"東海" のなかの尾張と美濃」『東海学の創造をめざして考古学と歴史学の諸問題』五月書房より）

東海道は桑名に至り北へ揖斐川を遡り、

榎撫《えなつ》駅（桑名市多度町香取（戸津））

木曽三川を舟で東に渡る。

馬津《まつ》駅（津島市松川）に至り、徒歩で甚目寺から萱津に至って庄内川を渡る。

新溝《にいみぞ》駅（名古屋市中川区露橋町（古渡））熱田台地と笠寺台地を横切り鳴海を渡る。

両村《ふたむら》駅（豊明市沓掛町上高根）

に至るのである。北に陸路を採っても木曽三川は船を利用せざるをえないのが、尾張の東海道である。

大下武は、令制の官道以前の古東海道は「集落を結ぶ道として地形的制約を受け入れながら形成された道」であるとし、陸路とともに海路も重要視した。そして、古墳の石室の形式や副葬品、また、古墳の分布状態から推察して、現在の松阪から沿岸の航路を利用し、船で鳥羽を経由して渥美半島の先端伊良湖をめざすルートが、六世紀の始めから前半にかけて盛期を迎えていたことを指摘している。また、船を用いた交通はもともと沿岸海人の生業の範疇で行われていたことであったが、それが次第に分離独立する方向をとったとする。詳細な調査に基づく推察であり従いたい。

持統上皇の三河行幸によって明らかなように万葉時代に至っても、令制の官道とともに海路も併用されていたと推察される。したがって、南の伊勢湾口を渡海する海道や、伊勢湾沿岸を利用して渡海する様々な海道、近世の桑名から熱田に渡る海道などがあったと推察される。

三 尾張国の陸路と万葉歌

従来、尾張国に属するとされる万葉の歌は、「小治田の年魚道」「桜田・年魚市潟」「知多の浦」「可家の湊」「すさの入江」「小竹島」である。

まず、陸路で生まれた「小治田の年魚道」「桜田・年魚市潟」「知多の浦」からみることにする。東海道を下る旅人は、三重県桑名の榎撫駅から船で愛知県津島の馬津駅に至り、そこから徒歩で東に進み庄内川を渡り、現在の名古屋市中川区の新溝駅に至ることになる。そこからさらに東に進み熱田台地を横断し、笠寺台地を横切る道沿いに、万葉歌が存在する。「小治田の年魚道」歌と、「桜田・年魚市潟」歌である。

「小治田の年魚道」歌は、

小墾田《をはりだ》の　年魚道《あゆぢ》の水を　間《ま》なくそ　人は汲《く》むといふ　時《とき》じくそ　ひとは飲むといふ　汲む人の　間《ま》なきがごとく　飲む人の　時じきがごと　我妹子《わぎもこ》に　我《あ》が恋《こ》ふらくは　止《や》む時もなし

（巻十三・三二六〇）

である。東海地方では名古屋市内の歌として有名な万葉歌の一首である。名古屋市瑞穂区師長《もろなが》町にある瑞穂運動場の東に、古井戸がありその傍らに、昭和十一年に建立された高さ三メートルの石碑があり、「あゆち水」とある。この付近に「年魚道の水」の地を求めた結果である。しかし、当該歌の生まれた所在地については、難問をかかえた歌である。万葉人の切ない恋の歌であるが、当該歌には吉野の地を舞台とした三つの類歌、

天皇《てんわう》（天武）の御製歌《おほみうた》（或本歌（1・二六）は省略）

み吉野《よしの》の　耳我《みみが》の嶺《みね》に　時なくそ　雪は降りける　間《ま》なくそ　雨は降りける　その雪の　時なきが

ごと　その雨の　間なきがごとく　隈《くま》もおちず　思ひつつぞ来《こ》し　その山道《やまみち》を　（巻一・二五）

巻十三　相聞

み吉野《よしの》の　御金《みかね》の岳《たけ》に　間《ま》なくぞ　雨は降るといふ　時じくそ　雪は降るといふ　その雨の　間《ま》なきがごとく　その雪の　時じきがごと　間《ま》も落ちず　我はそ恋《こ》ふる　妹《いも》がただかに　（巻十三・三二九三）

がある。これらの吉野関係の類歌と大和にも存在するヲハリダの地名から、当該歌の所在については、尾張説と大和説とが対立しているのである。早く、江戸時代の契沖は、『代匠記（初）』で「尾張田」「愛智」（郡名）として「若ハ彼處ニヤ」と尾張説の可能性を指摘した。一方、井上『新考』や奥野健治は「小治田之年魚道之水」（『萬葉』四、一九五二・七）で、大和説（高市《たかいち》郡明日香村飛鳥と山田道が沿ったところ）を主張した。近年の『新編全集』も、巻末地名一覧において、「奈良県高市《たかいち》郡明日香《あすか》村飛鳥《あすか》の西北辺か。推古《すいこ》天皇の『小墾田宮』のあった所」としている。

　大和説が多くの支持を受ける中で、尾張説は劣勢である。当該歌が尾張国の歌とするならば、『東海の万葉』（松田）、『万葉の歌　人と風土12　東海』（加藤）が説くように、歌碑のある師長町あたりが有力である。戦前まで良質の湧き水があり、近くには瑞穂古墳群もある。万葉時代には東海道がすぐ南を通っており、万葉人の関わる地となって伝聞表現に繋がって序詞が形成されたと推察することも可能であるが如何か。

「桜田・年魚市潟」歌は、

桜田《さくらだ》へ　鶴《たづ》鳴き渡る　年魚市潟《あゆちがた》　潮干《しほひ》にけらし　鶴鳴き渡る　（巻三・二七一）

である。名古屋市内を詠んだ有名な万葉歌で高市黒人の歌である。さて、歌に詠まれた「桜田」や「年魚市潟」は何処であろう。「桜田」は「桜」の稲田と考えられる。『和名抄』の尾張国愛智郡に「厚田」「作良」「成海奈留美」とある。現在の地名では「熱田」「桜」「鳴海」であり、熱田台地、笠寺（桜）台地、鳴海台地の地域である。その「桜」である。現在の名古屋市南区元桜田町・桜本町・桜台町・西桜町など一帯を言うと考えられる。桜田貝塚・見晴台貝塚など弥生時代を中心とする先史遺跡が多く存在し、古くから多数の人々が住み続けた所である。その生活基盤としての稲田の存在は容易に推察されよう。

では「年魚市潟」は何処であろう。『和名抄』の尾張国に「山田夜萬太《やまだ》」「愛智阿伊知《あいち》」「知多」と並んである愛智（阿伊知）の潟と推察される。黒人歌では、「年魚市」の用字が用いられ、現在の鮎を示しアユと訓んでいるが、万葉時代からアユチとアイチは混同されていたと考えられる。熱田台地も笠寺（桜）台地も含む一帯がアユチであり、その沿岸を広く「年魚市潟」と総称していたと考える。当該歌の「年魚市潟」の所在については、「桜」の東に位置する潟と西に位置する潟とを支持する二説が存在する。

当該歌は「高市連黒人羈旅作八首」の中の一首であり、同歌群の中には、同じ羈旅の折りと推察される三河国の「二見の道」（3・二七六）の歌もある。したがって、その羈旅とは、持統上皇三河行幸に従駕した時に制作されたと推察される。『続日本紀』の大宝二年（七〇二）十月の条には、

丁酉（三日）、（中略）諸神を鎮め祭る。参河国に幸せむとしたまふ為なり。

甲辰（十日）、太上天皇、参河国に幸したまふ。諸国をして今年の田租《でんそ》を出だすこと無からしむ。

とあり、十一月の条には、

丙子（十三日）、行《みゆき》、尾張国に至りたまふ。尾張連若子麻呂《わかこまろ》・牛麻呂に姓宿禰を賜ふ。国守従五位下多治比真人水守《みもり》に封《ふう》一十戸。

庚辰（十七日）、行、美濃国に至りたまふ。不破郡の大領《だいりやう》宮勝《みやのすぐり》木実《このみ》に外従五位下を授《さづ》く。国守従五位上石河《いしかは》朝臣子老《こおゆ》に封一十戸。

乙酉（二十二日）、行、伊勢国に至りたまふ。守従五位上佐伯宿禰石湯《いはゆ》に封一十戸を賜ふ。

丁亥（二十四日）、伊賀国に至りたまふ。行の経過《へす》ぐる尾張・美濃・伊勢・伊賀等の国の郡司《ぐんじ》と百姓《はくせい》とに、位《くらひ》を叙《じよ》し禄《ろく》賜ふこと各《おのおの》差《しな》有り。

とある。持統上皇は三河行幸直後の大宝二年（七〇二）十二月二十二日に崩御されている。最期の行幸である。古代史の学界では三河行幸を疑問視する説もあるが、万葉歌の存在から三河国に行幸されたと考える。行幸しなくてはならない何かが存在したと推察する。

持統上皇は十月十日に三河に向けて出発し、三河にしばらく滞在の後、十一月十三日に尾張に至っている。この間三十三日を費やしていることから推察して、往路は三河に直行したと考えられる。復路は尾張国―美濃国―伊勢国―伊賀国を経由して、その後藤原京に還幸されているのである。この復路においては、尾張、美濃、伊勢の国守に領地を与え、尾張氏の若子麻呂・牛麻呂に宿禰の姓を与え、不破郡の大領である宮勝木実に外従五位下を授けているのである。

これらのことから持統上皇の三河行幸の目的について、壬申の乱の論功行賞であったとする説を始め、近年の森朝男は、持統上皇の三河行幸について「柿本人麻呂・高市黒人と東海」(9)にて、天武天皇の壬申の乱時の美濃国入りを端緒にして開けてきた新たな国土意識の存在を考え、東海は京人の縁遠い東の国ではなくなったとする。元正天皇の行幸も持統上皇の行幸も同じであって、

行幸と遷都は意味あいに通じあう側面があって、遷都は大きな行幸、行幸は小さな遷都であったとも言えるところもある。

とし、京畿地域を拡大させる動きの一環であったとする。天皇を中心とする中央集権律令国家を目指した天武持統朝を想起するとき、注目すべき説と考える。

さて、行幸の行程を『続日本紀』に拠って今少し確認する。往路は、「太上天皇、参河国に幸したまふ。諸国をして今年の田租を出だすこと無からしむ。」とあるだけで、藤原京から三河国までの、各国に関する具体的な記事がない。このことから推察すると、藤原京を出発された持統上皇は東海道を進まれ、鈴鹿駅から支路の志摩路にはいり最初の市村駅（津市殿村）を通り、次の飯高駅（松阪市駅部田町）には進まれないで、伊勢湾沿岸に出られて、おそらく同じ行幸時の円方の歌（一六二）が詠まれた松阪付近から、海人たちの協力を得て、湾沿岸を船で南下し鳥羽に至り、鳥羽から湾口を渡海して渥美半島先端の伊良湖に至り、三河湾を利用して三河国府に向われたと考えられる。

一方、「桜田・年魚市潟」歌が生まれる復路には、前述のように各国に関する様々な記事が存在する。尾張、美濃、伊勢の国府を経由し、諸行事を行われながら進まれたと考えられる。具体的には、三河国の国府にて諸事を済まされた後、東海道の陸路を採って、山綱《やまつな》駅（岡崎市山綱町）に至り、矢作川を渡って、鳥捕《ととり》駅（安城市宇頭町）から、両村《ふたむら》駅（豊明市沓掛町上高根）鳴海を渡り、笠寺台地を横切り熱田台地を横断して、新溝《にいみぞ》駅（名古屋市中川区露橋町（古渡））に向かい、北西に進み尾張国府（愛知県稲沢《いなざわ》市《し》国府宮《こうのみや》）に進まれたと推察する。

その後にも触れれば、尾張国府から北西に進み東山道に属する美濃国府にまで訪れられ、持統上皇自身が経過した壬申の乱の折の養老山地の東の古道、「東海の山辺の道」とも呼ぶべき道を、今回は逆に南下して、伊勢国に進まれたと推定する。

「桜田・年魚市潟」歌を詠んだ高市黒人は、この行幸に従駕していたのである。「年魚市潟潮干にけらし」と推量し、眼前に「年魚市潟」を見ていないことに留意すると、鳥捕駅から二村駅に至った黒人は、このあたりで当該の「桜田・年魚市潟」歌を詠出した可能性が強い。『続日本紀』によれば、十一月十三日に「行、尾張国に至りたまふ。」とあった。持統上皇は尾張の国府、今の稲沢市国府宮のあたりに着かれたのである。したがって、高市黒人は太陽暦の十二月十日前後、滋賀の伊吹山を越えて吹く寒風に逆らって尾張国に向かって旅をしていたと推定される。後述の「知多の浦」歌（7一一六三）にも年魚市潟が同時に詠まれていることを考える時、黒人が思い描いていた潟は、笠寺（桜）台地と鳴海台地との間の潟、平安以後の文学作品に登場する鳴海潟と推定される。

黒人は「年魚市潟潮干にけらし」と詠み、年魚市潟を眼前に見ていないのである。三河国から尾張国へ向かい、国境の境川（現在の刈谷市内）から豊明市沓掛町を通過することになる。天白川東岸の鳴海に至る直前まで、二村山《ふたむらやま》など山々が景を遮り、西対岸の桜方面を望むことができないのである。桜に訪れたいはやる気持があり、折しも頭上をその桜の方向に鳴きながら飛翔する鶴の群を捉えた時、黒人の作品は完成したと推察する。

当時の東海道の完全な推定は困難であるが、鳴海から桜に至る道筋は鎌倉街道にほぼ近く、三河と尾張の国境である境川を越えてから鳴海に出て、干潮の時は直接桜に歩いて渡り、潮が満ちてくれば鳴海から古鳴海、さらに北へ野並に進み、そこから桜へと回り道をし、海が迫り来る呼続《よびつぎ》の浜を通ったと推

定される。『更級日記』で菅原孝標《たかすえ》の女《むすめ》が、京に上る時、

尾張の国、鳴海の浦を過ぐるに、夕潮ただ満ちにみちて、こよひ宿らぬも中間《ちゅうげん》に、潮満ちきなば、ここをも過ぎじと、あるかぎり走りまどひ過ぎぬ。

とせわしい歩行《かち》渡りを記している。干満の差の激しいこの潟は街道の難所であったことがわかる。もちろん、渡し船の利用もあったであろう。平安時代と万葉時代との間に、その地理的状況に大きな変化はなく、黒人たち一行も同様な状況下にあったと推察される。

冬の寒風の中、鶴の飛翔と鶴鳴によって想起された年魚市潟の潮干が、黒人の詩心を突き動かしての作品であるが、その年魚市潟の潮干を黒人はどのように捉えていたのであろうか。黒人は鶴の群の飛翔から桜に向かう道筋の年魚市潟の潮干を想像し、潮待ちも回り道も必要としない様子、直ちに桜に向かい尾張国府に行くことが可能になったことを知るのである。三河から尾張に向かい帰路を進むことは、懐かしい妻の待つ都に一歩近づくことにあり、自ずから郷愁の念が生じていたと考える。当該の「桜田・年魚市潟」歌では、「鶴鳴き渡る」の語が二回繰り返されている。黒人の趣向のさらなる中心はここにあるにちがいない。後期万葉の鶴鳴歌は相聞の世界で詠出されている。黒人も「鶴鳴」から妻恋しさを捉え、「鶴鳴き渡る」の表現の背景に、都の妻への慕情の世界を溶かし込んでいると考える。

黒人歌は、律令官人の中に身を置きながら、叙景の中に個の旅愁を詠出する作品が多いが、当該歌は珍しく相聞世界を包括した望郷歌になっているのである。奥麻呂歌とともに、聖武朝の金村・千年・赤人の行幸従駕歌に繋がる、従駕歌の変質として捉えるべきであろう。

「知多の浦」歌は、

年魚市潟《あゆちがた》　潮干《しほひ》にけらし　知多《ちた》の浦に　朝漕《こ》ぐ舟《ふね》も　沖に寄る見ゆ　（巻七・一一六三）

である。「年魚市潟」が登場する今一首で、巻七の雑歌「羈旅にして作る」の中に配列された作者未詳歌である。この「知多の浦」歌は、道上から「知多の浦」の早朝の景と年魚市潟の潮干を想像した歌である。潮が引き遠浅となりその遙か彼方でおそらく地元の海人が漁をしている様子と、広大な干潟で有名な年魚市潟とを思い遣って詠出しているのである。大和地方と異なる興味深い景として受け取られたと推察する。

黒人の「桜田・年魚市潟」歌と同様に「年魚市潟潮干にけらし」と表現される。黒人歌の年魚市潟は、現在の名古屋市緑区鳴海と名古屋市南区元桜田町・桜本町等との間、後の鳴海潟を詠出しているが、当時の「年魚市潟」は、笠寺台地の西沿岸は当然、熱田台地の東西や南も含む広い沿岸に現れる広範囲な潟を称していたのであった。その干潟の広さは絶大であって、東海道やその支路を行き来する旅人は、その広大な干潟の景観に興味ひかれたと推察する。和歌浦に対する興味と同種である。したがって、この歌を詠出した旅人も、眼前の景から「潮干にけらし」とその広大な干潟の様子を想像したのである。

さて、当該歌は知多の浦とあるから、現在の愛知県知多郡一帯のどの浦でもよいことになるが、『東海の万葉』（松田）も『万葉の歌　人と風土12　東海』（加藤）も、現在の東海市高横須賀町あたりの浦を想定している。

作者は道上から詠んでいた。『東海の万葉地理』はこの道について触れて、三河の刈谷や知立から大府か東浦を経て東海市に至り、そこから海岸沿いに年魚市潟方面に通じる道を推定している。そのような道も想定できるが他の道も考えられる。東海市教育委員会・社会教育課作成の「東海市遺跡分布地図」によれば、高横須賀町や大田町のあたりには、畑間遺跡（古墳〜中世）、鳥帽子遺跡（弥生）、松崎貝塚（古墳〜平安）が存在している。早い時代からこの地方に多くの人々が居住していたことが明らかである。

近年、福岡猛志は「文献から推理する知多・三河湾の海人の実像」[10]において、知多の塩について言及されている。福岡猛志は「調」とか「贄」に附せられた知多郡の木簡に注目し、藤原宮から出土した木簡四点と平城宮から出土した木簡二十五点の二十九点を調査し、二点を除きすべて「塩」に関わる木簡であることを明らかにしている。また、延喜式（主計寮上）の尾張国の条の調に、繊維製品とともに、海産物では塩をあげていることを紹介し、

知多の海民、知多半島を舞台に考える限りでは、出てくる人たちはべて「部姓を負う地位の低い集

団」であり、都の側から納めさせる生産物は、徹頭徹尾塩であったと考えることができます。と結論づけている。知多半島の製塩土器も有名であるが、このように、知多半島の製塩は盛んであり、藤原宮や平城宮に送られていたのである。当然、海上交通も盛んであったであろうが、この知多半島の根元の地と東海道や尾張国府への道も整備されていたと推察する。そこには官人たちの行き来も想定され、その官人の一人が制作した作品であろう。

四　尾張国の海路

尾張国の南部地方の海路との関わりの深さは、地理的な条件から前述のごとくである。したがって、伊勢湾の南の湾口を渡海する海道があり、伊勢湾沿岸を利用した様々な海道が存在した。尾張の万葉歌は、前述の「小治田の年魚道」歌と「桜田・年魚市潟」「知多の浦」歌以外は、すべて知多半島の海に集中している。おそらく海路を行き交う人々と関わるのであろう。その歌は、「可家の湊」、「すさの入江」、「小竹島」歌である。

「可家の湊」歌は、

味鎌《あぢかま》の　可《か》家《け》の湊《みなと》に　入《い》る潮《しほ》の　こてたずくもか　入りて寝《ね》まくも　（巻十四・三五五三）

である。巻十四の東歌の中にある。東歌は編纂にて二つに大別されている。東海道と東山道とに関わって、遠江信濃以東の国で詠んだと判明した「勘国歌」と、未だ詠んだ国を勘《かんが》えられない「未勘国歌」とによって成立している。「可家の湊」歌はその「未勘国歌」の中にある。

「可家の湊」とあるが「可家」をどこに求めればよいであろうか。早く、『東海の万葉地理』は、諸説が主張する全国各地にある「可家」を整理した後、東歌の範囲に言及した。万葉時代の東歌の範囲としては、Ⅰ畿内より東（鈴鹿・不破《ふわ》関以東）、Ⅱ遠江・信濃以東、Ⅲ足柄峠以東が推定されている。その後、『萬葉集大成』21や『東海の万葉』は、東歌の集録範囲を畿内より東とする広義の東国で捉え、未勘国歌の中には、東海道の伊賀・伊勢・志摩・尾張・三河、東山道の近江・美濃・飛騨の範囲の歌が混在することを主張した。

東国の範囲としては、三範囲が同時に混在していたと考えられるが、律令の三関（伊勢国の鈴鹿関、美濃国の不破関、越前国の愛発関）の存在は大きくあったと推察され、都に居住する万葉人には、畿内より以東、つまり鈴鹿・不破《ふわ》の関より東を、東国と捉えていたと推定される。このように広義の東国の範囲を考え、東歌の範囲をその中に捉えた時、『東海の万葉地理』の主張する「加家」（愛知県東海市上野町加家《かけ》付近）の地が有力になってくる。

万葉の「可家の湊」は、木曽三川から流出した大量の砂が、潮流によって知多半島の西岸に運ばれ、伊吹鈴鹿颪によって吹き上げられ、その多くが埋まってしまっているが、現在その一部と推察される池が、東海市の努力によって万葉の「可家の湊」跡として存在する。その東海市上野町加家の地は、後の尾張二代藩主徳川光友が建てた別荘「臨江亭《りんこうてい》」跡と重なる。東海市教育委員会の資料によれば、そこには回遊式庭園の「御洲浜《おすはま》」も造られていた。「臨江」の名称から江（湊）の存在も想像される。

「可家の湊」歌の直後に、

妹《いも》が寝《ぬ》る　床《とこ》のあたりに　岩《いは》ぐくる　水にもがもよ　入りて寝《ね》まくも　（巻十四・三五五四）

の歌がある。結句「入りて寝まくも」を同じくし、ほぼ同趣向の歌である。湊に入り込む潮や岩下をくぐる水を比喩に用い、好きな女の床にすうっと入って寝たいとする男の歌である。東国人の率直な心が、そのまま詠まれている。

「すさの入江」歌は、

あぢの住む　須沙《すさ》の入江《いりえ》の　隠《こも》り江《え》の　あな息《いき》づかし　見ず久《ひさ》にして　（巻十四・三五四七）

の巻十四東歌《あずまうた》の「未勘国」の相聞にある歌と、巻十一の「寄物陳思」にある、

あぢの住む　渚沙《すさ》の入江《いりえ》の　荒磯松《ありそまつ》　我《あ》を待つ児《こ》らは　ただひとりのみ　（巻十一・二七五一）

の歌である。「あぢの住む須沙の入江の」句が両者にある。まったくの偶然の可能性もあるが、「すさの入江」が有名で歌枕的手法の利用とも推察できる。万葉以後の中世の歌集、『続古今』『続拾遺』『続後拾遺』『夫木抄《ふぼくしょう》』に「すさの入江」の語句が見え、「すさの入江」は、後世には明らかに歌枕化している。

巻十四歌は、全古写本には「許母理沼乃」とあるが、広瀬本には「許母理江乃」とある。歌意からも理解しやすく、「隠り江の」と推測する。

『東海の万葉地理』『東海の万葉』は、両首をもとは一組の問答歌であるとする。巻十一歌が男歌であり、巻十四歌が女歌、それも遊行女婦《ゆぎょうじょふ》の歌であると捉え、それがある時期に解体して他の地方に伝播し、後に別々に採録されたもので、「潜在問答歌」であるとした。『注釈』もこの説に従っている。魅力的な論考であるが推測の部分が多い。「潜在問答歌」でなければ、巻十一歌は他の国の「すさの入江」の可能性もある。まずは東歌のみを対象に捉えておく。

「すさ」の地はどこであろう。『和名抄』や『風土記』などに収録された「すさ（須佐）」は、出雲国、長門国、豊前国、紀伊国などにあり、全国に点在する地名であるが、一首が東歌であることを想起する時、その範囲から『東海の万葉』（松田）の言う、海の東海道つまり航路の要地である尾張の「すさ」が有力である。愛知県の知多半島の先端部に位置し、明治六年までは須佐《すさ》村と云い、湾を須佐湾と呼んでいた。現在は知多郡南知多町豊浜となり、湾を現在豊浜港と呼んでいる。須佐の名は「大字豊浜字須佐ノ浦・字須佐ヶ丘」として字名にて残っている。福岡猛志は前記した「文献から推理する知多・三河湾の海人の実像」において、知多郡の木簡資料に触れている。そこには「須佐里」と記された木簡が一例（平城京木簡二／二二〇〇、平城概報二十九）みられる。国に納め調や贄としての塩に関わる木簡で都との関わりが推察される。

「小竹島歌」は、

夢《いめ》のみに　継《つ》ぎて見えつつ　小竹島《しのじま》の　磯《いそ》越す波の　しくしく思《おも》ほゆ　（巻七・一二三六）

である。巻七の雑歌で、「知多の浦」歌と同じ「羈旅にして作る」の中にある。その中の「古集の中に出でたり」の三十六首の一首である。本文に関わってその地名に二つの説がある。上三句を紀州本を除くすべての古写本が、「夢耳継而所見小竹嶋之」としている。これに対して『古義』が、類歌「暁之《あかときの》　夢所見乍《いめにみえつつ》　梶嶋乃《かぢしまの》　石超浪乃《いそこすなみの》」（9一七二九）から類推して、「小」を「乍」の誤字とし、「夢耳《いめのみに》　継而所見乍《つぎてみえつつ》　竹嶋之《たかしまの》」とする説を提示した。それ以後多くの注釈書が従い、その「竹嶋《たかしま》」を滋賀県高島郡の高島とした。これに対して『萬葉集大成』21は、「小」の字に本文異同のないことから、古義の誤字説を認めず、「小竹嶋」のままで訓むべきことを主張した。そして、「ささじま」「しのじま」の訓の中から、集中の用例に拠って「しのじま」とし、「つつ」を訓み添えて「夢耳《いめのみに》　継而所見《つぎてみえつつ》　小竹嶋之《しのじまの》」と訓み、その「しのじま」を、知多半島先端の島、現在の愛知県知多郡南知多町の篠島に求めたのであった。

「小竹嶋」をシノジマと訓むとして、知多郡南知多町の篠島に求めることには多少不安がある。ただし、大和から遠く離れた南知多町の篠島は、藤原時代にも奈良時代にも著名な島である。前記した福岡猛志は以前の「東海の個性をさぐる・伊勢湾と三河湾の海人」(11)において、木簡を調査し、篠島・佐久島・日間賀島の三島の海人が、三河湾の海人として重要な働きをしていることを説いている。万葉時代には三島が三河国幡豆郡に属し、「ここでは島ごとに海部が居て、それぞれが島単位に毎月交代で贄を納めている」とした。藤原京跡から発見された木簡には「三川国波豆評篠嶋里」とあり、平城京発掘の多数の贄札《にえふだ》に「参河国播豆郡篠嶋海部供奉」とある。

知多郡南知多町の篠島は、「小竹島」歌に詠われた島として考慮する要素を持った島であるとは言えよう。万葉時代は三河国の歌と言うことになる。

五　三河国の陸路と海路

三河国の歌とされる歌は、「引馬野」、「安礼の崎」、「二見の道」、「伊良虞」の四首がある。また、三河国の歌である可能性を持つ歌としては、「山下」、「四極山・笠縫の島」と「依網の原」(巻七・一二八七)と「末の腹野」（巻十一・二六三八）がある。

その多くが前述した大宝二年（七〇二）の持統上皇の三河行幸と関わる。長奥麻呂の「引馬野」と高市黒人の「安礼の崎」、「二見の道」と「山下」、「四極山・笠縫の島」がそれである。「引馬野」「安礼の崎」歌は、

二年壬寅、太上天皇、参河国に幸せる時の歌

引馬野《ひくまの》に　にほふ榛原《はりはら》　入り乱れ　衣《ころも》にほはせ　旅のしるしに　（巻一・五七）

右の一首、長忌寸奥麻呂

いづくにか　船泊《ふなは》てすらむ　安礼《あれ》の崎　漕《こ》ぎ廻《た》み行《ゆ》きし　棚《たな》なし小船《をぶね》　（巻一・五八）

右の一首、高市連黒人

である。持統上皇が三河国府に到着し滞在中のある日に生まれたのである。三河行幸出発は十月十日、太陽暦の十一月八日ごろであり、三河国到着ごろは榛の葉は散っていたと考えられる。「引馬野」歌で奥麻呂歌は、榛原を幻想して詠出しているのである。「にほふ榛原入り乱れ衣にほはせ旅のしるしに」の表現は、行幸地を讃美し単に着物を染めなさいと言うだけではないのである。現地の女性との恋をも意味した相聞性の強い従駕歌と理解すべきである。「引馬野」は、遠江国説（浜松市北部の曳馬町あたり）と三河

国説（愛知県宝飯《ほい》郡御津《みと》町御馬《おんま》）とがある。遠江国説は賀茂真淵に始まり、現在も地名があることから三河行幸が遠江国まで及んだと推測しての説である。しかし、同年の十二月に崩御する持統上皇の体力的な面や日程的な面を考えると、その可能性は薄い。三河国説は久松潜一説として知られている。三河国府の南（豊川市国府町）にあたり、候補地としては有力である。

黒人の「安礼の崎」歌は、湊から漕ぎ出した棚のない簡素な「小舟」が、岬を越えて視界から消え、その小舟の船泊を想い遣っている。叙景の世界の中で旅愁を醸し出している。「安礼の崎」は、三河湾の何処かである。もっとも有力な説は、久松潜一「引馬野、安礼乃埼考」(12)の説である。御津町御馬の音羽川河口にあったとされる出崎説である。

『釋注』が指摘するように、この奥麻呂と黒人との二首は行幸先の宴で披露されたのであろう。それぞれに個性が現れているように捉えられる。二首に続いて配列された誉謝女王歌・長皇子歌・舎人娘子歌の三首（1五九〜六二）についても『釋注』は触れ、「三河行幸が終わったあと、弓削・舎人両皇子も加わる集いにおいて披露しあった歌ではなかったかと思われる。」との指摘もしている。

この黒人歌は、海路が生んだ歌として捉えることができる。叙景歌に旅愁を加えて詠出しているのであるが、その旅愁を詠出する素材の中心は漕ぎ出して行った「棚なし小船」であった。何故、黒人は「棚なし小船」に興味を持ったのであろう。その背景には、持統上皇の三河行幸時の海路の行程の中で接した海人の存在が深く関わると考える。

先に触れたように、持統上皇は船で伊勢の鳥羽から伊勢湾の湾口を渡海し、渥美半島の伊良湖から三河湾に入り三河国府に向かったと推察される。潮騒の伊勢湾口から波穏やかな三河湾を進み、終着地の三河国府に近い御津《みと》（宝飯郡御津町）付近の湊から上陸し、国府に向かったと推定される。この持統上皇の採った海路の航海には、志摩や三河の海人が大きな役割をはたしたからである。

「すさの入江」歌の折りに「文献から推理する知多・三河湾の海人の実像」の福岡猛志説を紹介した。福岡は知多の木簡とともに、三河湾三島の木簡についても言及している。そこでは万葉時代に篠島・佐久島・日間賀島の三島が三河国幡豆郡に属していること。三島には島ごとに海部が居て、それぞれが島単位に毎月交代で贄を納めていることを明らかにしていた。持統朝の藤原京跡から発見された木簡の存在も紹介している。この贄を納める三河湾の海人たちは、朝廷と深い関係を持ち、持統上皇の三河湾の航海の折りには積極的に奉仕したと推察する。

行幸渡海の出港地に目を向ければ、鳥羽からの出航には志摩の海人がやはり積極的に奉仕したと推察する。福岡は前記の「東海の個性をさぐる・伊勢湾と三河湾の海人」にて、志摩の海人が多く郷単位で、調ではなく贄として海産物を神や天皇へ捧げ納めていることに注目し、志摩国の朝廷との特別な関係を明らかにしている。その志摩関係の木簡には「志麻国島郡塔志里」「志摩国答志郡答志郷」など多数あり、現在の鳥羽あたりで活躍した海人の存在が確認できる。志摩の海人と三河湾の海人たちの連携した奉仕にて、持統上皇の伊勢湾口渡海と三河湾の航行が遂行されたと考える。なお、尾張の海人は、別系統で伊勢湾奥深くの浅瀬で、漁業や海上交通に従事していたと考える。

黒人は行幸時に志摩の海人に接し、今三河の地で三河の海人たちと接した。その三河の海人たちに想いをはせ、湊を漕ぎ出て行く景に、旅にある自分の思いを重ねて詠出したと考える。では、その高市黒人の他の三河国の歌を見てみよう。

高市連黒人が羇旅の歌八首（内三首）

旅にして　もの恋《こほ》しきに　山下《やまもと》の　赤《あけ》のそほ船《ぶね》　沖を漕《こ》ぐ見ゆ　（巻三・二七〇）
四極山《しはつやま》　うち越え見れば　笠縫《かさぬひ》の　島漕《こ》ぎ隠《かく》る　棚《たな》なし小船《をぶね》　（巻三・二七二）
妹《いも》も我《あれ》も　一つなれかも　三河《みかは》なる　二見《ふたみ》の道ゆ　別れかねつる　（巻三・二七六）

の三首である。

三河国の海路が生んだ歌としては、「山下」「四極山・笠縫の島」歌があるが、明確に三河国の歌とは断言できない。配列から推察して有力なのは「山下」歌である。

「山下」歌の次に「桜田・年魚市潟」歌があり、三河から尾張への復路の順とすれば、三河国で生まれた歌となる。ただし、「山下」は固有名詞ではなくその「山」の所在の特定は難しい。三河行幸の折の三河国で詠出されたとすれば、三河国府近くの御津山（別名大恩寺山、宝飯郡御津町）がふさわしい。標高九十四メートルの山頂からは、眼下に三河湾の眺望が展開する。

「安礼の崎」歌と「山下」歌の二首は、海に目を向け、「棚なし小船」「赤のそほ船」と船を捉えている。その船の一方は、「棚なし小船」と表現されていた。前述のように、おそらく行幸地の地元漁師の実用的で簡素な小舟であろう。一方、この「山下」歌は「赤のそほ船」と表現され、「沖を漕ぐ見ゆ」と詠出されていた。赤の塗料が施され沖を漕ぎ行く船に目を向けているのである。「赤のそほ船」は、「沖行くや赤ら小船」（16三八六八）のように、船腹にべんがらを塗った船で、沿岸ではなく沖を漕ぎ行く船である。通説のように官船であろう。黒人は行幸地三河の海人たちとともに志摩の海人も想起し、伊勢湾口の対岸の志摩国や伊勢国を想い都を懐かしんでいると推察する。

「四極山・笠縫の島」に対しては、摂津説と三河説がある。三河説は「四極山」を幡豆郡幡豆町から吉良町付近の山を想定し、「笠縫の島」を三河湾に浮かぶ梶島を想定する。やはり、海に目を向け、「棚なし小船」と詠出している。三河国の歌であるならば、「安礼の崎」歌と同様に行幸地三河の海人たちを背景に置いた歌となる。

三河国の陸路が生んだ歌としては、「二見の道」歌がある。この歌には、「一本に云はく」として女歌もあり、両者で問答をなしている。三河の国に二見の道があったことから一を加えて成立した数字遊びの歌である。奥麻呂にも「詠雙六頭歌」（16三八二七）の数字を読み込んだ遊びの歌があった。持統朝の時代要請によるものであろう。「二見の道」は、都から東に向かう東海道が、浜名湖の南を通る本街道と北を通る通称「姫街道」とに分岐していたことから生まれた名称であろう。分岐点の追分付近（豊川市御油）に訪れ地名を実感した黒人の歌と考えられる。羇旅歌であっての問答歌であり相聞歌でもある。

「伊良湖」歌は、

麻績王《をみのおほきみ》、伊勢国《いせのくに》の伊良虞《いらご》の島に流されたる時に、人の哀傷して作る歌

打麻《うちそ》を　麻績王　海人《あま》なれや　伊良虞の島の　玉藻《たまも》刈ります　（巻一・二三）

麻績王、これを聞き感傷して和《こた》ふる歌

うつせみの　命《いのち》を惜《を》しみ　波に濡《ぬ》れ　伊良虞の島の　玉藻刈り食《は》む　（巻一・二四）

右、日本紀《にほんぎ》を案《かむが》ふるに、曰く、「天皇（天武）の四年乙亥の夏四月、戊戌《ぼしゆつ》の朔の乙卯《いつぼう》に、三位麻績王罪ありて因幡《いなは》に流す。一子は伊豆の島に流し、一子は血鹿《ちか》の島に流す」といふ。ここに伊勢国の伊良虞の島に配すと云ふは、けだし後人の歌辞《かじ》に縁《よ》りて誤り記せるか。

伊勢国に幸せる時に、京に留まれる柿本朝臣人麻呂が作る歌（内一首）

潮さゐに　伊良虞《いらご》の島辺《しまへ》　漕《こ》ぐ船に　妹《いも》乗るらむか　荒き島廻《しまみ》を　（巻一・四二）

の二首である。三河国の海路が生んだ歌で、麻績王関係歌と持統天皇伊勢行幸時に都に留まった柿本人麻呂歌である。「伊良虞」を伊勢湾口の神島を考える説もあるが、現在の伊良湖を考えるのが自然であ

る。伊良湖は、律令時代に入ると三河国に属しているが、題詞には何れも「伊勢国」とある。万葉集の題詞は、天武朝と持統朝には伊勢国に属していたと捉えて記しているのである。この題詞に従えば伊勢の項で扱う歌となるが、三河国の歌として触れておこう。

麻績王関係歌については、既に「万葉集と東海の海路──「伊勢国」の人麻呂歌・麻績王関係歌──」として論じたこと[13]があるので、その概要を述べる。麻績王の配流地としては、『日本書紀』が伝える因幡が正しく、王の配流事件が変容しながら伊良湖にも伝誦されたと推察する。興味を惹くのは伝誦先が伊勢国の「伊良虞の島」であることである。天武朝に配流地として伊良湖はどのように機能したのであろうか。ここで想起されるのは、古東海道の伊勢湾口の渡海航路である。そして、伊良湖は単に「伊良湖」ではなく「伊良湖の島」と「島」の語が付加されていることに注意したい。「島」は、水に浮かぶ陸地を指すだけでなく、『東海の万葉歌』の三河担当の竹尾利夫が「明石の門より大和島見ゆ」(3二五五)を指摘するように陸にも用いる。その「伊良湖の島」は、伊勢国でありながら海を隔てた地域性の異なる地であったのである。配流の伝誦地としてふさわしい要素を持っていた。また伝誦する海人や伝える旅人もいたのである。

柿本人麻呂歌は、持統天皇が六年(六九二)、三輪高市麻呂の諫言をおして伊勢行幸に出発され、都に留まった人麻呂の想像上の世界である。同時に詠出された「あみの浦(鳥羽)」歌(1四〇)や「答志(答志島)」歌(1四二)から、「伊勢行幸」とありながら志摩国まで進まれている。志摩国は一国に分けられていたが、伊勢国に属する国として捉えられていたのであろう。この行幸のおり、一部の官人官女は伊勢湾口の対岸にあたる伊良湖まで訪れた。その行幸範囲を事前に知っていたか後に聞き知った人麻呂の歌である。配列された「あみの浦」「答志」「伊良湖」は、伊勢湾口の渡海航路そのものである。人麻呂は「潮さゐに」「荒き島廻を」と詠んでいる。伊勢湾口の中間にある神島と渥美半島先端の伊良湖との間の海峡（伊良湖水道）は、潮の干満の折には文字通り潮が騒ぐのである。人麻呂は、古東海道にあたる海路を熟知していたのである。

なお、今回は聖武天皇や山辺赤人や高橋虫麻呂、防人たちや東国人に、失礼することとなった。お詫びしたい。

注1 【遠江】平那（尾奈）の峰（14三四四八）、引佐細江（14三四二九）、吾跡川（7一二九三）、麁玉（11二五三〇）（14三三五三）、貴平（14三三五四）、白羽の磯と爾閉の浦（20四三二四）、大の浦（8一六一五）、遠江国防人歌（20四三二一〜七）、浅葉の野（11二七六三）（12二八六三）

【駿河】斯太・都武賀野（14三四三〇）（14三四三八）、焼津・阿倍（3二八四）（14三五三三）、浄見（清見）の崎・見穂（三保）の浦（3二九六）、立花の美袁利の里（20四三四一）、手児の呼坂（14三四四二）（14三四七七）、田児（田子）の浦（3二九七）（3三一八）（12三二〇五）、不尽（富士）の高嶺（3三一七・八）（3三一九〜二一）（11二六九五）（11二六九七）（14三三五五〜八）、潤和川・潤八河（11二四七八）（11二七五四）駿河の海（14三三五九）、駿河国防人歌（20四三三七〜四六）、伊豆の海（14三三六〇）

【美濃】多芸の行宮・田跡（多度）河の滝（6一〇三四）（6一〇三五）、不破・和射見が原（2一九九）（6一〇三六）（10二三四八）（11二七二二）（20四三七二）、八十一隣の宮（13三二四二）、神の御坂（20四四〇二）、丹牛の河・飛驒人（7一一七三）（11二六四八）、飛驒の細江（12三〇九二）

※詳細は注5の『東海の万葉歌』を参照されたい。

2 松田好夫『東海の万葉地理　尾張篇』（名古屋鉄道株式会社・昭和三十九年）

3 松田好夫編著『東海の万葉』（桜楓社・昭和五十一年）

4 加藤静雄『万葉の歌　人と風土12　東海』（保育社・昭和六十一年）

5 佐藤隆等編『東海の万葉歌』（おうふう・平成十二年）

6 兼康保明「東海の河川の海人たち」『海人たちの世界―東海の海の役割』（中日出版社・平成二十年）

7 田中卓「尾張国はもと東山道か」『史料』二一六号、（皇學館大学史料編纂所・昭和五十五年）

8 大下武「〝東海〟のなかの尾張と美濃―とくに古東海道と古東山道について―」『第八回春日井シンポジウム　東海学の創造をめざして　考古学と歴史学の諸問題』（五月書房・平成十三年）

9 森朝男「柿本人麻呂・高市黒人と東海」『『万葉集』に歴史を読む　第18回春日井シンポジウム２０１０年』（春日市主催シンポジウムの資料・平成二十二年）

10 福岡猛志「文献から推理する知多・三河湾の海人の実像」『海人たちの世界―東海の海の役割』（中日出版社、平成二十年）

11 福岡猛志「東海の個性をさぐる・伊勢湾と三河湾の海人」『東海学の創造をめざして』（五月書房・平成十三年）

12 久松潜一「引馬野、安礼乃埼考」『万葉集考説』（栗田書店・昭和十年）

13 佐藤隆「万葉集と東海の海路―「伊勢国」の人麻呂歌・麻績王関係歌―」『中京大学文化科学研究所、

二十五周年記念論文集　多元を生きる』、（勁草書房・平成二十二年）

＊万葉歌は新編日本古典文学全集小学館本万葉集を使用した。

東国

――渡来系の開拓者たち――

梶川信行

一　序

「東国」の範囲

『万葉集』の東国と言えば、東歌か防人歌を連想することが普通である。しかし、東国に関わる万葉歌は、決して東歌と防人歌だけではない。周知のように、高橋虫麻呂には東国を詠んだ歌が多い。山部赤人にも不尽山を詠んだ歌などが見られる。

また、『万葉集』には三つのアヅマが存在したとする説(1)も有力である。その第一は、碓氷峠と足柄峠の東側の国々。第二は信濃と遠江以東の国々を言う。すなわち、東歌・防人歌の東国である。そして、第三のアヅマとして、伊賀・伊勢・美濃などを指す例があるが、本書には、第三の東国に含まれる「伊勢」と、第二・第三の東国と重なる「東海」という項目が立てられている。そこで本稿では、第一の東国について論じることにする。以下「東国」と称するが、それを現在の関東地方と言い換えてもよい。

風土の意味

もう一つの課題は、その「風土」を論じること。それはすでに『万葉集』に見られる漢語である。いずれも越中時代の大伴家持の使用例だが、

霍公鳥《ほととぎす》は、立夏の日に、来鳴くこと必定なり。また越中の風土は、橙橘のあること希らなり。（巻十七・三九八四左）

ただし、越中の風土に、梅花柳絮《りうしよ》三月にして初めて咲くのみ。（巻十九・四二三八左）

という二例である。一つ目は、比較的温暖な気候を好む「橙橘」は越中ではあまり見られないということを言い、二つ目は二月二日（太陽暦の三月七日）の宴で、都とは違って、越中では「梅柳」の咲く時期が遅いと述べている。つまり、これらは「その土地固有の気候・地味など、自然条件。土地柄。特に住民の気質や文化に影響を及ぼす環境にいう(2)」といった現代の辞書の定義と、ほぼ一致している。しかし、ここではもう少し広い意味に理解し、そこに居住する人々の地域的な特性をも含む「土地柄」である、としておきたいと思う。

とは言え、きちんとした短歌定型で例外のない東歌を、古代の東国の民衆の歌の世界をそのままに伝える資料だと見ることは不当である。それはあくまでも、『万葉集』という歌集の価値観と世界認識に基づく「東」の歌の世界だと見なければなるまい[3]。同様に、約半数の歌を「拙劣歌」として捨て去った防人歌も、家持の眼鏡に適った東国の農民兵の歌々でしかない。そこから浮かび上がる「風土」は、所詮、『万葉集』という歌集にとってのあるべき「東」の姿でしかあるまい。しかも、小稿で『万葉集』の東国の全体像を捉えることは、とうてい不可能である。したがって、東歌や防人歌を通して古代の東国の「風土」を概説し、屋上屋を重ねるようなことをするつもりはない。

渡来系の人々の入植地としての「東国」

そこで本稿は、従来あまり注目されて来なかった「東国」出身の高句麗系渡来人に、光を当ててみることにしたい。七、八世紀の日本の古代国家は「東国」を防人や衛士の供給源としていたばかりでなく、『日本書紀』や『続日本紀』を見ると、朝鮮半島からの渡来人たちの入植地と位置づけていたことも窺える[4]。したがって、そこで生まれ育った人々の動向を考察することを通しても、「東国」の「風土」の一端を窺い知ることができよう。

もちろん、『万葉集』の「東国」は、そうした面にまったく目を向けていない。しかし、目を向けなかったものにも注意を払わなければ、事の半面しか捉えられないのではないか。すなわち、その点を考えてみようとする本稿は、『万葉集』の「東国」を裏面から映し出してみようとする試みである。

二 高麗朝臣福信

『続日本紀』の薨伝

『続紀』の延暦八年(七八九)十月条に、高倉福信という人物の死が伝えられている。『万葉集』では「高麗朝臣福信」(巻十九・四二六四題)として登場する人である。少し長いので、便宜的に段落に分けて引用するが、

A乙酉(十七日)、散位従三位高倉朝臣福信薨しぬ。

B福信は武蔵国高麗《こま》郡の人なり。本の姓は肖奈《せうな》。その祖福徳、唐将李勣《りせき》、平壌城を抜くに属りて、国家に来帰《まう》きて、武蔵の人と為りき。福信は即ち福徳が孫なり。

C小年《としわか》くして伯父肖奈行文に随ひて都に入りき。時に同輩と晩頭に石上衢《ちまた》に往きて、相撲を遊戯す。巧にその力を用ゐて能くその敵に勝つ。遂に内裏に聞えて、召して内竪所《ないじゆしよ》に侍らしめ、是より名を着《あらは》す。

D初め右衛士大志に任し、稍《やや》くして遷りて、天平中に外従五位下を授けられ、春宮亮《しゆんぐうのすけ》に任せらる。

聖武皇帝甚だ恩幸を加へたまふ。

E勝宝の初、従四位紫微少弼《しびせうひつ》に至る。本の姓を改めて高麗朝臣と賜ひ、信部大輔《しんぶだいふ》に遷さる。

F神護元年、従三位を授けられ、造宮卿を拝し、兼ねて武蔵・近江の守を歴たり。

G宝亀十年、書を上りて言さく、「臣、聖化《せいくわ》に投《とう》してより年歳已《すで》に深し。但し、新しき姓の栄、朝臣は分に過ぐと雖も、旧俗の号、高麗は未だ除かれず。伏して乞はくは、高麗を改めて高倉とせむことを」とまうせり。詔して、これを許したまひき。

H天応元年、弾正尹《だんじやうのいん》に遷され、武蔵守を兼ねたり。

I延暦四年、表を上りて身を乞ひ、散位を以て第《てい》に帰りき。

J薨しぬる時、年八十一。

という記事である。それは、AとJの死亡記事の間に、福信の閲歴が記された形である。

武蔵国高麗郡

「福信は武蔵国高麗郡の人なり」(B)とあるように、彼は本稿で考察の対象とすべき「東国」の出身であった。『万葉集』には多くの人名が見られるが、当然、畿内の出身者が中心であって、防人たちを除くと、東国出身の人はほとんど見られない。高橋虫麻呂には常陸国出身だとする説(5)もあるが、確実な例

高麗王若光を祀る高麗神社

は、この福信と「伯父肖奈行文」（C）のみであると言ってもよい。

高麗郡とは、現在の埼玉県日高市・鶴ヶ島市・飯能市の一帯である。『続紀』には、霊亀二年（七一六）五月条に、その高麗郡が設置されたということが見える。

> 辛卯（十六日）、駿河・甲斐・相模・上総・下総・常陸・下野の七国の高麗人千七百九十九人を以て、武蔵国に遷し、高麗郡を置く。

とする記事である。その郡衙がどこに置かれたのかは不明だが、日高市大字新堀には現在も、高麗郡設置の際、開拓に力を尽くしたとされる高麗王若光を祭神とした高麗《こま》神社が鎮座し、高麗氏を名乗るその末裔が、宮司を務めている。

高麗人の渡来

福信のもとの姓は「肖奈」。唐の攻撃によって、高句麗の都平壌が陥落した時に来日した福徳の孫であると言う（B）。『三国史記』（高句麗本紀・第十）によれば、平壌が陥落したのは宝蔵王の二十七年（六六八）九月のこと。唐の大規模な侵攻は、貞観十九年（六四五）以来、すでに何度も行なわれていた。高句麗は強く、その都度失敗に終わったとは言え、侵攻を受けるたびに国が疲弊して行ったに違いあるまい。国が滅んだ時の高麗人たちは、ろくな食糧もないままに、ボートピープルのような状態で、日本海の荒波を越えて来たのであろう。

『日本書紀』の敏達天皇二年（五七三）夏五月条に、

戊辰（三日）に、高麗使人、越海の岸に泊る。船破れて溺れ死ぬる者衆《おほ》し。

とする記事が見える。正規の使者でさえたびたび漂流し、多くの命が失われているのだ。この時はなお一層、体力のある者だけが生き残り、途中で命を落とした者が多かったということは想像に難くない。福信は強靭な身体の持ち主であったことが窺える（C）が、それは祖父福徳から受け継いだものだったのであろう。

そもそも、高麗人の渡来は天智朝に遡る。天智五年（六六六）十月に訪れた高麗の使者たちだが、『書紀』によれば、その中には後に武蔵の高麗氏の始祖となり、高麗神社に祀られる若光と見られる人物も含まれている。[6]ところが、帰国が遅れている間に王都が陥落し、日本に留まらざるを得なくなってしまう。『書紀』には、彼らは日本に十数年滞在し、天武九年（六八〇）十一月に、ようやくその一部の十九人が帰国したと伝えられているが、[7]彼らの帰国先は、新羅の傀儡となった高句麗であった。しかし、唐の永淳初年（六八二）には、その王家も滅びてしまう（『三国史記』高句麗本紀・巻十）。天武十四年（六八五）九月、高麗人に禄が与えられているが、おそらくそれは、その時に亡命して来た人たちであろう。

「東国」での開墾生活

そうした彼らの「生業」を安泰ならしめるためとして、『書紀』の持統元年（六八七）三月条には、「高麗五十六人」に対して、常陸国に土地が与えられたことが見える。『書紀』にそれに関する記事はないが、『続紀』の高麗郡設置の記事を見ると、常陸だけではなく、その前後に、関東一円に土地が与えられたことがわかる。また、『続紀』の天平宝字二年（七五九）八月条には、新羅人を武蔵に置いて新羅郡を設置した時には、「閑地に移す」とされている。高麗人に対しても、当然、未開の土地を開墾することが求められたに違いあるまい。

ところが霊亀二年（七一六）、また新しい土地が与えられた。三十年近く未開の土地と格闘して来たのに、再び新しい土地の開墾に汗を流さなければならなくなったのだ。まさに亡国の民の悲しさと言うべきだが、高麗郡に住む高麗人たちは、高句麗の滅亡とともに、命がけで渡来した末に、二度も荒地と格闘しなければならなかった。福信は、そうした開拓者たちの中で生まれ育ったのである。

後年の福信は、三度にわたって武蔵守に就任している（F・H）。最初は天平勝宝八年（七五六）のこと。[8]すでに従四位下になっていた。また三度目は、延暦二年（七八三）のことで、従三位という高官であった。官位令によれば、大国武蔵国の守は従五位上相当。それは官位に見合わない低いポストに過ぎないが、国司としての利益を得るための遙任だったとする説がある。[9]

確かに、中央のポストと兼任しているので、遙任であったことは確実である。しかし、単に利益を確保するためだけならば、どこの国でもよかったのではないか。右のように、武蔵は福信の同朋が辛苦の末に開墾した土地であった。その後現在に至るまで、高麗郡には若光の末裔と称する人々が住み続けている。[10]しかも、高麗神社の社家の高麗氏は、鎌倉時代まで高句麗人の後裔としか結婚しなかったのだと言う。[11]同族意識の強さが窺える。また、福信が武蔵守となったのは「高麗」と改姓してからであった。したがって、官位に見合わない福信の武蔵守拝命は、現地の事情に通じ、人脈もあることを理由に、自らが利益を得ることと同時に、同朋の利益をも確保することを目的として、自ら願い出たものだったのではないか。高麗郡には、奈良時代に三つの寺院が建設されたと言うが、[12]そこからは富の蓄積を窺い知

日高市の巾着田、現在は公園化されている。

ることができる。

武蔵国は、全体に関東ローム層で覆われている。総じて稲作には適さない。八王子など、かつての多摩地区では、近代においても養蚕と機織が盛んだったが、日高市や飯能市など、その北側に広がる武蔵野台地でも、養蚕はもっとも重要な産業と位置づけられていた[13]。周知のように、養蚕は中国が発祥とされるが、高句麗でも養蚕が行なわれていたということは『三国史記』(高句麗本紀・第十)にも見える。彼らは高麗郡でも養蚕を行なっていたのであろう。

『万葉集』には「高麗錦」が詠まれているが、それを「高麗渡来の錦」[14]とする注がある。しかし、高句麗が滅亡する前の用例と見られるものはない[15]。また、未勘国歌だが、それは東歌にも見える。武蔵国は調として絹を貢納したことも知られる(『延喜式』巻二十四・主計上)。『万葉集』の「高麗錦」は、いわゆる舶来物ではなく、高句麗様式の錦の意で、高麗郡に住む高麗人たちの手になるものだったと考えた方がよい。[16]

また、旧高麗郡は現在でも、高麗人たちが開墾したと伝えられる巾着田で知られる。蛇行する高麗川に囲まれた巾着のような形をした田圃だが、そうした田が造成されたのは、土壌の問題だけではなく、稲作に適した平地が少なかったことも原因であろう。旧高麗郡一帯に現在見られる田圃の多くは、江戸時代の新田開発の結果として生まれたものである。[17] したがって、この狭い田圃からの収穫だけで千八百人程度の人間を養うことは、とうてい不可能である。[18] その点からも、高麗郡に移住させられた高麗人たちの苦労のほどが想像される。

一方、斉明六年(六六〇)七月には百済が滅んでいる。百済人たちも大挙して海を渡って来たのだが、『書紀』の天智四年(六六五)二月条には、彼らに対しても居住地を与えたとする記録がある。もちろん、「東国」にも入植させたが、天智天皇は多くの百済人に対し、皇都に近い近江に土地を与えた上に、兵法・薬・五経・陰陽の専門知識を持つ者を重く用いている。とりわけ、多くの百済人を「賓客」としたとする大友皇子の伝記(『懐風藻』)を見ても明らかなように、近江朝における百済人の登用には、目を見張るものがある。

『続紀』に登場する高麗氏を名乗る人は、わずかに六人。それに対して、百済を名乗る人は四五人。その数を比較するだけでも、僻遠の地「東国」に置かれた高句麗系渡来人が出世して行くのは困難であったということがわかる。

福信の上京

さて、福信は延暦八年（七八九）に「八十一」で薨じている（J）。したがって、和銅二年（七〇九）の生まれである。ということは、高麗郡が設置される前なので、その生地は「駿河・甲斐・相模・上総・下総・常陸・下野の七国」（『続紀』霊亀二年五月条）のうちのどこかということしかわからない。とは言え、祖父が「国家に来帰きて、武蔵の人と為」（B）ったとされるので、高麗郡であったかどうかは別として、福信も武蔵国の生まれであった可能性は高い。

「小年くして伯父肖奈行文に随ひて都に入りき」（C）とされているが、福信は初めて上京する行文について行ったということではあるまい。行文はすでに都に生活基盤を築いており、その本貫である武蔵との間を往復することがあったが、福信はそうした伯父に随行して上京し、伯父のもとに身を寄せたのではないかとする説[19]がある。

確かに、その可能性は高い。『続紀』の大宝三年（七〇三）三月条に、「従五位下高麗若光に王の姓を賜ふ」とする記事がある。若光によって、都にはすでに高句麗系渡来人の拠点が築かれていたのであろう。行文が「東国」の生まれかどうかは不明である。福徳とともに、幼い日に海を渡って来た可能性もあるが、持統朝以後は、やはり「東国」で過ごしたに違いあるまい。いずれにせよ、若光の支援もあって、官途を歩み始めることができたのであろう。

それにしても、官僚としてのポストを得るまでの間、都での生活を維持するためには、何らかの経済活動をする必要があるが、その一つは「高麗錦《こまにしき》」ではなかったか。正倉院には多くの「高麗錦」が残されているが、『東大寺献物帳』（天平勝宝八歳六月廿一日付）によれば、それは笛や刀などを収納する袋で、とりわけ刀の袋が多い[20]。ところが、『万葉集』の用例はすべて「紐」である。調として絹が貢納された一方で、高麗錦の紐は手頃な交易品として、都に出た武蔵国の人たちの生活を支えたのではないか[21]。またその利益は、武蔵国に残る人たちにも還元されたはずである。その全用例が作者未詳歌なのも、それが都の生活の中に広く浸透していたことを窺わせる。絹織物で財をなしたのは、何も秦氏ばかりではあるまい。

「内竪所に侍らしめ」（C）とされるが、内竪は未成年で官に仕える者を言う[22]。したがって、福信は成年に達する前に上京したことになる。伯父の行文は、養老五年（七二一）正月、学問に優れた者たちが褒賞された中に、「明経」（儒教の古典）の「第二の博士従七位上背奈公行文」（『続紀』）と見える。ここから出世の階段を昇り、神亀四年（七二七）十二月に従五位下に到達する。してみると、福信の上京は、伯父が学者として世に出た頃のことであったと考えられる。後に、地方官としての時期もあった（F）が、すでに述べたように、三度にわたって任じられた武蔵守は、いずれも遙任であったと見られる。したがって、八十年に及ぶ人生の大半を平城京で過ごしたことになろう。

右のように、伯父の支援はあったものの、福信は相撲の技の巧みさによって「遂に内裏に聞え」（C）たのだと言う。しかしながら、ほかでもなく「石上衢」で相撲をとったのはなぜか。「石上」は、大和国山辺郡石上郷。現在の奈良県天理市布留町に鎮座する石上神宮を中心とした一帯である。(23) その「衢」とは、龍田道と上ツ道の交差したところであって、市も立ったと言う。(24) そこで相撲をとったということ自体、意図的に人目に立とうとしたのだろうが、そこは平城京のうちではない。羅城門の東南五〜六キロにあたる。

言うまでもなく、そこは石上氏の本拠地であった。福信は頑健な身体を持ち、腕に覚えもあったので、軍事的伴造の伝統を負う石上氏の知遇を得て、仕官しようとしたのではないか。高麗郡の設置に同族の物部直が大きな役割を果たしたとする推定もある。(25) いずれにせよ、その目論見は見事功を奏し、福信は軍事的な性格を持つ官司とされる「内竪所」(26) の一員となった。あるいは、伯父の根回しがあったのかも知れないが、古くからの友好国であった百済の人たちとは違って、僻遠の地に置かれた高麗人が世に出ようとするならば、尋常な手段では無理だったということであろう。

順調な官途

官人としての出発は、右衛士大志であった（D）。もちろん、武官である。それは正八位下相当だから、特別に優遇された結果にほかならない。強力なコネクションがあったからだろうが、それにも相撲の強さが幸いしたということか。やがて「天平中に外従五位下」(D)となったとされるが、そのことは『続紀』の天平十年(七三八)三月条に見える。後の福信は、権力を掌握する人物が変わっても、着々と昇進を続けている。世渡りが巧みだったのであろう。上京後わずか十数年で、異例の出世を遂げたことになる。そして、同十一年七月には従五位下が与えられ、貴族の仲間入りを果たした。さらに、同十五年五月には正五位下に昇進し、同年六月には春宮亮に任じられている。当時の皇太子は阿倍内親王であった。後の孝謙天皇である。

春宮亮として皇太子の知遇を得たことがきっかけだったのであろうが、天平十九年(七四七)六月には、「肖奈王」の姓を賜っている。高句麗の王族の子孫と見做されたのであろう。確かに『新撰姓氏録』(左京諸蕃下)には、高麗朝臣は高句麗王好台の七世の孫、延興王より出たとされている。しかし、そうした記述は福信の薨伝にはない。『三国史記』(高句麗本紀)にも「好台」という名の王は見えない。また、高句麗系の人物としては、大宝三年(七〇三)四月に「高麗王」という姓を賜った若光がいるが、その素姓ははっきりしない。福信との血縁関係も不明である。高麗朝臣を高句麗の王族の末裔とする『新撰姓氏録』の記事は、福信らが「肖奈王」という姓を賜ったことによって生まれたものだと考えた方がいいのではないか。すなわち、福信は「東国」に入植させられたボートピープルの孫に過ぎなかったが、出世をして行くに伴って、それにふさわしい過去が創られて行ったのであろう。

その後、聖武天皇の「恩幸」を受け(D)、さらに位階が上昇する。天平二十年(七四八)二月には正五位上。「勝宝の初」（E）、すなわち孝謙天皇の即位した天平勝宝元年（七四九）七月には従四位下となり、同年八月には中衛少将で紫微少弼を兼任している。

紫微とは、紫微中台のこと。光明子と藤原仲麻呂によって設置された皇后宮職が昇格した官司である。それは、皇太后となった光明子が新たに即位した孝謙天皇を補佐して大政を行なうための機関であって、太政官の政治権力を掌中にしたものであり、光明子と仲麻呂の意中の人たちが任じられたのだとされる。[27]『続紀』の天平宝字元年（七五七）七月条によれば、福信は後に、橘奈良麻呂の乱の時にも、仲麻呂の配下として直接兵を動かしている。この時も武闘派的存在として仲麻呂派に属していたのであろう。[28]それもあってか、天平勝宝元年十一月には従四位上に昇進する。大嘗祭に伴う叙位だが、従四位下となってから、わずか四ヶ月後の昇進であった。

従四位上に昇った後、「本の姓を改めて高麗朝臣と賜ひ」（E）とされているが、それは『続紀』の天平勝宝二年（七五〇）正月条にも「従四位上肖奈王福信ら六人に高麗朝臣の姓を賜ふ」と見える。しかし、『続紀』による限り、以後「高麗朝臣」を名乗るのは、石麻呂・大山・殿嗣・広山を含む五人に過ぎない。石麻呂は福信の子であることが知られる（『続紀』宝亀四年二月条）が、ほかの者たちも、その経歴からすれば、福信の子の世代であろう。行文が福信を引き立てたように、福信も同族の若者たちを支援したのであろう。その中には、第二の行文や福信を夢見て「東国」から上京した若者もいたに違いあるまい。

このように、「高麗朝臣」の姓は孝謙天皇から賜ったものだが、結果として、武蔵国高麗郡がその本貫であるということが明確になった形である。以後、武蔵国はあたかも高麗氏の支配地であるかのように、福信が三度守となったばかりでなく、同族の大山と子の石麻呂も武蔵介に就任している。

勅使として入唐使に歌を賜う

『万葉集』には「高麗朝臣」として登場する。

従四位上高麗朝臣福信に勅《みことのり》して難波に遣はし、酒肴を入唐使藤原朝臣清河等に賜ふ御歌一首 并せて短歌

そらみつ　大和の国は
水の上は　地《つち》行くごとく
船の上は　床《とこ》にをるごと
大神《おほかみ》の　斎《いは》へる国そ
四つの船　船の舳《へ》並べ
平《たひら》けく　早渡り来て
返り言《こと》　奏《まを》さむ日に

難波宮跡

相《あひ》飲まむ酒《き》そ　この豊御酒《とよみき》は　（巻十九・四二六四）

反歌一首

四つの船　はや帰り来《こ》と

しらか付け　朕《わ》が裳《も》の裾に　斎ひて待たむ　（四二六五）

という歌だが、それは天平勝宝四年（七五二）のことであった。

右の歌には「楽宴の日月未だ詳審らかにすること得ず」という左注があり、何月何日の作かは不明だが、『続紀』の天平勝宝二年（七五〇）九月条には、清河が遣唐大使に任じられたことが見える。任命されてからすでに一年半の準備期間があったのだ。しかも、同四年閏三月には、大使に「節刀」が下賜されている。天皇の大権の一部を委譲する「節刀」を授かった以上、通常は直ちに出立しなければならない。したがって、閏三月九日からあまり時を経ない段階での宴であったことは確実である。

場所は、難波であると言う。難波津で行なわれた宴席である可能性もなくはないが、おそらく難波宮の一画であったろう。大阪市中央区法円坂に史跡公園として保存されている難波宮跡である。

長歌は一般に、節度使や遣唐使に関わる歌に類同表現のあることが指摘されているが、儀礼歌の常套的発想と表現によって構成されたものである。そこには「返り言　奏さむ日に」と、いわゆる自敬表現も見られる。「御歌」とは言え、天皇自身の作ではなく、側近の代作に違いあるまい。宮廷に伝わる宣命型の歌を利用したものだと見る向きもあるが、[29]確かにその可能性もあろう。

『万葉集』に福信の歌は見られないが、ここでの福信の役割は、孝謙天皇の勅使として難波に出向き、出発を前にした藤原清河以下の遣唐使一行を督励するために、右の歌を天皇になり代わって厳かに読み上げることにあった。[30]天平勝宝九歳（七五七）の福信は、光明皇太后側近の「竪子」として、勅命の宣伝・執行にあたっているが、[31]この「御歌」を「賜」う役割の福信は、あたかもすでにそうした立場にあったかのようにも見える。

元暦校本などによれば、右は宣命書きになっていたことが知られる。[32]公式文書の形式である。したがって、それが御製であることを示すため、読み上げた後に、一同に対して恭しく提示されたのではないか。またその上で、その歌稿が清河に対して下げ渡されたことも考えられる。春宮亮に就任して以来、孝謙天皇の信任を得ていたからこその任であったに違いあるまい。

右が『万葉集』に収録されたのは、この時の遣唐副使大伴古麻呂を通じてではなかったか。古麻呂は二度目の渡唐だったが、家持の子であるとする伝えもある（『伴氏系図』）。真偽のほどは定かでないが、一行に下げ渡されたからこそ、宣命書きのその歌稿の姿が、正確に『万葉集』に留められることになったのだと考えられる。

晩年の福信

さて、薨伝に戻ると、その後福信は「信部大輔」（E）となったとされる。それは天平宝字四年（七六〇）のことである。信部省とはかつての中務省で、天皇の国事行為、後宮関係の事務を担当する。福信は、淳仁天皇の信頼も得ていたことになろう。

続いて「神護元年、従三位を授けられ、造宮卿を拝」（F）したとされる。「神護元年」は、天平宝字八年（七六四）に起こった藤原仲麻呂の乱の翌年である。その直後に官位が上昇しているので、乱の時には仲麻呂派ではなかったことになる。「造宮卿」に任じられた年は不明だが、宝亀四年（七七三）二月には、「従三位造宮卿」で、楊梅宮が完成し、子の石麻呂に従五位下が授けられている。光仁天皇は早速そこに移り住んだと言うが、福信は楊梅宮の造営にあたったのであろう。一般に、平城宮跡の東院庭園が、楊梅宮の営まれた場所であるとされる。

その後、書面によって願い出て「高麗を改めて高倉」（G）と名乗ることを許されたとあるが、それは宝亀十年（七七九）三月のことであった。「朝臣」の姓は光栄だが、「高麗」はまだ「旧俗の号」だと言う。つまり、以後は渡来系の人として生きるのをやめたいということであろう。天平宝字五年（七六一）三月、渡来系の人々の多くに日本人的な姓が与えられている。彼らも、韓・甘良・刀利などといった渡来系であることが明確な漢字の音読みの姓から、中山・清篠・丘上のごとき訓読みの名に改められている。日本の官僚(33)であることが求められたのであろう。

最後に「延暦四年、表を上りて身を乞ひ、散位を以て第に帰りき」（I）という部分について述べておきたい。高齢のため自ら致仕を願い出て許されたということだが、そのことについては『続紀』の延暦四年（七八五）二月条に見える。桓武天皇は「御杖并せて衾《ふすま》を賜」ったとも伝えている。高齢者を労わる措置だが、『続紀』による限り、そうした事例はそれほど多くない。文武四年（七〇〇）正月と、神亀二年（七二五）十一月に、左大臣多治比嶋と大納言多治比池守に「霊寿杖」を賜ったとされるが、いずれも七十七歳であった。福信も、この年七十七歳であった。喜寿の祝いということになる。地位を得た上に、長寿にも恵まれたことに基づく栄誉であったと考えられる。

このように、まさに立志伝を絵に描いたような人生であったと言ってよい。

三　消奈行文

行文と福信の関係

もう一人の武蔵国出身の高句麗系渡来人肖奈行文(34)については、高麗福信ほど伝記的な資料に恵まれていない。とりわけ、同朋が根を下ろした武蔵国とどのような形で繋がっていたか、その点に関する資料は皆無である。しかし、できるだけ想像力を働かせ、行文と「東国」との関係を考えてみたいと思う。

すでに見たように、『続紀』の福信の薨伝によって、和銅元年（七〇八）生まれの福信の伯父であったことが知られる。したがって、飛鳥浄御原宮の時代（六七二〜六九四）の生まれであった可能性が高い。また、福信は渡来三世であったことも知られるので、行文は海を渡って来た人たちの子の世代だということになる。幼き日に、福徳とともに日本海を渡って来たのであろう。いずれにせよ、福信と同様、幼少年期を武蔵国で過ごしたと見て、まず間違いあるまい。

学業に優れた者として褒賞される

養老五年（七二一）正月条には、「文人・武士は国家の重みする所なり」として、学業に優れた者たちを褒賞する詔があったことが伝えられている。その中に、

明経第一の博士従五位上鍛冶《かぬち》造大隅（中略）に、各《おのおの》絁《あしぎぬ》廿疋、糸廿絇、布卅端、鍬廿口を賜ふ。第二の博士従七位上背奈公行文（中略）に各絁十五疋、糸十五絇、布卅端、鍬廿口。（以下略）

と、行文の名が見える。これが行文の伝記的資料としてもっとも早い記録である。渡来二世なので、その学殖は「東国」で培ったことになるが、福信が「武士」として出仕し、出世の階段を昇ったのに対して、行文は「文人」として、朝廷に重きをなしたことになる。

また、神亀四年（七二七）十二月条には、国司の治績に応じて賞罰をなす詔が出されたが、「流」に処された者、「除名」された者がいる中で、「正六位上背奈行文に従五位下を授く」とされている。周知のように、六位から五位へのハードルは高い。国司の治績を評価される中で、五位となったということは、行文が清廉の士であったことを窺わせる。

二心ある輩をこきおろす歌

『万葉集』には、

佞人《ねいじん》を謗《そし》る歌一首

奈良山の　児手柏《このてがしは》の

奈良山　市街地の右側に広がる低い緑の丘陵地が奈良山

両面《ふたおも》に　かにもかくにも　佞人《ねいじん》が伴《とも》
（巻十六・三八三六）

右の歌一首、博士消奈行文大夫作る。

という歌が収録されている。「大夫」は五位以上の官人に対する敬称なので、それが作歌時の官位を反映しているならば、神亀四年以後の作ということになる。

「奈良山の　児手柏の」は比喩的な序詞で、「両面」を導き出す。すなわち、両方が表のように見える葉のことだが、それは中国・朝鮮に自生するヒノキ科の常緑低木の側柏だとする注もある。葉は表裏の区別がなく、枝が側立するので子供の掌のように見えると言うのだが、確証はないらしい(35)。しかし、なぜ「奈良山の児手柏」でなければならなかったのか。属目の景であった可能性が考えられるはするものの、具体的なことはわからない。

「佞人」を、題詞・歌ともに「ねぢけひと」「こびひと」などと訓む注釈書もあるが、「ねいじん」と音読みにする注もある。(36) どちらにせよ、おもねりへつらう輩のことだが、あえて音読みにした方が、そうした人物を揶揄する語として、インパクトが強い。現代で言えば、あえてカタカナ語を使うようなものだ。したがって、筆者は「ねいじん」と音読みすることにしている。

ともあれ、行文のように高い学識を持つ者の周辺には、もみ手をしつつ、追従笑いをするような人物もいたのであろう。そういう人を「奈良山の児手柏」のような「両面」の葉に喩えたが、それは正反対の立場の人間に対し、どちらにもいい顔をする二心のあるやつで、とうてい信用できないと、切り捨てた歌である。行文は、自らの立場を明確にする潔癖なタイプの人だったのであろう。それも清廉の士としての一つの側面ではないかと思われるが、属目の景とおぼしき「奈良山の児手柏」を「両面」の「佞人」と結びつけ、一首をなしたところは巧みである。行文の歌はこれしか見えないが、なかなか手慣れているようにも見える。

左注の作者名は「博士消奈公行文大夫」とされている。やや仰々しいが、行文に対して敬意を払った形である。やはり、「博士」ということこそが、その人となりをもっとも明確に示す記号だったということであろう。つまり、行文は謹厳な学者タイプの人物だったと想像される。

『懐風藻』の詩人

『懐風藻』に漢詩も見える。

従五位下大学助背奈王行文。二首。年六十二。

とされ、

五言。秋日長王が宅にして新羅の客を宴す。一首。

五言。上巳禊飲、応詔。一首。

という二首が収録されている。一首目には「賦して『風』の字を得たり」という注が付されているが、古い詩文の一字が参加者それぞれに与えられ、それを韻として作詩したのだと言う(37)。行文は、そうした課題に即座に対応できるだけの文人的な資質を持っていたということであろう。官位令によれば、「大学助」は正六位下相当の官。したがって、「従五位下」は極官であって、その時の位階ではなかったと見てよい。しかし、ここでも「大学助」というポストこそが行文の経歴の代表だった、ということも確認しておきたい。

長屋王邸で作られた一首目の詩は、王の没した神亀六年（七二九）二月以前の秋の作であったことが確実である。神亀三年（七二六）の秋とする説[38]も説得力を持つ。いずれにせよ、壮年の行文の姿であったことは間違いない。論語を出典とする語を使用していることも指摘されているが[39]、それはいかにも明経博士らしい姿ではないか。

行文の伝記に関しては、これ以上伝えるところがない。したがって、天平期にまで生き長らえたのかどうかは確認できないが、高い学識を備えた人物であったことは、十分に窺い知ることができる。その学識のすべてが「東国」で育まれたわけではないだろうが、その土台が「東国」で培われたことは確実である。当時の「東国」はこうした人物も輩出したのである。

四　結

かつて、『万葉集』の「東国」と言えば、文化的に遅れた夷の地であるとする見方が一般的であったように思われる。たとえば、東歌を民謡と捉える説が通説化していたのも[40]、草深い東国の無知蒙昧な民衆に個の抒情を定型の短歌とすることはできない、といった思い込みがあったからではないか。確かに、文字を知らない人が多かったということは、事実だと思われる。しかし、それは事の半面でしかないに違いない。

七世紀の後半に百済と高句麗が滅んだことによって、多くの渡来人が日本に渡って来たが、彼らの多くは「東国」に住まわされた。それとともに、半島の進んだ文化も「東国」に流入したと見るべきであろう。福信や行文のような存在は、言うなれば、氷山の一角に過ぎないのかも知れない。少なくとも、「明経博士」となる学殖を蓄え得る環境が、一部とは言え、そこに存在したことは、彼らの存在自体が証明していよう。彼らは非常に強い個性の持ち主であったことが窺える。それは、都の蔭子孫の貴族たちとは違って、異国で開拓に従事した親の背を見て育ち、自分の才覚でのし上がった人たちだからであろう。それはまさに開拓者魂であると言ってよい。

また、『万葉集』の「高麗錦」の用例は東歌にも見られるが、その用例はすべて作者未詳歌であった。養蚕と機織を生活基盤の一つとした「東国」の人々が、都で商業活動をしていたことが窺える。もちろん、正倉院に残る「高麗錦」のように、朝廷に献じられたと見られるものもあったが、「高麗錦」が高句麗系の人々の中央進出を下支えしたと考えても、強ち的外れな推測ではあるまい。

このように、「東国」の風土は、本稿で論じたような面にも目を向けなければ、十全には捉えられないように思われる。『万葉集』はそうした「東国」にまったく目を向けなかったが、福信や行文の存在を否定することはできない。そしてそれは、東歌や防人歌は所詮、小中華帝国であった奈良盆地の王権の側から見たあるべき夷[41]としての「東国」の姿でしかない、ということを教えてくれる。見落として来た「東国」が、まだあるに違いない。

注
1　水島義治「「アズマ」＝古代東国の概念と東歌圏」（『萬葉集東歌の研究』笠間書院・昭和五十九年）。
2　『広辞苑〈第六版〉』（岩波書店・平成二十年）。
3　品田悦一「東歌・防人歌論」（神野志隆光ほか編『セミナー万葉の歌人と作品　第十一巻』和泉書院・平成十七年）は、「王権の書」の中の東歌という捉え方である。
4　その点については、拙稿「東アジアの中の『万葉集』」（『万葉集と新羅』翰林書房・平成二十一年）で指摘した。
5　中西進「高橋虫麻呂」（「上代文学」31号・昭和四十七年）。
6　小島憲之ほか校注『日本書紀③〈新編日本古典文学全集〉』（小学館・平成十年）頭注は、「この人物が大宝三年（七〇三）四月に王姓賜与の従五位下高麗若光（続紀）とすれば、この時の遣使が機縁で日本に亡命したか」とする。
7　小島憲之ほか校注『日本書紀③〈新編日本古典文学全集〉』頭注。
8　『法隆寺献物帳』（『大日本古文書　第四巻』東京帝国大学・明治三十六年）などの署名に見える。
9　中村順昭「八世紀の武蔵国司と在地社会」（『律令官人制と地域社会』吉川弘文館・平成二十年）。
10　『高麗氏系図』は、日高市史編集委員会編『日高市史　中世資料編』（埼玉県日高市・平成七年）の翻刻による。
11　『高麗神社と高麗郷』（高麗神社社務所）。
12　日高市史編集委員会編『日高市史　通史編』（埼玉県日高市・平成十二年）。
13　注12に同じ。
14　多田一臣『万葉集全解4』（筑摩書房・平成二十一年）。澤瀉久孝『萬葉集注釋　巻第十』（中央公論社・昭和三十七年）、阿蘇瑞枝『萬葉集全歌講義四』（笠間書院・平成二十年）など、同様の見方は多い。

15 作者未詳歌に天平期の歌が多く含まれるということについては、森脇一夫「万葉集巻十一・十二作歌年代考」(『語文』20輯・昭和四十年)の指摘が古い。

16 たとえば、武田祐吉『萬葉集全註釋八』(角川書店・昭和三十一年)は「高麗ふうの錦」、伊藤博『萬葉集釋注五』(集英社・平成八年)は「高句麗様式の高級な錦」とする。

17 日高市史編集委員会編『日高市史 近世資料編』(埼玉県日高市・平成八年)によれば、新田開発の願上書はいずれも宝永・享保年間のものである。

18 独立行政法人統計センターのホームページで公開されている政府統計によると、平成二十年度の米の収穫量は、全国平均で一〇ヘクタールあたり五三〇キロ。品種改良の進んだ現代の稲作でも、巾着田の面積では、せいぜい七〜八〇〇キロ程度の収穫にしかならない。

19 注9に同じ。

20 『東大寺献物帳』(『大日本古文書 第四巻』東京帝国大学・明治三十六年)。

21 森浩一「野の役割を見直す」(『日本の深層文化』ちくま新書・平成二十一年)に、奈良時代には調布や庸布よりも商布の方がはるかに多かったとする指摘がある。すなわち、国や郡も商業活動によって布を入手したのである。

22 山本信吉「内豎省の研究」(『国史学』71号・昭和三十四年)。

23 『奈良県の地名(日本歴史地名大系30)』(平凡社・昭和六十一年)。

24 注23に同じ。

25 注12に同じ。

26 注22に同じ。なお、天平宝字七年(七六三)に「内豎所」と改称されたが、それ以前は「豎子所」と称した。したがって、福信が登用された時は「豎子所」だった。薨伝の書かれた当時の名称に基づいて記録されたのであろう。

27 岸俊男「参議から紫微令へ」（『藤原仲麻呂』吉川弘文館・昭和四十四年）。

28 『東大寺献物帳』（『大日本古文書　第四巻』東京帝国大学・明治三十六年）、及び『奉盧舎那佛種々薬帳』（同）などの奥付には、藤原仲麻呂・藤原永手の名とともに、「従四位上行紫微少弼兼中衛少将山背守巨萬朝臣福信」という署名が見える。天平勝宝八歳（七五六）六月のものだが、この頃はまだ仲麻呂派だったのであろう。

29 伊藤博『萬葉集釋注九』（集英社・平成十年）。

30 川尻秋生「口頭と文書伝達――朝集使を事例として――」（平川南ほか編『文字と古代日本2　文字による交流』吉川弘文館・平成十七年）は、古代の律令国家における勅命の伝達方法として、文書と口頭が補完的関係にあったことを明らかにしている。

31 注22に同じ。

32 佐佐木信綱ほか『校本萬葉集九〔新増補版〕』（岩波書店・昭和五十五年）。

33 ここで言う「日本」とは、吉田孝『日本の誕生』（岩波書店・平成九年）の指摘する通り、王権の名称である。

34 『万葉集』では「消奈」と表記される。また『続日本紀』は「肖奈」、『懐風藻』は「背奈」と表記するが、同一人物と見るのが通説である。

35 小島憲之ほか校注『萬葉集四〈新編日本古典文学全集〉』（小学館・平成八年）は、「一側柏」説は、本草学者がこの歌意に合わせて唱えた説で、「疑問」とする。

36 小島憲之ほか校注『萬葉集四〈新編日本古典文学全集〉』。「ねぢけひと」と訓むのは、武田祐吉『萬葉集全註釋十一』（角川書店・昭和三十二年）など。また「こびひと」と訓むのは、青木生子ほか『萬葉集四

〈新潮日本古典集成〉』（新潮社・昭和五十七年）など。

37 小島憲之『懐風藻　文化秀麗集　本朝文粋〈日本古典文学大系〉』（岩波書店・昭和三十九年）。

38 小島憲之「懐風藻の詩」（『上代日本文學と中國文學　下』塙書房・昭和四十年）。

39 注37に同じ。

40 水島義治「東歌研究の問題点」（『萬葉集東歌の研究』）。

41 つとに、中西進「夷」（『万葉史の研究』桜楓社・昭和四十三年）が指摘しているように、『万葉集』のヒナは、訓字の場合すべて「夷」であって、それは服属させるべき野蛮な民の意である。そうした『万葉集』の「夷」の意識を支えたものは唐土の文化であり、貴族的で絢爛たる都の文化であると言う。

＊『萬葉集』の引用は、鶴久・森山隆編『萬葉集』（おうふう）に拠ったが、適宜漢字仮名交じりに改めた。

猪名川の沖を深めて

影山尚之

一　はじめに

難波津を進発して瀬戸内に漕ぎ出せば猪名・武庫・敏馬の良港が次々にあらわれる。

燈火《ともしび》の　明石大門に　入らむ日や　漕ぎ別れなむ　家のあたり見ず

（巻三・二五四）

境界の明石を越える不安はあらゆる旅人に共通していたから、それより手前の港には立ち寄りたい願望が強かったであろう。「難波の碕《みさき》に到るときに、奔潮《はやなみ》有りて太《はなは》だ急《はや》きに会ふ。因りて名けて浪速国《なみはやのくに》と為《い》ふ」（『日本書紀』神武天皇即位前紀）は、まだ記憶の奥底に葬られていなかった。

玉藻刈る　敏馬《みぬめ》を過ぎて　夏草の　野島の崎に　舟近付きぬ

（巻三・二五〇）

事情がどうであれ、敏馬沖を素通りして野島に渡る航路選択は舟中に不満とも落胆ともつかない感情を充満させたに違いない。

播磨、吉備、周防を越えて海を行く人たちがもっとも旅ごころを募らせたのは、明石以東の港々をよぎるときではなかったろうか。

二　ある新婚夫婦の悲哀

『萬葉集』巻十六には次のような和歌説話がある。哀感を湛えて味わい深い反面、理解の届かない点も少なくない。

昔、壮士《をとこ》有り。新たに婚礼を成す。未だ幾時《いくばく》も経ねば、忽ちに駅使《はゆまづかひ》となりて、遠き境に遣はされぬ。公事は限り有り、会ふ期《ご》は日無し。ここに娘子《をとめ》、感慟悽愴《かんどうせいさう》、疾疥《やまひ》に沈み臥しぬ。累《るい》年《ねん》の後に、壮士還り来り覆命《かへりこと》すること既に了《をは》りぬ。すなはち詣《いた》り相視る。しかるに娘子の姿容《かほ》の、疲羸《ひるい》せること甚だ異にして、言語哽咽《かうえつ》す。ここに壮士哀しび嘆きて涙を流し、歌を

裁《つく》りて口に号《おら》ぶ。その歌一首

かくのみに　ありけるものを　猪名川の　沖を深めて　我が思へりける　（巻十六・三八〇四）

娘子、臥しつつ夫君の歌を聞き、枕より頭を挙げ、声に応へて和ふる歌一首

ぬばたまの　黒髪濡れて　沫雪《あわゆき》の　降るにや来ます　ここだ恋ふれば　（巻十六・三八〇五）

今案《かむが》ふるに、この歌は、その夫使はれて既に累載を経ぬ。而《しか》して還る時に当たりて雪降る冬なり。斯によりて、娘子この沫雪の句を作るか。

井村哲夫氏は右の構造と主題を次のように読み解いた。

新婚早々の夫婦が官務の為に引き離されて、累年の後再会した時には、二人とも昔の面影もなく変わり果ててしまっていたことに驚き、失った歳月を嘆き合ったという話であろう。(1)

井村論は右に看取されるふたつの疑問点、すなわち、三八〇四歌「かくのみにありけるものを」の表現性が物語の状況に不適合であること、(2)およびそれに応じた三八〇五歌が左注にいうごとく「和ふる歌」として安定しないことを合理的に解決するために、前者については「かく」が「若妻の思いもかけなかった容姿の衰え」を指すものと見、後者についても女の歌もまた「男の容姿の衰えにつけての和歌である」と予想するところから「沫雪」を「男の白髪を利かせ」たものと解釈する。同論の口訳は洒脱である。

男…こんなにまでやつれて変わり果てていたものを、そういうこととも知らないで、猪名川の奥が

深いように、行末長くいつまでも元のままに美しい姿でいてくれるものとばかり思い込んで、長の歳月を遠く離れて空しく過したことよ。

女…黒々と美しかったおつむが、なんと真白になってしまって、ハテ雪の中を帰っていらっしゃったのかしら、永い間こんなに私がお待ち申していた甲斐があって？

三八〇五歌左注の場当たり的な言説を退けて、和歌と物語の均衡を図りつつ読み解く井村論の方向性には強く共感を抱くところだが、一方でそのように整合的に捉えてしまうことへの抵抗感も拭いがたい。「感動悽愴、沈臥病疹」「哀嘆流涙、裁歌口号」と設定された状況は「昔の面影もなく変わり果ててしまっていた」よりは遥かに深刻化したそれが思われるし、「臥聞夫君之歌、従枕挙頭」という女の動作は的確に夫の風姿を観察できたかどうかさえ疑わしいほどに衰弱していることを予想させる。そもそも女の目に映っているのは「黒髪濡れ」たようすであって「沫雪」そのものではないのだから、白髪への連想をただちに導くべきではないだろう。集中に「濡る」「濡らす」をうたうものは「裳」「袖」「衣」をその対象とする場合が圧倒的に多いが、

ぬばたまの　黒髪山を　朝越えて　山下露に　濡れにけるかも　（巻七・一二四一）
家人の　使ひにあらし　春雨の　避《よ》くれど我を　濡らさく思へば　（巻九・一六九七）

のように旅の苦難の象徴として身体が濡れるさまを詠む例があり（前者は「黒髪」を濡らす例としてよい）、

あしひきの　山のしづくに　妹待つと　我立ち濡れぬ　山のしづくに　（巻二・一〇七）
巻向《まきむく》の　穴師《あなし》の山に　雲居つつ　雨は降れども　濡れつつそ来し　（巻十二・三一二六）
望多《うまぐだ》の　嶺ろの笹葉の　露霜の　濡れて我来なば　汝は恋ふばそも　（巻十四・三三八二）

などは我が身を濡らしても通う誠意をアピールするものである。当該三八〇五歌はそうした傾向の範疇として理解すべきではないか。女は、帰郷後時をおかず訪ねてきた夫の誠意に深く感じ入っているので、老い窶れた男の容姿を揶揄しているのではあるまい。

それ以上に小稿が問題にしたいのは、男の和歌が「猪名川」を詠みこむ理由だ。物語中に土地の設定が明記されないため少なからず違和感を与えるこの地名は、たとえば窪田空穂『萬葉集評釈』が、

「猪名川」は、男が驛使となつて行つてゐた任地として云つている形である。しかしこの歌は本來は挽歌で、猪名川の邊りに住んでゐる男が、その妻に死なれて詠んだものと見る方が遙に自然である。

と注するごとく、物語と和歌が本来別個に存在したという理解を導く主要因をなしてもいるのだが、既成の和歌を応用して説話を構成するのであればそれに適合するよう地名を変更することも容易であった

はずであり、逆に説話を先行させて和歌を挿入する場合にもより相応しい地名設定が可能であったと予測するならば、あえてここに「猪名川」が保存された理由はもうすこし考えてみなければなるまい。『評釈』が示す前段は「遠き境」に符合しないため採用できないとしても、「猪名川」が何らかの形で物語の環境に有機的な関係を持ちうるのでなければリアリティを減退させることになりかねない。

周知のことながら『評釈』後段の主張は次の用例によって根拠づけられている。

a　かくのみに　ありけるものを　萩の花　咲きてありやと　問ひし君はも　（巻三・四五五）
b　かくのみに　ありけるものを　妹も我も　千歳のごとく　頼みたりけり　（巻三・四七〇）
c　かくのみに　ありける君を　衣ならば　下にも着むと　我が思へりける　（巻十二・二九六四）
d　はしきよし　かくのみからに　慕ひ来し　妹が心の　すべもすべなさ　（巻五・七九六）

aは旅人薨去時の、bは家持妾死時の詠であり、「日本挽歌」中のdを含めて挽歌に用例が集中することは瞭然だ。cは恋歌ながら、「下にも着む」とまで決意した男は心変わりして姿を消したらしい。かかる決定的な喪失感が「かくのみに」の表現性を支えていると受け取るなら、当該三八〇四歌から死別の印象を消すことはやはりむずかしい。そのように考えたときに、同じ巻十六に収載されている、

夫君に恋ふる歌一首 并せて短歌

（三八一一〜一三長反歌、或本反歌引用省略）

右伝へて云はく、時に娘子有り、姓は車持氏《くるまもち》なり。その夫久しく年序《とし》を経れども、往来をなさず。ここに娘子、係恋《おもひ》に心を傷《いた》ましめ、痾疹《やまひ》に沈み臥せり、痩羸《やや》すること日に異《け》にして、忽ちに泉路に臨む。ここに使ひを遣り、その夫君を喚び来す。乃ち歔欷《なげ》き涕《なみた》を流し、この歌を口に号ぶ。すなはち逝歿《みまか》りぬ、といふ。

との類同性が改めて想起される。右については以前に考察したことがあるが、(3)両説話は夫婦の別離と再会という契機をともに枠組みに据え、歌を「口号」して終わるという結末も共通して、傍線を施した叙述には重なりが顕著に認められる。右が娘子の死で幕を閉じることは見逃すことができない。

三　片田舎に住む男と女

直接の関係は辿れないけれども、右に引いた巻十六のふたつの和歌説話は『伊勢物語』第二十四段とどこかで通じあっている。

むかし、男、片田舎に住みけり。男、宮仕へしにとて、別れ惜しみて行きにけるままに、三年来ざりければ、待ちわびたりけるに、いとねむごろにいひける人に、今宵逢はむと契りたりけるに、この男来たりけり。「この戸あけたまへ」とたたきけれど、あけで、歌をなん詠みて出したりける。

　あらたまの　年の三年を　待ちわびて　ただ今宵こそ　新枕すれ

といひ出したりければ、

　梓弓　真弓槻弓　年を経て　わがせしがごと　うるはしみせよ

といひて、去なむとしければ、女、

　梓弓　引けど引かねど　昔より　心は君に　よりにしものを

といひけれど、男かへりにけり。女、いとかなしくて、後に立ちて追ひ行けど、え追いつかで、清水のある所に伏しにけり。そこなりける岩に、およびの血して書きつけける。

　あひ思はで　離れぬる人を　とどめかね　我が身は今ぞ　消えはてぬめる

と書きて、そこにいたづらになりにけり。

双方に恋情を潜ませながらも別離を余儀なくされる夫婦、しかし家を離れた男は最後には妻のもとに帰る。それぞれのドラマは男の帰宅によって一気にクライマックスへと導かれる。『伊勢』は「いとねむごろにいひける人」を登場させたことで夫婦の心中の波風が著しく高められているが、男女の離別の発端は「宮仕へ」にあって、巻十六の和歌説話と同じく中下級官人にありふれた暮らしの中に悲劇の因子が胚胎している。

右の「片田舎」については解釈に揺れがある。すなわち、都を遠く離れた辺鄙な地点と見るか（岩波新大系ほか）、むしろ「都をちょっとはずれたところ」（上坂信男氏『伊勢物語詳解』ほか）ととらえるか、だ。用例に乏しい語であるため正確に帰納することができないが、『伊勢』二十四段を踏まえた次の『千載集』和歌は参考にしてよい。

まことにや　三年も待たで　山城の　伏見の里に　新枕する　（千載恋歌五・九一七　中院右大臣）

少なくとも、「伏見」の喚起するイメージと距離感が「片田舎」に矛盾なく受け取られている点を重く見たい。ここでの「片田舎」は、「宮仕へ」を思い立った男がそれを実行に移すことのできる風土・環境でなければならない。

三八〇四、五和歌説話における「駅使」と『伊勢』の「宮仕へ」とがほぼパラレルに対応していることは了解されよう。いずれも、官（公）の体制に組み込まれることによって「私」の生活の変形を余儀なくされているのであり、前者の期間が「累年」、後者が「三年」と語られるのもよく似通う。官の論理で男と引き裂かれた女が著しく悲嘆を募らせるのに、それは必要かつ十分な時間であった。「片田舎」の空間性とともに、悲恋物語の要件はこうして整えられてある。

かようにとらえるならば、「猪名川」の地理的性格は「片田舎」に相当すると解釈できるのではないか。前引窪田『評釈』は駅使となった男の赴任地に猪名川流域を想定したのだったが、むしろ夫婦の平常居所に当地を想定するのが穏当であろう。ようやく帰郷が叶い妻と再会したその現場が猪名川下流域であったとするならば、その身近な景を譬喩に採りながら自らの心の浅かった累年を悔いる心情が物語の中に無理なく融和するものと思われる。都とは遠く隔たるのではないが一定の距離を置く地点として猪名川下流域はまったく齟齬がない。以下はこの点を検討したい。

四　猪名川下流域の文化的土壌

猪名川下流域に相当する摂津国河辺郡は比較的史料に恵まれた地だ。『日本書紀』応神天皇三十一年条に見える船匠「猪名部等之始祖」に関する伝承や、仁徳天皇三十八年条に載る「猪名県佐伯部」の記事はよく知られているし、『萬葉集註釈』所引「摂津国風土記」逸文「美奴売松原」条などによってもこの地域の文化的土壌を垣間見ることができる。

仁徳紀記事は、武庫水門に集う五百船を失火させた代償に新羅王が「能き匠者」を貢上し、それが猪名部の始祖となったというもの。猪名部については『日本書紀』雄略天皇十三年条に「木工猪名部真根」

の逸話があり連続性を看取できるが、加藤謙吉氏によれば猪名部は秦氏と族的関係を持つ新羅系技術者集団であって本来的な技術は船匠であり、摂津国猪名県とその周辺を本貫としたという。(4)『和名抄』摂津国河辺郡に「為奈」郷が載り、『延喜式』巻九神名摂津国豊嶋郡に「為那都比古神社二座」を登録するから、古代の猪名県は令制の河辺・豊島両郡に跨っていたらしい。(5)

木工を含む造船技術者が当地域に拠を置くのは、猪名川上流に豊かな木材資源があることによって納得される。「摂津国風土記」逸文「美奴売松原」には、息長帯比売天皇築紫国行幸の折「川辺の郡なる神前の松原」に諸神が集うなか、もと「能勢の郡の美奴売の山」に居た神があらわれて、

吾が住める山に、須義乃木木の名なりあり。宜なへ伐り採りて、吾をして船を造らしめたまひ、則ちこの船に乗りて行幸《いでま》すべし。当に幸福《さきはひ》あらむ。

と教えた、とある。現在、神戸市灘区岩屋中町に所在の敏馬神社（『延喜式』巻九神名摂津国八部郡「汶賣神社」）に関する鎮座伝承であり、猪名川下流域と敏馬浦とが難波の一環として密接する点も興味が惹かれるが、猪名川上流能勢地方の木材が造船に使用されたことがこれによって確認できる。『住吉大社神代記』にも「河辺郡為奈山」を住吉大社の「杣山」であると記しており、現在も木津の地名が川辺郡猪名川町にあり、池田市には木部町がある。

諸国より貢上された五百隻もの船を集めたと伝える武庫水門が当時として大規模な港湾であったことは容易に想像でき、〔住吉―難波―武庫―敏馬〕のいわば中間点に当たる猪名川下流域が造船技術を定着させるのは必然であった。『新撰姓氏録』摂津国諸蕃に「為奈部首、百済国人中津波手後也」とあるのは右の猪名部の後裔であろうし、同じ箇所に「船連」が記載されるのも偶然ではあるまい。

『日本書紀』仁徳天皇三十八年七月条は、猪名県に住む佐伯部の献上した苞苴《にへ》が毎夜天皇・皇后の耳を慰めていた菟餓野の牡鹿であると判明し、佐伯部を安芸の渟田に移住させたという記事である。佐伯部は『日本書紀』景行天皇五十一年条で熱田神宮に献られた蝦夷について、

是今し播磨・讃岐・伊勢・安芸・阿波、凡て五国の佐伯部が祖なり。

と記されるように瀬戸内海沿岸地域に分布が確認される軍事的集団であり、その一部が猪名県に定着していたようで、『西大寺資財流記帳』に「豊嶋郡佐伯村」が見える（『寧楽遺文』中巻四一三頁）ところから豊島郡内にその居住地があったものかと考えられている。(6)

摂津国内における佐伯部の活動は当該箇所にしか記し留められないため判然としないものの、加藤謙吉氏は右に拠って「猪名県がオホニヘ貢進地であり、王室の食膳と密接に結びついていた事実」を推定する。(7)『新撰姓氏録』摂津国には「高橋朝臣」「雀部朝臣」（皇別）、「若湯坐宿祢」（神別）が載り、いずれも

食膳に深く関与する氏族であることは注意される。加藤氏は佐伯部の更迭を契機として「猪名県のオホニへ貢納にみられる王権への服属形態の変化が、五世紀末から六世紀初頭に現れ」、その時期に「猪名県主の実質的な政治勢力が崩壊」し、「それと対応する形で、膳氏や物部氏の勢力が現地に侵入してくる」という筋道を提示する。「猪名県主」の実態がいっさい不明のため是非の判定は難しいが、猪名川下流域に王権の食膳と結びつく勢力の存在は認めてよいようだ。

以上のことがらからおぼろげに浮かび上がるのは、同地域が木材や食糧など物資の流通センター的な機能を有しつつ中央と密接に連携していた姿である。猪名川上流域の森林資源など近隣に物資の供給地を控え、それを活用し加工する技術が当地に成育したのであろう。

大き海に　あらしな吹きそ　しなが鳥　猪名の湊に　船泊つるまで（巻七・一一八九）

とうたわれる「猪名の湊」はかかる物資および加工品の運び出しで賑わったことと思われる。

ところで、時代は下るものの、『日本三代実録』に次のような記事がある。

摂津国河邊郡の人正六位上行内膳典膳高橋朝臣藤野等二人、本居を改めて左京職に貫く。（貞観四年（八六二）二月二十八日条）

摂津国河辺郡の人散位正六位上若湯坐連宮足、主殿允正六位上若湯坐連仁高等三人、本居を改めて右京職に隷ふ。

（貞観五年（八六三）八月八日条）

高橋朝臣氏はもと膳氏、一方の若湯坐連氏は『高橋氏文』に、

為若湯坐連等始祖意富売布連之子豊日連乎、令火鑽天、此乎忌火止為天伊波比由麻閇天供御食、

と見えてともに食膳奉仕に関与する氏であったと知れる。「高橋朝臣藤野等二人」および「散位正六位上若湯坐連宮足、主殿允正六位若湯坐連仁高等三人」が京に召還されたのは前任者死去等による欠員補充であったかと推測されるが、そのような有為な人材が河辺郡域に居住している点に注目したい。前記したところとあわせ考えるに、摂津国河辺郡すなわち猪名川下流域は中央とは一定の距離を隔てた環境であって交通ならびに物流の拠点としての機能を果たしながら、人的交流を含め中央王権と密に関係する地点でもあったという理解が導かれる。

古く「県」が設置され、かつ難波の一環をなす地域性を勘案するときには、以上は至極当然の帰結でありながら、小稿は右に見た高橋朝臣氏・若湯坐連氏の動向から『伊勢』二十四段における「片田舎」の男の「宮仕へ」を連想しないではいられない。

五 我妹子に猪名野は見せつ

『萬葉集』に「猪名」を詠む歌は次の四例である（第三例ウは再掲）。

高市連黒人の歌二首（のうち）

ア 我妹子に　猪名野は見せつ　名次山《なすきやま》　角《つの》の松原　いつか示さむ　（巻三・二七九）

イ しなが鳥　猪名野を来れば　有間山　夕霧立ちぬ　宿りはなくて　一本に云ふ「猪名の浦回を　漕ぎ来れば」　（巻七・一一四〇　摂津作）

ウ 大き海に　あらしな吹きそ　しなが鳥　猪名の湊に　舟泊つるまで　（巻七・一一八九　羈旅作）

エ しなが鳥　猪名山とよに　行く水の　名のみ寄そりし　隠り妻はも　一に云ふ「名のみ寄そりて　恋ひつつやあらむ」　（巻十一・二七〇八　寄物陳思）

序歌であるエをひとまず除くとして、アおよびイ本文は陸路（山陽道）で猪名の地を通過して西下する折の詠、イ一本は海路を西に下り、ウは羈旅作に分類されているので西国から都に向かって瀬戸内海を上る旅の歌だろう。『延喜式』巻二十八兵部省諸国駅伝馬条には摂津国駅として草野、須磨、葦屋の三駅を載せるのみだが、『続日本紀』和銅四年（七一一）正月丁未条に「始めて都亭の駅を置く。…（中略）…摂津国嶋上郡には大原駅、嶋下郡には殖村駅」とあり、大原駅は高槻市域内、殖村駅は茨木市域内にそれぞれ想定できる。『日本古代道路事典』（八木書店）は右に拠りつつ摂津国内の駅路について、

河内国交野郡（大阪府枚方市）から摂津国嶋上郡に入ったのち、山沿いに西進して嶋下郡から豊嶋郡・河辺郡・兎原郡・八部郡を通り播磨国明石郡へと続くものである。

とする。同書に示された道路関連図を見れば現在の箕面市西宿・桜井を経て池田市井口堂付近を通過、猪名川を渡り、伊丹市域を瑞穂あたりから南西方向に横切って武庫川を越えるルートが復元されている。うたわれた「猪名野」はそのルートに沿う地点を考えるのがよい。

ちなみに巻七は摂津作内に、

命を　幸《さき》く良けむと　石走る　垂水《たるみ》の水を　むすびて飲みつ　（巻七・一一四二　摂津作）

を配する。諸注釈に説かれるとおり「垂水」を固有地名と見るときには『延喜式』巻九神名摂津国豊島郡に載る垂水神社鎮座の地（現在の吹田市垂水町）を比定する以外にない。『新撰姓氏録』右京皇別「垂水公」項に伝えるごとく当地は霊水の信仰をもって知られていたようで、『延喜式』巻三臨時祭では八十嶋祭において幣帛を受ける社に列するとともに祈雨神祭八十五座のうちに「垂水社一座」が含まれる。想定される山陽道のルートからさほど離れないこともあってか、巻七編集者は一首を摂津国豊島郡の詠に見な

したのであろう。もっとも、澤瀉久孝『萬葉集注釈』が、

編者の考へた垂水は吹田市の垂水である。しかし作者はこれを地名とはせず、どこかの靈泉の瀧をすくひ汲んで飲んだと云つたと見るべきでないかと考へる。

と判断したところを是とするならば、明確に豊島郡内に帰することのできる詠歌は認められないことになる。(8) それ自体はさして問題にならないが、相対的に猪名川下流域にかかわる詠歌を先のように一定数検出することは、そこが陸海交通の要衝、往還地であるとともに、前記した文化的土壌を備えて中央王権と密接している状況と連動するはずである。

ところで右掲アは、「我妹子」に猪名野を見せることはできたが名次山と角の松原はいまだ見せることができていない、というのであり、摂津国内の名所を列挙するような詠だ。「名次山」は『延喜式』巻九神名摂津国武庫郡「名次神社」の鎮座する丘陵で、現社地は西宮市名次町、「角の松原」は『増補大日本地名辞書』に「津門の松原なるべし」と説かれ、西宮市今津付近に「津門」の町名を残す。武庫の港に近接した景勝地であったものと思われる。当歌が中皇命作歌、

我が欲りし　野島は見せつ　底深き　阿胡根《あごね》の浦の　玉そ拾はぬ　或は頭に云ふ「我が欲りし　子島は見しを」（巻一・一二　中皇命）

を踏まえていることは疑いなく、旅立つ以前より既知の名所を示し、一方はすでに訪れ他方は未踏であることを対比しながら異郷を行く旅に興じているというのだろう。もとより一首の主旨は「見せつ」の満足ではなく「拾はぬ」の不充足感の表出にあり、そこに「ある種の甘え」を読み取った菊川恵三氏の指摘は正しい(9)。

アは右とまったく同じ発想ではないが、武庫郡のふたつの景勝地を妻に見せることができないでいる蟠りを披露するのが作歌動機と見られよう。「いつか示さむ」というのだから、それは実現の見通しすら立たないという趣向であって、「猪名野」と「名次山」「角の松原」との間には著しい隔絶が設定されている。現実には一続きの旅の行程であったのかもしれず、河辺・武庫は隣接した郡でありながら、そこに隔たりが存するという提示がここではなされているのである。

かような観点に立てば、イ本文歌も「猪名野」を通行しながらその先にある「有間山」を意識に収めることで旅愁に浸り、ウは瀬戸内海航路を帰還の折に「猪名の湊」を目標点とするのであって、河辺郡猪名をウチとする認識が共有されているといえる。

武庫の地にすでに異郷の印象が伴うことは次の歌々からも知られる。

柿本朝臣人麻呂の羇旅の歌八首（のうち）

A 飼飯《けひ》の海の　庭良くあらし　刈り薦《こも》の　乱れて出づ見ゆ　海人の釣舟　（巻三・二五六）

一本に云はく「武庫の海　舟庭ならし　いざりする　海人の釣舟　波の上ゆ見ゆ」

　　高市連黒人の歌一首

B　住吉の　得名津《えなつ》に立ちて　見渡せば　武庫の泊まりゆ　出づる舟人　（巻三・二八三）

　　山部宿祢赤人の歌六首（のうち）

C　武庫の浦を　漕ぎ廻る小舟　粟島を　そがひに見つつ　ともしき小舟　（巻三・三五八）

D　武庫川の　水脈《みを》を早みか　赤駒の　足掻《あが》く激《たぎ》ちに　濡れにけるかも　（巻七・一一四一　摂津作）

Aの一本歌を人麻呂に帰属せしめるとするなら、黒人・赤人と並んでいわゆる宮廷歌人が武庫をうたうところにまずはその風土性が象徴されている。「いざりする海人」はまさしく異郷の景であり（巻六・九三九、巻十六・三八五二、三八六一など）、異伝を後人の改作と解しても「飼飯の海」と置換可能である点は見逃せない。

Bにおいて「武庫の泊まり」が住吉から対岸に見渡されているのはその地の性格を端的に示しており、『日本書紀』神功皇后摂政元年に「我が荒魂《あらみたま》、皇后《おほみもと》に近くべからず。当に御心の広田国に居《ま》しますべし」と託宣する天照大神の荒魂は「天疎向津媛命《あまざかるむかつひめのみこと》」の名を与えられるので「武庫」の起源は「向カフ」にあったと理解できる。[10] すればそこは難波・住吉にとっての内部でなく対岸として目指される地点であり、すでに旅の空間に属するのであって、宮廷歌人が旅愁をうたう所以がある。神名にアマザカルが冠されるのもそれを裏付けていよう。

黒人は西国へ漕ぎ出す舟人を、やがて同じ境遇になる自身と重ねつつ不安な心持ちで見守っているのだったが、Cはそれとは逆に「粟島」(阿波島＝四国)を背後にして都にのぼる舟を羨ましく見送っている。同じ赤人が辛荷島をよぎる折に詠出したという、

島隠り　我が漕ぎ来れば　ともしかも　大和へ上る　ま熊野の舟　(巻六・九四四)

と等しい構図だ。武庫川を渡る旅人が馬の足掻きに濡れるとうたうDは、

鸕坂川《うさかがは》　渡る瀬多み　この我が馬の　足掻きの水に　衣濡れにけり　(巻十七・四〇二二)

と類想であり、

我妹子に　触るとはなしに　荒磯回《ありそみ》に　我が衣手は　濡れにけるかも　(巻十二・三一六三)

など水が衣を濡らすことを主題にとる羈旅歌の範疇にある。『萬葉集全注巻第十七』(橋本達雄氏)が四〇二二歌に即して「当時は一般に旅先で雨その他で衣を濡らすのは侘びしいことであり、妻を恋う心で歌

うものが多い」と説くような含意が汲み取られてよいであろう。Ａ一本歌と少異関係にある三六〇九歌のほかにも遣新羅使人歌群冒頭に武庫をうたう歌が次のように配されるのは、当地に付帯した風土性に基づくものと考えられる。

武庫の浦の　入江の渚鳥《すどり》　羽ぐくもる　君を離れて　恋に死ぬべし　（巻十五・三五七八）

朝開き　漕ぎ出て来れば　武庫の浦の　潮干の潟に　鶴が声すも　（巻十五・三五九五）

六　むすび

難波に包含される猪名川下流域が中央との人的・物的交流の頻繁な地点であり、いわば都のウチの環境にあったこと、武庫はそれとは対照的にソトへ向かってゆく最初の地点としての認識が浸透していること、を確かめてきた。はじめに引いた和歌説話のリアリティは、このように抽出される風土的特性によって支えられていると見通すことができる。

猪名川に臨む地は新婚夫婦の住まいする里、都の文化圏内にあるために男は官の機構に組み入れられ駅使に任用されるのであろう。しかるに、都から一定の距離を隔てた地点であったため妻の衰弱は人に知られることなく深刻化し、夫との再会を果たして間もなく死を迎えるのである。変わり果てた妻との再会の詠嘆に猪名川をうたうことも、都から妻のもとへ急いだ男の髪が濡れていたことも、そのようにとらえたときに理解が届くのではないか。『伊勢』第二十四段と同じく、それは「片田舎」の悲劇として読まれるのがよい。

物語の時間が「昔」にセットされていることを忘れてはならない。平城京の現実に即してこの設定がリアリティを持続するはずはなく、男と女の悲しみは悠久のかなたに押しやられて、今はただ滔々と流れる川があるばかりだ。ただ、難波津を出て西国に下り猪名野を通過するとき、あるいは猪名川沖を航行する折、こみあげる旅ごころとともにこの悲劇を思い起こす官人がいたであろうと想像することは許されるであろう。

注1　井村哲夫氏「沫雪の降るにや来ます―巻16・三八〇四〜五番―」（『赤ら小船　万葉作家作品論』和泉書院、昭和六十一年、初出は昭和四十三年）

2　澤瀉久孝『萬葉集注釈』の次の指摘が的確に問題をとらえている。

カクノミの語は殆んどが否定的に或いは諦観的に現實を受け取りながら多分にそれを不滿に思つてゐる文脈に用ゐられてをり、その結果、逆説を含む文中、もしくはヤを用ゐる疑問文中に現はれることが多いやうである。從つて今の場合のやうな病の床に沈んでゐるところへかけつけた歌としては餘りにもつれない歌と感ぜられる。

3　影山尚之「恋夫君歌の形成」（『萬葉和歌の表現空間』塙書房、平成二十一年、初出は平成十五年）
4　加藤謙吉氏「猪名部に関する基礎的考察」（『民衆史研究』第17号、昭和五十四年五月）
5　『尼崎市史　第一巻』第三章
6　注5に同じ
7　加藤謙吉氏「猪名県に関する二、三の問題」（『大和政権と古代氏族』吉川弘文館、平成三年）
8　巻七・一二五九歌「佐伯山卯の花持ちしかなしきが手をし取りてば花は散るとも」第一句の山につき『西大寺資財流記帳』に載る「豊島郡佐伯村」と関連させて池田市五月山を当てることがあるが、疑わしい。
9　菊川恵三氏「中皇命の宇智野遊猟の歌」『セミナー万葉の歌人と作品　第一巻』（和泉書院、平成十一年）
10　賀茂真淵『冠辞考』ほか

＊『萬葉集』の引用は塙書房『萬葉集訳文篇』に拠った。ただし、一部改めたところがある。

筑紫島のまつろわぬ国

――隼人の夜声・肥人の染木綿――

田中夏陽子

一 天孫降臨の聖地――筑紫

かつて九州本島は、「筑紫島《つくしのしま》」と呼ばれていた。「筑紫」は「ちくし」ともよみ、古くは、九州地方全体をさしたが、九州の北部の地域をさす場合、筑前国・筑後国をさす場合、あるいは筑前国のみをいう場合もある。

『古事記』には、イザナギとイザナミの国産み神話で、淡路島・四国・隠岐島に続き四番目に誕生したのが、「筑紫島」とある。一つの体に四つの顔（白日別《しらひわけ》・豊日別《とよひわけ》・建日向日豊久士比泥別《たけひむかひとよくじひねわけ》・建日別《たけひわけ》）があり、それぞれ、筑紫国《つくしのくに》・豊国《とよのくに》・肥国《ひのくに》・熊曾国《くまそのくに》を指す。そして、「筑紫島」に続いて、壱岐《いき》島・対馬《つしま》島が生れたとある。

三世紀卑弥呼の時代、『魏志』倭人伝によれば、九州は、伊都国・奴国といった小国にわかれていたわけであるから、日本神話にみられる観念は、それより下るものであろう。

律令制が施行されてからは、九州地方は、地方行政区画である五畿七道のうちの西海道《さいかいどう》となる。西海道には、筑前国・筑後国・豊前国・豊後国・肥前国・肥後国・日向国・薩摩国・大隅国・壱岐国・対馬国・多褹《たね》国の国の名が見える。薩摩国は、はじめ日向国に属していたが、大宝二年（七〇二）に分かれる。大隅国も、和銅六年（七一三）に日向国から分立した。平安時代初めに編纂された『延喜《えんぎ》式《しき》』によれば、西海道には、九十七の駅家《うまや》に合計六〇五疋《ひき》の駅馬《えきば》が置かれていた。「九州」という後の呼称は、壱岐国・対馬国・多褹国（平安時代はじめに大隅国へ編入）の島を除く西海道の九国の総称である。

さて、日本神話では、天照大神の孫のニニギノミコトが、高天の原から筑紫日向の高千穂《たかちほ》のくじふる峰（高千穂峰は、宮崎県と鹿児島県の県境に位置する霧島連峰の第二峰の休火山。一五七四メートル）[1]に降臨する。そして、薩摩国阿多郡阿多（現在の鹿児島県南さつま市）[2]の地名に因んだカムアタツヒメという名を別名に持つコノハナサクヤヒメと婚姻したとある（『古事記』）。

「高千穂」は、大伴家持が『万葉集』に「族《うがら》を喩す歌一首」で、次のように登場する。

ひさかたの　天の門《と》開《ひら》き　高千穂の　岳《たけ》に天《あ》降《も》りし　天皇《すめろき》の　神の御代《みよ》より　はじ弓を　手握《たにぎ》り持
たし　真鹿児矢《まかごや》を　手挟《たばさ》み添へて　大久米《おほくめ》の　ますら猛男《たけお》を　先に立て　靫《ゆき》取り負《お》ほせ　山川

を　岩根さくみて　踏《ふ》み通《とほ》り　国まぎしつつ　ちはやぶる　神を言向《ことむ》け　まつろはぬ　人をも和《やは》し　掃《は》き清め　仕へ奉りて……　（巻二十・四四六五・大伴家持）

この歌は、孝謙女帝の御代、天平勝宝八歳（七五六）五月に、同族の長老大伴古慈悲《こしび》が朝廷を誹謗したという淡海三船《おうみのみふね》の讒言《ざんげん》で捕えられ、禁固の後に土佐守に左遷された時、家持が大伴氏の宗家の当主として、一族を諭した長歌の冒頭である。

当時家持は三十九歳であったが、八年後の天平宝字八年（七六四）一月、恵美押勝《えみのおしかつ》暗殺計画が密告され、家持自身も都から薩摩守に左遷されている。薩摩川内市《さつませんだいし》の薩摩国庁推定地付近からは、残念ながら高千穂の峰は見ることができない(3)。

歌では、高天の原の戸を開いて、高千穂の岳に降臨したニニギノミコトの御代から、武装した大久米の勇敢な男たちを先頭に立たせて、国土を求めながら荒ぶる神をさとし、反抗する人を平定し、この国を掃き清めてお仕えしたと、久米部を率いて天孫降臨の先導にあたった大伴氏の祖天忍日命《あめのおしひのみこと》の由来が、一族の誇りと共に語られている。

天皇家の血筋の正当性を語る始祖神話のクライマックスである天孫降臨は、このように、筑紫の地を舞台としている。そして、万葉の歌世界でも、天皇の祖先神と共に「まつろはぬ人をも和し」た大伴氏の神話的世界観の中で、筑紫――九州――は登場する。

二　まつろわぬ人々——熊曾・隼人

薩摩国・大隅国は、先に述べたように、他の九州の国々より遅れて分立した。右の歌の中で、「ちはやぶる　神を言向け　まつろはぬ　人をも和し　掃き清め」とうたわれているように、九州南部の人々は、「熊襲《くまそ》（『古事記』は「熊曾《くまそ》」）」と呼ばれ、中央の大和政権との対立関係が長く続いた。

そうした状況は、ヤマトタケル（小碓命《おうすのみこと》）が、姨《おば》の倭比売命《やまとひめのみこと》からもらった衣装を着て女装し、熊曾《くまそ》建《たける》兄弟二人を倒す『古事記』の話や、記紀の景行天皇・仲哀天皇の条の熊襲征討説話に色濃く反映している。

ちなみにヤマトタケルの話は、『日本書紀』では、景行天皇自ら熊襲を討伐したことになっている。再び彼らが背いたので、小碓尊（ヤマトタケル）を征討に派遣したとあり、『豊後国風土記』『肥前国風土記』にもみえる。

また、ヤマトタケルの子である仲哀天皇も、熊襲征伐のために九州の筑紫訶志比宮《つくしかしいのみや》（香椎宮《かしいのみや》・現在の福岡市東区香椎）に向かった。しかし、朝鮮半島に遠征せよとの神功皇后に憑依した神の言葉を信じなかったため、この地で急死してしまう。そこで、妊娠中の神功皇后は、再び神託を受けて自ら軍船を率いて新羅を征し、凱旋後、後の応神天皇となる皇子を九州で生む。また、熊襲も吉備臣の祖の鴨別《かもわけ》を遣わして討たせようとしたら自ずから服従してきたという説話となっている（神功皇后摂政前紀）。

歴史的見地から、九州地方と中央の対立についてみてみると、継体天皇二十一年（五二七）、筑紫国《つくしのくにの》造《みやつこ》磐井《いわい》が、新羅と通じて起こした叛乱があげられる。当時、大和政権の朝鮮半島出兵により、九州地方からの物資や兵士の徴発が度重なっていた。この乱は、経済的な負担の大きかった九州地方住民の不満が爆発したものである。磐井の勢力は、筑紫だけでなく肥国・豊国までおおっており、翌、二十二年に、中央から派遣された大伴金村《かなむら》・物部鹿火《もののべのあらかひ》によって平定された。

この乱で、磐井の子の葛子《くずこ》は父に連座することを恐れ、糟屋屯倉《かすやのみやけ》（現在の福岡県糟屋郡）を献上し、死罪を免れた。次の安閑《あんかん》天皇の代には朝廷の直轄領である屯倉が全国規模で設置されたと『日本書紀』にはあり、筑紫・豊・肥国の三国にも八つの屯倉が設置。さらに次の宣化《せんか》天皇の代において、筑紫那津《なのつ》に官家《みやけ》が建てられ稲穀を集積して非常時に備えたとある。この磐井の乱を契機に大和朝廷は、外交・軍事面での拠点を得て、九州への支配力を強めたことが『日本書紀』からうかがわれる。[4]

さて、「熊襲」は「隼人」とも呼ばれる人々で、どちらも九州南部に居住していた。「熊襲」が説話などでまだ服従していない人々に使われることが多いのに対し、「隼人」は史的記録の中に多くみられる。海幸山幸《うみさちやまさち》神話では、海幸彦が隼人の祖とあり、「昼夜《ひるよる》の守護人《まもりびと》と為《し》て仕《まつ》へ奉らむ」（『古事記』）とニニギノミコトの子孫で皇祖神の山幸彦に服従したことを語る形式をとっている。さらに、「今より以往《ゆくさき》、吾《あ》が子孫《うみのこ》の八十連属《やそつつき》、恒《つね》に汝《いまし》の俳人《わざひと》と為《な》らむ。一に云はく、狗人《いぬひと》といふ。（中略）諸《もろもろ》の隼人等、今に至るまで天皇の宮垣《みかき》の傍《もと》を離れず、吠ゆる狗に代はりて事《つか》へ奉《まつ》れる者なり」（『日本書紀』神代下・第十段一書第二）

隼人の盾（複製）高岡市万葉歴史館所蔵
平城宮旧跡より出土。井戸枠として再利用されていた。隼人たちは、この盾を持って儀式にのぞんだものと考えられている。

や、一書第四の、海幸彦が溺れる様子を道化のように真似したことは、隼人の犬吠えや隼人舞の起源譚としてとらえられている。

　また記紀の履中《りちゅう》天皇の条には、刺領布《さしひれ》（『古事記』は「曾婆訶理《そばかり》」）という名の隼人が、瑞歯別《みずはわけ》皇子（後の反正天皇）に騙されて主人の住吉仲《すみのえのなかつ》皇子を殺してしまう話がある。この隼人は、記紀ともに皇子の側近くに仕えていたとある。

　雄略天皇の葬儀の時には、隼人が御陵の側で昼夜号泣し、食事を与えても取らなかったので、七日後に死んだという忠義譚があり（清寧《せいねい》紀元年十月）、敏達《びたつ》天皇の殯《もがり》でも警固をし、天皇の崩御による政争を防ぐ役割もしていた（敏達紀）。

　このように、記紀には大和朝廷に服従している隼人の伝承が載る。

　その一方で、清寧天皇四年八月および欽明天皇元年三月の条には、蝦夷《えみし》と隼人が帰属するという記事がわざわざ載せられており、右の説話類との温度差がある。

隼人には、律令制が施行された頃から、地元九州南部の在地の隼人とは別に、山城・摂津・河内など畿内数カ所に分散して移住した「畿内隼人」がおり、衛門府の隼人司に隷属し、歌舞の教習、竹製品の制作などをつかさどった。また、『延喜式』（巻七・践祚大嘗祭）によれば、大嘗祭の祭儀当日、隼人司は隼人を率いて、左右の朝集殿の前に分かれて立ち、開門を待って声を発せよとあり、隼人は群臣の出入りに合わせて声をあげた。さらに、「弾琴二人、吹笛一人、撃百子《ひやくし》四人、拍子《てうち》二人、歌二人、舞二人」の十三人が、大伴・佐伯氏が警固する会昌門の横の興礼門から朝堂院に入り、天皇の御在所の外で風俗歌舞を奏するとある（『延喜式』巻二十八・隼人司）。これらが、先に述べた海幸山幸神話が起源譚にもなっている「隼人の犬吠え」と「隼人舞」のことだとされているのである。

特に、隼人の犬吠えは、宮廷警護の威嚇であるとともに呪術的行為の色彩が強く、大嘗祭の時だけでなく、元日や外国からの使節が着た時の儀式、あるいは遠方への行幸、行幸従駕の際、国の境界や山川等を通過する際の露払い、道の祓としておこなわれ、畿内隼人ではなく、六年ごとに朝貢してくる今来《いまき》隼人が担当した（『延喜式』巻二十八・隼人司）。具体的には、左右一人ずつ置かれた隼人の大衣《おおきぬ》（隼人のリーダー）より犬吠えを習った今来隼人が、「凡今来隼人、令大衣習吠、左発本声、右発末声、惣大声十遍、小声一遍、訖一人更発細声二遍」と、まず左の隼人（大隅の隼人）が本声を発し、続いて右の隼人（阿多の隼人）が末声を発す。そして全員で大声を十遍、小声を一遍、最後は一人で細声を二遍発するものだと同条にある。

三　隼人の夜声

そうした隼人の犬吠えは、『万葉集』の歌にも次のようにうたわれている。

隼人《はやひと》の　名に負ふ夜声《よこゑ》　いちしろく　我が名は告《の》りつ　妻と頼《たの》ませ　（巻十一・二四九七）

「隼人の名を負う夜警の声のようにはっきりと私の名前は申しました。妻として信頼してください」という、求婚に応じた女の歌である。

人麻呂歌集所収の寄物陳思《きぶつちんし》、物に思いを寄せた比喩による恋歌である。当時、女が男に自分の名前を教えることは、相手に自分が支配されること、即ち、妻となることであった。

夜の静寂に響く隼人たちの犬吠えの声は、周囲を驚かせるほどはっきりと聞こえたことであろう。隼人の名を負う犬吠えが比喩として持ち出されるほど、周囲にも知られるくらいにはっきりと、自分の名を名告《なの》ったとうたっている。

通常、名告りは、雄略天皇が「我こそば　告《の》らめ　家をも名をも」（巻一・一）と、自分の住む所や名前を名告って求婚したように、男から女へなされるものであった。しかし、左の歌のごとく、官船なので名前が知られている船のように（二七四七）、あるいは住吉の浜の莫告藻《なのりそ》のように（三〇七六）、男がはっきりと名を告げたからといって、女が逢ってくれるとは限らないものである。

味鎌《あじかま》の　塩津をさして　漕ぐ舟の　名は告《の》りてしを　逢はざらめやも　（巻十一・二七四七）
住吉《すみのえ》の　敷津《しきつ》の浦の　なのりその　名は告りてしを　逢はなくも怪し　（巻十二・三〇七六）

したがって、女はなおさらのこと、なかなか名前を名告らないし、お互いに名告りあっても、当面の間、極秘裏に交際を続ける。そうした状況は、左の笠郎女が「年も経過したので、もう今言ってもいいかなと思って私の名をおっしゃらないで」と交際していた大伴家持に乞う歌（五九〇）や、二七一〇番歌のように、他人に尋ねられても、さぁ（「いさ」）と呆けて欲しいと願う歌、さらには二六九六番のように、責め立てられてもあなたの名は告げないと言い切る歌からも察せられる。

あらたまの　年の経ぬれば　今しはと　ゆめよ我が背子　我が名告らすな　（巻四・五九〇）
犬上《いぬかみ》の　鳥籠《とこ》の山なる　不知哉《いさや》川　いさとを聞《き》こせ　我が名告らすな　（巻十一・二七一〇）
荒熊の　住むといふ山の　師歯迫山《しはせやま》　責《せ》めて問ふとも　汝《な》が名は告らじ　（巻十一・二六九六）

しかし、隼人の夜声の歌の場合、一般的な言動とは逆のことをする。女は、名を隠すどころか、隼人の犬吠えのように、自分の名を「いちしろく」、遠くまで聞こえるほどはっきりと名告るのである。そうなると、男からのプロポーズを承諾したというような受動的な行為とはいえない。隼人は強力な呪術力もあるとされていた犬吠えによって敵を威嚇し、排除する。そのように、愛する男に近づく自分以外の女を排除する意識が、この序の表現には内在しているのだと考えられる。だからこそ、単なる「声」ではなく、男女の逢瀬の時間である「夜声」なのであろう。

この歌は、女の側からの積極的な結婚宣言であり、確固たる妻の地位を築こうとするための歌として受けとめることができる。このような歌は、万葉集には非常に珍しい。そのため、近世には男の歌として解されることもあった。

隼人の風俗を序の景とすること自体が変わっているが、主想部分、想いの部分の方がさらに特異だということ、むしろ主想部分が女の結婚宣言という特異なものだからこそ、「隼人の夜声」という異色な序が生れた、そう理解する方が自然なのかもしれない。

四　隼人の瀬戸

隼人という言葉がみられる歌は、この歌以外にも「隼人の瀬戸」をうたった次の二首がある。

隼人《はやひと》の　薩摩《さつま》の迫門《せと》を　雲居《くもゐ》なす　遠くも我は　今日見つるかも
（巻三・二四八・長田王）

隼人の　湍門《せと》の巌《いはほ》も　年魚《あゆ》走《はし》る　吉野の瀧に　なほ及《し》かずけり
（巻六・九六〇・大伴旅人）

「隼人の瀬戸《せと》（迫門・湍門）」とは、現在「黒の瀬戸」と呼ばれる天草諸島最南端の長島と鹿児島県阿久《あく》根《ね》市黒之浜との間の狭い海峡で、大潮の干潮と満潮時には大きな渦潮がいくつもできる日本三大急潮の一つとして数えられている。

歌をよんだのは、奈良朝の風流人のひとりと数えられている長田王と、大伴旅人《たびと》である。共に九州に派遣された折の歌が他にも残る。

前者は、薩摩の瀬戸を雲のように遠くにではあるが、今日見たという意。後者は、薩摩の瀬戸の巌も鮎の走る吉野の激流には及ばないと、奈良から遠く離れた九州の地で吉野離宮に思いをはせた歌である。

長田王の歌は、水島にわたる時によまれたという題詞を持つ、左のような石川大夫《まえつきみ》との贈答歌の四首目、最後に位置する。

長田王《をさだのおほきみ》、筑紫《つくし》に遣はされて、水島に渡る時の歌二首

聞きしごと　まこと貴《たふと》く　くすしくも　神さび居《を》るか　これの水島《みづしま》
（巻三・二四五）

葦北《あしきた》の　野坂の浦ゆ　舟出して　水島に行かむ　波立つなゆめ　（二四六）

石川大夫の和《こた》ふる歌一首　名欠けたり

沖つ波　辺波《へなみ》立つとも　我が背子《せこ》が　み舟の泊まり　波立ためやも　（二四七）

右、今案《かむが》ふるに、従四位下石川宮麻呂朝臣、慶雲年中に大弐《だいに》に任ず。又正五位下石川朝臣吉《き》美侯《みこ》、神亀年中に少弐《せうに》に任ず。両人のいづれかこの歌を作るといふことを知らず。

水島は、熊本県八代《やつしろ》市植柳下町の球磨《くま》川河口の堤防から五十メートルほど離れたところにある、東西約五十メートル・南北三十メートルほどの小さな岩島で、今でも景勝地として知られている(5)。『日本書紀』景行天皇十八年四月十一日の条に、「海路より葦北の小島に泊りて進食《みをし》したまふ。（中略）忽《たちまち》に寒泉崖《かんせんきし》の傍《ほとり》より湧き出づ。乃ち酌みて献る。故、其の島を号《なづ》けて水島と曰ふ」と、景行天皇が熊襲を討った後、九州巡行中に、葦北《あしきた》（現在の熊本県葦北郡・水俣市・八代市南部）の小島で食事をしようとしたので、小左《おひだり》というものが神々に祈ったところ、冷水が湧き出し天皇に献上できたという地名起源説話が残る地である。実際に湧き水が出ていたが、工業用水のくみ上げのために昭和三十年代に枯れてしまった。

長田王の二四五番歌の「聞きしごと　まこと貴《たふと》く」は、この伝承を念頭においている。二四六番歌にでてくる「葦北の野坂の浦」は、水島より南の不知火海《しらぬいかい》（八代海《やつしろかい》）に面した海岸で、それよりさらに南にある隼人の瀬戸とは五十キロほど離れている。歌にも、「雲居《くもゐ》なす　遠くも我は　今日見つるかも」と、雲のように遠いといっているが、薩摩の瀬戸を肉眼で確認できたかどうかは定かではない。

大伴旅人の隼人の瀬戸の歌についてだが、旅人は、武門の家柄として、隼人と縁が深い。和銅三年（七一〇）元旦の朝賀で、左将軍として隼人・蝦夷らを率いていたことを皮切りに、隼人が叛乱した際には、養老四年（七二〇）三月に、征隼人持節大将軍《せいはやとじせつたいしょうぐん》として、九州に赴任し八月に帰京。また、神亀五年（七二八）頃には、大宰帥《だざいのそち》として大宰府に赴任し、天平二年（七三〇）十二月に帰京。このように、二度も九州に赴いている。

歌の中の「隼人の」という言葉は、ともに、「隼人のいる」あるいは「隼人の国の」というニュアンスで瀬戸という地名を導き出す枕詞的な形で使用されている。宮島正人氏が、「『隼人』とは『早人』であって、かかる難所の湍門・迫門に関する呪的褒め言葉でないかと考えられる。その背景には前章で触れた、海航術に巧みな海洋民、隼人からの連想が働いていたのであろう[6]」と述べられているように、隼人という異民族に対する畏怖の念を込めて、異境の地の渦潮巻く激流を形象化しているのである。

しかしながら、「隼人の瀬戸」をうたったこの二首は、先の隼人の夜声のような、特殊な景物に思いを託したような恋歌ではない。異境の地の風物に目を向けた羈旅歌の範疇にある。

五 肥人の染木綿

さて、隼人の夜声の歌の前には、次のような歌が、九州の地の風習を比喩とした歌として、並んで配列されている。

肥人《くまひと》の　額髪結《ぬかがみゆ》へる　染木綿《しめゆふ》の　染《し》みにし心　我忘れめや〈一《ある》に云ふ「忘らえめやも」〉（巻十一・二四九六）

「肥人」部分については、コマヒトノという訓《よ》みもあるが、稲岡耕二『万葉集全注』巻第十一（有斐閣）・阿蘇瑞枝『万葉集全歌講義』（笠間書院）により、クマヒトノ説に従う。「肥国の球磨《くま》地方の人が額の前髪に結っている色を染めた木綿《ゆう》のように、染みこんだ恋心を私は忘れたりしましょうか」。現在の熊本県人吉《ひとよし》市あたりのことを指すとされる球磨地方の人々の習俗によせた歌である。

先に引用した『日本書紀』の水島の地名起源説話の直前には、次のような説話が載る。

熊県《くまのあがた》に到《いた》りたまふ。其の処《ところ》に、熊津彦《くまつひこ》といふ者、兄弟《えおと》二人有り。天皇、先《ま》づ兄熊《えくま》を徴《め》さしめたまふ。則《すなは》ち使《つかひ》に従ひて詣《まゐ》る。因《よ》りて弟熊《おとくま》を徴《め》す。而《しか》るに来《まゐこ》ず。故《かれ》、兵《いくさ》を遣して誅《ころ》さしめたまふ。

（『日本書紀』景行天皇十八年四月三日条）

景行天皇は、熊襲を平定する際、先に襲国《そのくに》（現在の鹿児島県霧島市・曽於《そお》市、大隅半島あたり）を討伐した後に、熊本県南部周辺の熊県《くまのあがた》（球磨地方）を平定するのだが、その時の説話である。この地には、熊津彦と呼ばれる二人の兄弟がおり、兄は服従してきたが、弟は反抗したので殺したとある。

そうした討伐説話の残る肥人であるが、『万葉集』の歌では「額髪結《ぬかがみゆ》へる染木綿《しめゆふ》の」と、額に染色をほどこした木綿《ゆう》（楮《こうぞ》の皮を剥いて繊維を水に晒したもの。木綿《もめん》〔cotton《コットン》〕のことではない）を鉢巻きのように巻いていたようで、奈良の都びとには、その姿が印象深く映ったのであろう。

木綿は、通常「近江の海　白木綿花に　波立ち渡る」（巻十三・三二三八）や、「み熊野の　浦の浜木綿」（巻四・四九六）のように、白波や植物のハマユウにたとえられる白いもので、「木綿掛《か》けて祭る三諸《みもろ》の神さびて斎《いは》ふにはあらず人目《ひとめ》多みこそ」（巻七・一三七七）と、神事に用いられる道具である。次の木綿の歌、

しらかつく　木綿《ゆふ》は花もの　言《こと》こそば　いつのまさかも　常《つね》忘らえね　（巻十二・二九九六）

でも、「（しらかつく）木綿は、一時の花物です。言葉こそは、いつでもずっと忘れることができない」と、木綿は恋歌の序の景物となっている。「しらかつく」の原文は「白香付」。木綿にかかる枕詞で、その白

さを意識した言葉であるが、詳しい語義はわからない。

そうした普通の白い木綿と違って、肥人が額に結った木綿は、「染木綿」と色が染めてある特殊なものであった。神事に臨む際は、純白なものを身につけた清い状態ということが一般的なことなので、色のついた神具を身つけた異民族の神事の光景が、特殊なものとして印象的だったのであろう。肥人の染木綿という他ではよまれることのない景物を序に取り入れることにより、歌の読み手の恋心もそのように特別なものとなり、歌を支えているのである。

「染《し》みにし心」――恋心というものは、次の六八三番歌のように紅色に表出するもの、あるいは二六二四番歌のように、紅色に染まっている状態として表現されることが多い。

言ふことの　恐《かしこ》き国そ　紅の　色にな出でそ　思ひ死ぬとも　（巻四・六八三・大伴坂上郎女）

紅の　深染《こそ》めの衣　色深く　染みにしかばか　忘れかねつる　（巻十一・二六二四）

海幸山幸神話では、海幸彦が、「永《とこしへ》に汝《いまし》の俳優者《わざをきひと》為《た》らむ」と、弟の山幸彦に服従を誓うとき、「赭《そほに》を以《も》ちて掌《たなうら》に塗《ぬ》り面《おもて》に塗り」と、赤土を手や顔に塗ったとある（『日本書紀』神代下・第十段・一書第四）。この隼人の祖先の神話が直接的に歌に影響したとは思えないが、肥人が額につけていた染木綿も、紅色、赤系統の色だったと想像される。

六　隼人と筑紫歌壇

先に述べたように、九州南部の隼人の一部は、早い時期から畿内に移り住んでいたが、都びとの視線でうたわれた隼人の夜声・肥人の染木綿の歌をみる限り、彼らを依然として異民族の人々としてとらえる意識が強かったと思われる。

それは、歴史的背景からも察せられる。

左のように、天武持統朝の中央政権と隼人との関係は、隼人による反抗もなく、親和的な関係だった。隼人が朝貢してきて相撲をとるなどの服属儀礼をおこない、朝廷側もその労をねぎらう宴を開いてもてなす。そして、隼人が歌舞を披露するといった記事が目立つ。

六七七（天武6）　2月　多禰《たね》島の人らを飛鳥寺の西で饗応。

六八一（天武11）　7月　隼人が朝貢。大隅・阿多隼人が相撲をとり、大隅隼人が勝利。
隼人らを飛鳥寺の西で饗応。隼人が奏する種々の歌舞を僧も俗人も見る。

六八七（持統1）　5月　天武天皇の殯《もがり》で大隅・阿多隼人の首長が一族を率いて誄《しのびごと》を述べる。
首長ら三三七人に賞物を賜う。

六八九（持統3）　1月　筑紫大宰《つくしのおほみこともち》粟田真人《あわたのまひと》ら、隼人一七四人と布や毛皮を奉る。

六九二（持統6）閏5月　大隅・阿多に僧を遣わして仏教を伝える。
六九五（持統9）5月　大隅隼人を饗応。飛鳥寺の西で天覧相撲。

前述の「柿本朝臣人麻呂歌集」所収の略体歌（助辞を表記しない書式）である隼人の夜声の歌と肥人の染木綿の歌は、この頃によまれた歌である。

隼人が朝貢してくると、飛鳥寺の西の槻のある広場では、隼人による天覧相撲や歌舞が奏され、饗宴も催された。そして、その様子を見た僧侶や貴族は天皇親政による支配が辺境の地に及んでいることを実感し、治世を祝福したのだろう。

既に述べたように、肥人は、肥後国の球磨地方の人々のことだと考えられているが、肥後国自体は、七世紀半ばにおいては、筑紫・肥・豊として筑紫大宰の統括下におかれており、持統天皇九年（六九五）頃に肥前と肥後が分化して成立した。

球磨地方と隣接する薩摩国は、その前身である唱更国《しょうこうこく》がうち立てられたのが文武朝の大宝二年（七〇二）頃とさらに遅れる。また、中村明蔵氏が考察されているように[7]、薩摩国府の置かれた薩摩国の高城郡には、肥後国の中央部から北半の四郡（合志・飽田・宇土・宅麻）二百戸の移住がおこなわれた。『日本書紀』『風土記』で、肥後の球磨（「熊」）と大隅の贈於《おそ》（「襲」）を「熊襲」と一まとめに併称していることからしても、人麻呂歌集の右の二首がうたわれた頃の、歌にみられる肥人と隼人は、まだ行政区分が明確になっていない頃のものであり、近しい関係の民族としてとらえられていたかもしれない。

そして、このような社会状況だったからこそ、隼人や肥人は、エキゾチズムを誘う新たな文学的モチーフとして、新時代の歌表現を追求する人麻呂歌集歌に取り入れられたのであろう。

しかしながら左の年表のように、文武朝から養老年間にかけて、中央政権は律令国家推進のために、隼人に対して武力制圧を伴う統治強化をおこなうようになる。「覓国使《くにまぎのつかい》」（支配のための調査団）を派遣したり、豊前国などから民を移住をさせたりしながら、民族を分断して、薩摩国・大隅国を設置。その結果、隼人は、朝貢をおこなってはいるが、不満を募らせ、叛乱をおこしていくのである。


六九八（文武2）　4月　武器を与えた覓国使《くにまぎのつかい》（支配のための調査団）を南島（南西諸島）に派遣。

六九九（文武3）　7月　多褹《たね》・夜久《やく》・菴美《あまみ》・度感《とかむ》の人らが朝貢。授位。

七〇〇（文武4）　6月　薩末《さつま》の比売《ひめ》・久売《くめ》・波豆《はづ》、衣評《えのこほり》（薩摩半島の南端部、後の頴《え》娃《の》郡）の長官衣　君《えのきみの》県《あがた》と次官衣　君《えのきみの》弓自美《てじみ》、肝衝《きもつき》（大隅半島先端部肝属《きもつき》地域）の難波《なにわ》が肥人らを従えて、覓国使を脅迫。竺志《つくし》総領（大宰府）に命じて罰す。

七〇二（大宝2）　8月　薩摩・多褹が逆らったので討伐。戸籍を作り国司を配置。

　　　　　　　　10月　唱更国《しょうこうこく》（薩摩国の前身）成立。唱更国《しょうこうこく》の要害の地に柵《き》を建て兵士を置く。

七〇七（慶雲4）　7月　大宰府で南島人に位を授ける。

七〇九（和銅2） 10月 薩摩隼人・郡司以下、一八八人が入朝。

七一〇（和銅3） 1月 左将軍大伴旅人ら、入朝していた隼人と蝦夷を率いて正月の朝賀に参列。
隼人・蝦夷にも授位。
日向国は采女を、薩摩国は舎人を貢ず。
日向の隼人曾細麻呂《そのほそまろ》（後の大隅国贈唹郡の豪族）、天皇の徳を広めた功績で外従五位下を賜う。

七一三（和銅6） 4月 日向国より四郡を割いて大隅国を設置。

七一四（和銅7） 3月 隼人が従わないので豊前国の二〇〇戸を大隅国に移住。
12月 南島人来朝。

七一五（霊亀元） 1月 南島人・蝦夷が朝賀に参列。授位。

七一六（霊亀2） 5月 隼人の負担を減らすため、八年間だった奉仕を六年間にする。

七一七（養老元） 4月 大隅・薩摩の隼人が風俗の歌舞を奏し、授位。

七二〇（養老4） 2月 隼人が大隅国守陽侯麻呂《やこのまろ》を殺害。
3月 大伴旅人を征隼人持節大将軍《せいはやとじせつだいしょうぐん》に任じ、副将軍二名とともに派遣。
8月 大伴旅人を都に召還。副将軍以下は、隼人がまだ平定されず留まる。
11月 南島人二三二人に授位。

七二一（養老5）　7月　副将軍帰還。隼人の斬首・捕虜一四〇〇余人。

隼人による叛乱は、右のように、文武天皇四年（七〇〇）・大宝二年（七〇二）・養老四年（七二〇）の三回みられる。特に、養老四年二月の大隅国守殺害というショッキングな事件からはじまる叛乱は、一年以上にもわたる大規模なものとなった。三月に大伴旅人らを将軍として、一万人以上の軍を派遣。六月には、「時《とき》、盛熱《せいねつ》に属《つ》く。豈《あに》、艱苦《かんく》無けむや。使《つかひ》をして慰問せしむ」と、真夏の原野での野営が一ヶ月にもなったので、将軍らへの慰問を指示する詔が元正女帝より出されている。

八月には、藤原不比等の様態悪化のためか、大将軍の大伴旅人は都へ呼び戻される。ただし、平定自体は終わっておらず、翌年七月に副将軍帰還の記述とともに、隼人の斬首・捕虜千四百余人という形で鎮圧されたと『続日本紀』には記されている。

この戦いは、隼人だけでなく、動員された九州の人々にとっても大難であった。「陸奥・筑紫の辺《とほ》き塞《き》の民、数《しばしば》煙塵《えんぢん》に遇《あ》ひて、戎役《じゆうえき》に疚《や》み労《つか》れき。しかのみならず、父子死亡《し》に、室家《いへ》離《はな》れ散《あか》る」（養老五年六月条）、あるいは「日向・大隅・薩摩の三国の士卒《じそち》、隼賊《はやひと》を征討して、頻《しきり》に軍役に遭ひ、兼ねて年穀登《みの》らずして、交《こもごも》飢《き》寒《かん》に迫《せま》れり。（中略）復《ふく》三年を給はむ」（養老七年四月）と、兵役に病み疲れた上に、父子が死亡し一家離散するような打撃を与えるものであり、その上、凶作で飢饉となったので、税や課役が免除されることとなる。

長田王の隼人の瀬戸の歌は、歌の配列から二四七番左注に名のある石川宮麻呂が大宰大弐《だいに》（次官）だった、慶雲二年頃（七〇五）によまれたものと思われる。

阿蘇『全歌講義』は、この歌について、「遠い隼人の住む国の近くに来たという感慨もあったのであろう。また音に聞こえた薩摩の瀬戸を遙か彼方にとはいえ、わが目で見たという感動もあったのであろう」と評しているが、隼人が不穏な動きを続ける動乱期の歌である。

「遠くも我は今日見つるかも」と、距離的に肉眼ではほとんど見えない所をわざわざ歌に詠んだのは、「隼人の瀬戸」という隼人の本拠ともいえるような場所から、遠く離れたところにいたとしても、緊迫した状態が断続的に続く九州の地に赴任しているので、その緊張感が詠ませたのだろう。「遠くも」という言葉は、その言葉の意味とは裏腹に、心情的には「隼人のいる地の近くに来た」という緊張感をあらわしている。旅のもの珍しい景をうたったという程度の羈旅歌とは言い切れない歌なのである。

そして、養老四・五年の大伴旅人を征隼人持節大将軍《せいはやとじせつだいしようぐん》として派遣した大規模な武力行使により、隼人の組織的な叛乱は、それ以降なくなる。

奈良朝において隼人は、左のように、ほぼ六年ごとに定期的に入朝して貢物や風俗歌舞を奏上し、首長には授位という、朝貢と大替隼人の対象となっていく。大替隼人とは、朝貢のために上京した隼人が一定期間都に留まり、次の朝貢でやってきた隼人と替わる制度のことである。

ちなみに、大隅・薩摩の両国については、天平二年（七三〇）三月に班田を断念する記載がある。両国に班田が行われるのは、平安時代に入ってからである。

七二三（養老7）　5月　大隅・薩摩国の隼人六二四人朝貢。風俗の歌舞を奏す。首長三十四人に授位。

七二六（神亀3）　この頃、山上憶良、筑前国守として赴任。

七二八（神亀5）　この頃、大伴旅人、大宰帥として赴任。

　7月　「日本挽歌」（巻五・七九四～九）

七二九（天平元）　6月　薩摩隼人朝貢。風俗の歌舞を奏す。授位。

　7月　大隅隼人朝貢。姶孋《あいら》郡少領《しょうりょう》の加志和多利《かしのわたり》らに授位。

　この頃、山上憶良「鎮懐石歌」（巻五・八一三～四）

七三〇（天平2）　1月　梅花の宴の歌（巻五・八一五～八四六）

　3月　大隅・薩摩国の班田を断念。

　12月　「松浦佐用嬪《まつらさよひめ》面歌」（巻五・八七一～五）

　12月　大伴旅人帰京。

七三一（天平3）　7月　大伴旅人薨す。

七三五（天平7）　7月　大隅・薩摩国の隼人二九六人入朝。

8月　大隅・薩摩国の隼人、方楽を奏す。三八二人に授位。

七四〇（天平12）　9月　藤原広嗣の乱。

七四三（天平15）　7月　隼人を饗応。曾多理志佐《そのたりしさ》らに授位。

七四九（天平勝宝元）　8月　大隅・薩摩国の隼人朝貢。土風の歌舞を奏す。曾多理志佐《そのたりしさ》らに授位。

七五六（天平勝宝8）　6月　大伴家持「族を喩す歌」（巻二十・四四六五～七）

七六四（天平宝字8）　1月　大隅・薩摩国の隼人交替。授位。

1月　大伴家持、薩摩守。

七六七（神護景雲元）　8月　大伴家持、大宰少弐。（神護景雲4年6月まで）

七六九（神護景雲3）　宇佐八幡神託事件

11月　大隅・薩摩国の隼人、俗伎《くにぶりのわざ》を奏す。授位。

七七六（宝亀7）　1月　大隅・薩摩国の隼人、俗伎を奏す。授位。

大伴旅人の隼人の瀬戸の歌は、歌の配列などから、神亀五年（七二八）頃によまれたものと思われる。大隅・薩摩国の運営が軌道に乗りはじめた時期である。内容的には吉野讃歌だが、吉野の滝と隼人の瀬戸という少々突飛な比較は、在りし日、大将軍となって隼人と戦った旅人だからこそ、絵空事でない表現として成り立っている。

この情勢の安定しはじめた時期に、山上憶良は筑前国守に、大伴旅人は大宰帥に相次いで赴任し、筑紫歌壇が開花する。

彼らは、戦いに関する歌を詠もうとしない。大がかりな梅花の宴を催して集団で歌を楽しみ、奈良の都に勝るとも劣らない風雅な文芸世界を追い求める。

大宰府の政庁北の、大宰府防衛のための朝鮮式山城「大野城」についても、

大野山　霧立ち渡る　我が嘆く　おきその風に　霧立ち渡る　（巻五・七九九・日本挽歌・山上憶良）

梅の花　散らくはいづく　しかすがに　この城《き》の山に　雪は降りつつ　（八二三・梅花の宴・大伴百代）

と、山城としてではなく、亡くなった妻を嘆く溜息が霧となって立ち渡る山として（七九九番）、あるいは雪が降る新春の季節の景（八二三番）としてうたう。

前に触れた神功皇后の半島遠征についても、山上憶良は、戦いという要素は切り捨て、神功皇后が出産を遅らせるために腹に巻いたファンタジックな鎮懐石の逸話として取り上げる。六世紀中葉の大将軍大伴狭手彦《さでひこ》の半島遠征についても同様で、新羅から侵略をうけている任那を鎮め、百済を救い、高句麗を打ち破ったという武勇譚にはほとんど触れず、狭手彦が渡海の前に娶った松浦佐用《まつらさよ》姫という女性の惜別の情を物語ることに専念している。

大野城跡の百間石垣（筆者撮影）

こうした筑紫歌壇の全盛期から十年ほど後、旅人も憶良もすでに鬼籍の人となった天平十二年（七四〇）、朝廷を批判して大宰少弐に左遷されていた藤原広嗣による乱が九州で勃発。その時、広嗣軍・朝廷軍ともに隼人を起用する。朝廷軍の隼人二十四人は、聖武天皇の御所に呼ばれ、位階を与えられた。そして、戦場で、広嗣軍の隼人たちに向かって、「逆人《げきじん》広嗣に随《したが》ひて、官軍を拒捍《ふせ》く者は、直《ただ》にその身を滅すのみに非《あら》ず、罪は妻子親族に及ばん」と呼びかける。これが功を奏し、広嗣軍の隼人は官軍側に投降。その中の一人、贈唹多理志佐《そおのたりしさ》は、広嗣軍の陣容を明らかにしたので、官軍の勝利は決定的なものとなった。

七　結び

『万葉集』には、約千二百を越える地名がみられるが、[8] その中で九州地方に関する地名の数は百を越える。歌数の上でも、林田正男氏によれば、[9] 九州をよんだ歌は三三六首、参考歌三十九首を含めると、三七五首にのぼり、歌数の上からも無視できないものがある。

そもそも、『万葉集』という歌集の存在自体、大伴家持という個人の役回りが大きいわけだが、とりわけその中の九州に関係する『万葉集』の歌々は、大伴旅人も含めた大伴氏という家柄の歌詠みたちの存在なくしては考えられない。彼らがもし、大伴氏という先祖代々朝鮮半島や九州に軍隊を率いて遠征するような軍事氏族ではなかったら、隼人の討伐に派遣されなかったであろうし、大陸の有事や隼人攻略のために大宰府や薩摩国へ赴くこともなかったかもしれない。

九州に関する『万葉集』の歌の多くは、九州に赴任してきた大伴旅人や山上憶良たちによってうたわれた。しかし、彼らが赴任してきた時期、もし隼人の動乱がまだ続く時期であったら、今『万葉集』からかいま見られるような密度の濃い歌づくりに興じることが容認されたであろうか。梅花の宴を催し、その様子を書簡に書き留めて都の人に伝えることが、社会的に許されたであろうか。

『万葉集』に残された九州の歌々は、隼人たちの運命と切り離されたものではないのである。

注1　高千穂については、宮崎県臼杵郡高千穂町の山とする説もあり、また「日向」についても、日向国とする説と日の向える所という神話的な表現としてとらえる見方もある。
2　鹿児島県南さつま市金峰町の小中原《こなかばる》遺跡からは、「阿多」と刻まれた平安時代の刻書土師器が出土している。
3　薩摩川内市川内歴史資料館学芸員出来《でき》久美子氏のご教示による。
4　博多駅南の比恵遺跡（福岡市博多区博多駅南四丁目）からは、六世紀後半の大型の高床式倉庫群が発見され、『日本書紀』記載の那津官家に関係する建物として、平成十二年国史跡に指定されている。
5　鶴久「『水島』考」（『萬葉』三十一号・昭和三十四年四月）は、水島を、大鼠蔵島《おおそぞう》（熊本県八代市鼠島町）とする。
6　宮島正人「隼人乃湍門」考証――ハヤヒトの語義に関連して――」（『北九州大学国語国文学』十号・平成十年三月）
7　中村明蔵『隼人の古代史』（平凡社新書・平成十三年）一一八頁。
8　犬養孝『万葉の旅』上巻（社会思想社・昭和三十九年）
9　林田正男『万葉の旅――人と風土――九州』（保育社・昭和六十一年）

＊使用したテキストは下記のとおりであるが、適宜表記を改めたところもある。
CD-ROM版塙本『萬葉集』　新日本古典文学大系『続日本紀』（岩波書店）
新編日本古典文学全集『古事記』『日本書紀』（小学館）
新訂増補国史大系26『交替式・弘仁式・延喜式』（吉川弘文館）

風土圏「山陰」の実体

新谷秀夫

◆一　因幡に降る雪

『続日本紀』によると、天平宝字二年（七五八）六月十六日に、従五位上であった大伴家持は因幡守に任ぜられた。

新《あらた》しき　年の初めの　初春《はつはる》の　今日《けふ》降る雪の　いやしけ吉事《よごと》　（巻二十・四五一六）

翌天平宝字三年、赴任地である因幡ではじめて迎えた正月一日に、国庁において国司や郡司たちに饗応した宴席で家持が詠んだこの歌で、『萬葉集』全二十巻は終わっている。

前任の右中弁が正五位上相当であることからすると、新編日本古典文学全集本が「因幡国は上国でも、家持が十二年前に任ぜられた越中（能登を合わせる）の三分の一以下の小国で、その守に落されたことになる」（四五一五番歌頭注）と指摘するように、従五位下相当である因幡守任命は家持にとって左遷と考えるのが一般的のようである。たとえ左遷でなかったとしても、地方へ赴任すること自体はおそらく寂しいものであっただろう。

立ちわかれいなばの山の峰に生《お》ふる松としきかば今かへりこむ

『百人一首』に採られている、『古今和歌集』巻八「離別歌」の巻頭を飾る在原行平の歌である。「去なば」と「因幡」、「松」と「待つ」という掛詞を使ういささか技巧的なこの歌に、寂しさを感じないと言う人もいるだろう。たしかに、斉衡《さいこう》二年（八五五）正月十五日の、いわゆる県召《あがためし》の除目《じもく》による因幡守任命は、三十八歳の行平にとってけっして左遷ではなかった。しかし、序詞「立ちわかれ…生ふる」で導いた景物「松」を掛詞にして「待つとし聞かば」と強意をこめた仮定でもって、「待っています」と聞いたらきっと「今（すぐに）」帰って来ましょうと詠んだ行平の思いは、地方赴任の寂しさをあらわすのに十分であり、「離別歌」巻頭に位置づけられるのも肯われる。

この行平の約一〇〇年前に因幡に赴任した家持もまた、つぎのような離別の歌を残している。

七月五日に、治部少輔《ぢぶのせうふ》大原今城真人《おほはらのいまきまひと》の宅《いへ》にして、因幡守《いなはのかみ》大伴宿禰家持に餞する宴の歌一首

秋風の　末《すゑ》吹きなびく　萩《はぎ》の花　共にかざさず　相《あひ》か別れむ　（巻二十・四五一五）

右の一首、大伴宿禰家持作る。

そろそろ萩が咲きはじめる初秋に「共にかざさず相か別れむ」とうたい、気心知れた友たちと別れて因幡へと旅立つ家持の思いは、きっと寂しいものだったにちがいない。このあと、さきに引用した『萬葉集』掉尾の歌を最後に、家持の歌は残っていない。うたわなくなったのか、それともうたっていたが残さなかったのか、家持はなにも語ってはくれない。さらに、因幡で唯一詠んだ四五一六番歌にも、左遷先での詠歌であるという気配や赴任の寂しさが微塵も感ぜられない。因幡の地での家持の思いは、まったくいまに伝えられていないと言えよう。

ところで、家持は越中においても同じような正月の歌を

イ　あしひきの　山の木末《こぬれ》の　ほよ取りて　かざしつらくは　千年寿《ちとせほ》くとそ
（天平勝宝二年　巻十八・四一三六）

ロ　新《あらた》しき　年の初めは　いや年に　雪踏《ふ》み平《なら》し　常《つね》かくにもが
（天平勝宝三年　巻十九・四二二九）

と二首詠んでいる。イは「国庁に饗《あへ》を諸《もろもろ》の郡司等に給ふ宴」（題詞）において「千年寿くとぞ」とうたうことで部下とともに新年を寿いだ歌で、ロは「守《かみ》の館《むろつみ》に集宴」（左注）して「常かくにもが」となごやかな宴席の恒例化を願った歌である。関隆司主任研究員「正月の歌」（本集12『四季の万葉集』所収　平21・3）が指摘したように、この二首は、国庁で新年の挨拶歌を詠むことが決められていたから詠まれたわけではないのだろう。宴席に「ほよ」を運んできた人がいたり、四尺を超える積雪があったという状況に遭遇した家持が歌を詠んだから、偶然『萬葉集』に記録されることとなったのである。同じように、因幡で唯一詠んだ歌もまた、天平宝字三年正月一日が、十九年ぶりに正月一日と立春が重なる、まさに「年の初め」の「初春」で、その日に雪が降っていたという偶然に居合わせたのが家持だったからこそ、『萬葉集』に記録されることとなったのだと関主任研究員は指摘する。

偶然であったにしろ、『萬葉集』の掉尾を飾る歌に詠まれた「新しき年の初めの初春の今日降る雪」は、まさに因幡の地に降っていた雪である。しかし、家持がこの歌で詠んだ雪が因幡という萬葉故地の風土を端的にあらわす景物であるとは言えまい。十九年ぶりに正月一日と立春が重なる年に偶然家持は因幡守であった。「新しき年の初めの初春の今日降る雪」に吉事を願う歌は、因幡に限らず降雪地帯の任国であれば、どこにおいても詠むことは可能だったのではなかろうか。この点は、さきの越中時代の正月の歌も同様である。関主任研究員が指摘したように、新年の挨拶歌を詠むことは決められていたわけではないのだろうが、『萬葉集』に記録されている歌からすると、家持という歌人が、部下を集めた新年の宴席で賀歌を詠んだことは事実としてある。賀歌として詠んだから、それぞれの風土と密接に関わることもなく、ましてや左遷の気配も赴任の寂しさも感ぜられない歌となっているのは当然なのかもしれない。

偶然記録された因幡の地に降る雪は、『萬葉集』の掉尾を飾る歌であったために、ことさら有名になった。この因幡は、萬葉故地を六つのかたまりと三つのつながりにまとめた犬養孝氏の「萬葉歌の風土圏」の、六つのかたまりのひとつ「山陰」に属する。そこで、この「山陰」というかたまりに属する地域、具体的には丹波・丹後（以上、現在の京都府の一部）・但馬（現在の兵庫県の一部）・因幡・伯耆（以上、現在の鳥取県）・出雲・石見・隠岐（以上、現在の島根県）の八国に関わる萬葉歌を取り上げ、風土との関わりについて考えてみたい。

二　大江山のさな葛

前節で取り上げた行平の歌と同じく『百人一首』に採られた歌に、

和泉式部、保昌《やすまさ》に具《ぐ》して丹後に侍《はべ》りけるころ、都に歌合《うたあはせ》侍りけるに、小式部内侍、歌よみにとられて侍りけるを、定頼《さだより》卿、局《つぼね》のかたに詣《まう》で来《き》て、「歌はいかがせさせ給ふ、丹後へ人は遣《つか》

はしてけんや、使《つか》ひ詣で来《こ》ずや、いかに心もとなくおぼすらん」など、たはぶれて立ちけるを引きとどめてよめる

小式部内侍

大江山《おほえやま》いくのの道のとほければふみもまだみず天《あま》の橋立《はしだて》

（『金葉和歌集』巻九「雑部上」）

という歌がある（なお『百人一首』は第四句を「まだふみもみず」とする）。藤原定頼の侮辱的な詰問に、母和泉式部が夫（藤原保昌）とともに下向していた丹後に関わる地名を三つ（大江山・生野・天の橋立）も詠みこみ、当意即妙の才気に満ちた歌できりかえしたという詞書の逸話は、『金葉和歌集』と同時代の歌論書や後世の説話集にも採られている。おそらく『金葉和歌集』の時代にはすでに説話化されていて、『百人一首』のころには小式部内侍の代表作のひとつとして位置づけられていたのだろう。

冒頭にうたわれる「大江山」を、母が滞在していた丹後と丹波の国境にある山（現在の京都府丹後半島の付け根に位置する）と考える説もある。しかし、「行く」と「生野《いくの》」（丹波国天田郡、現在の京都府福知山市）」の掛詞からすると、「大江山を越えて行き生野を通る道」と解して、「生野」よりも都（平安京）に近い、山城と丹波の国境の山（大枝山とも。現在の京都市と亀岡市の境。この山の北側山腹にある老ノ坂峠は、古代から山陰道を下る時に必ず通った場所）とする方が穏当であろう。この「大江山」が『萬葉集』に登場する。

丹波道《たにはぢ》の　大江《おほえ》の山の　さな葛《かづら》　絶えむの心　我《わ》が思《おも》はなくに

（巻十二・三〇七一）

上三句は、下二句を起こす序詞であり、「さな葛」の形容として「丹波道の大江の山」がうたわれている。同じ「さな葛」を序詞の一部とする歌が、

玉くしげ　みもろの山の　さな葛《かづら》　さ寝《ね》ずは遂《つひ》に　ありかつましじ　（藤原鎌足　巻二・九四）

玉くしげ　三室戸山《みむろとやま》の　さな葛　さ寝ずは遂に　ありかつましじ　（巻二・九四の或本歌）

木綿畳《ゆふたたみ》　田上山《たなかみやま》の　さな葛　ありさりてしも　今ならずとも　（作者未詳　巻十二・三〇七〇）

木綿包《ゆふづつ》み　白月山《しらつきやま》の　さな葛　後《のち》も必ず　逢《あ》はむとそ思《おも》ふ　（作者未詳　巻十二・三〇七三）

木綿畳　白月山の　さな葛　絶えむと妹《いも》を　我《わ》が思《おも》はなくに　（巻十二・三〇七三の一云および或本歌）

と『萬葉集』に五例あるが、いずれも「さな葛」の形容として山の名がうたわれていることを考えると、「さな葛」は「丹波道の大江の山」に限られた風物であるとは言えまい。おそらくどこの山でも見受けられた「さな葛」を序詞の一部にして「絶えむの心」など持ちあわせていないことをうたった歌人が、偶然「丹波道の大江の山」を見知っていたから生まれた表現なのだろう。見知っていたという点では、因幡で「新しき年の初めの初春の今日降る雪」に遭遇した家持に近しい。したがって、大江山を端的にあらわす景物ではないという点で、この歌もまた風土に結びついたものだとは言えまい。

この歌を唯一に、丹波に関わる歌は『萬葉集』にない。同様に但馬に関わる歌もなく、和銅六年（七

一三）に丹波の五郡を割いて設置された丹後に、高橋虫麻呂の「水江《みづのえ》の浦島子《うらのしまこ》を詠む一首」に関わる伝承地があるにすぎない。

・『日本書紀』雄略天皇二十二年の条

秋七月に、丹波国《たにはのくに》余社郡《よざのこほり》管川《つつかは》の人《ひと》水江浦島子《みづのえのうらのしまこ》、舟《ふね》に乗《の》りて釣《つり》し、遂《つひ》に大亀《おほかめ》を得《え》たり。便《すなは》ち女《をとめ》に化為《な》る。是《ここ》に浦島子、感《め》でて婦《め》にし、相逐《あひしたが》ひて海《うみ》に入《い》り、蓬莱山《とこよのくに》に到《いた》り、仙衆《ひじりたち》に歴《めぐ》り覩《み》る。語《こと》は別巻《ことまき》に在《あ》り。

・前田家本『釈日本紀』所引『丹後国風土記』逸文

与謝《よさ》の郡《こほり》。日置《ひおき》の里《さと》。この里に筒川《つつかは》の村《むら》あり。ここの人夫《おほみたから》、日下部《くさかべ》の首《おびと》らが先《さき》つ祖《おや》、名を筒川の嶼子《しまこ》と云ふひとあり。為人《ひととなり》、姿容《かたち》秀《すぐ》美れ風流《みやびか》なること類《たぐひ》なし。これ、謂《いは》ゆる水江《みづのえ》の浦《うら》の嶼子《しまこ》といふ者《ひと》なり。こは旧宰《もとつみこともち》、伊預部《いよべ》の馬養《うまかひ》の連《むらじ》の記《しる》せるに相乖《そむ》くことなし。故《かれ》、所由《ゆゑよし》の旨《おほむね》を略陳《の》べむとす。長谷《はつせ》の朝倉《あさくら》の宮《みや》に御宇《あめのしたをさめたま》ひし天皇の御世《みよ》、嶼子、独小《ひとりちひさ》き船に乗り海中《わたなか》に汎《うか》び出《い》でて釣せり。三日三夜《みかみよ》を経《へ》ぬれど一つの魚《いを》をだに得ず、乃《すなは》ち五色《いついろ》の亀《かめ》を得《え》つ。心に奇異《あや》しと思ひ船の中《うち》に置き即《すなは》ち寐《いね》つるに、忽《たちまち》に婦人《をみな》となりぬ。その容美麗《かほうるは》しくまた比《なら》ぶひとなし。……（以下略）

これらの伝承と、つぎに掲出する虫麻呂の歌との大きな違いは、場所を「墨吉《すみのえ》」とうたっていることである。

春の日の　霞《かす》める時に　墨吉《すみのえ》の　岸に出で居《ゐ》て　釣舟《つりぶね》の　とをらふ見れば　古《いにしへ》の　ことそ思ほゆる　水江《みづのえ》の　浦島子《うらのしまこ》が　鰹《かつを》釣り　鯛《たひ》釣り誇《ほこ》り　七日《なぬか》まで　家《いへ》にも来《こ》ずて　海界《うなさか》を　過ぎて漕《こ》ぎ行くに　海神《わたつみ》の　神の娘子《をとめ》に　たまさかに　い漕ぎ向かひ　相《あひ》とぶらひ　言成《ことな》りしかば　かき結び　常《とこ》世《よ》に至り　海神の　神の宮の　内の重《へ》の　妙《たへ》なる殿《との》に　携《たづさ》はり　二人《ふたり》入《い》り居《ゐ》て　老《お》いもせず　死にもせずして　永《なが》き世《よ》に　ありけるものを　世の中の　愚《おろ》か人《ひと》の　我妹子《わぎもこ》に　告《の》りて語《かた》らく　…（中略）…　墨吉に　帰り来《きた》りて　家《いへ》見れど　家も見かねて　里見れど　里も見かねて　怪《あや》しみと　そこに思はく　家ゆ出《い》でて　三年《みとせ》の間《あひだ》に　垣もなく　家失《う》せめやと　この箱を　開《ひら》きて見てば　もとのごと　家はあらむと　玉櫛笥《たまくしげ》　少し開くに　白雲《しらくも》の　箱より出でて　常世辺《とこよへ》に　たなびきぬれば　立ち走り　叫《さけ》び袖振《そでふ》り　臥《こ》いまろび　足ずりしつつ　たちまちに　心消失《けう》せぬ　若かりし　肌《はだ》も皺《しわ》みぬ　黒《くろ》かりし　髪《かみ》も白《しら》けぬ　ゆなゆなは　息《いき》さへ絶えて　後遂《のちつひ》に　命《いのち》死にける　水江《みづのえ》の　浦《うらの》島子《しまこ》が　家所《いへどころ》見ゆ

（巻九・一七四〇）

すでに芳賀紀雄氏『万葉の歌―人と風土―⑦京都』（保育社刊　昭61・10）が指摘されているように、丹後に関わる伝承について、その内容程度は聞き知っていた上で、虫麻呂はあえて伝承地の如何に関わらず「墨吉」の話としてうたっているのである。歌の主眼は、伝承地の如何よりも「浦島子への批評」（芳賀氏前掲書）にあったのであって、この「墨吉」の地を強いて丹後に求めずともよいと稿者は考える。つまり、虫麻呂の詠んだ伝説歌の登場人物ゆかりの地が丹後にあったというだけで、さきの丹波や但馬同様に、『萬葉集』には丹後に直接関わる歌はないということになる。

この三つの国と近しい状況が、じつは、因幡・伯耆・出雲にも見てとれるのである。

三　そがひに見る大の浦

伯耆は『萬葉集』にまったく登場しないが、冒頭に掲出した『萬葉集』掉尾を飾る家持歌以外に因幡に関わる歌が二例、出雲に関わる歌が五例、『萬葉集』に見える。

イ　麻績王《をみのおほきみ》、伊勢国《いせのくに》の伊良虞《いらご》の島に流されたる時に、人の哀傷して作る歌

打麻《うちそ》を　麻績王　海人《あま》なれや　伊良虞の島の　玉藻《たまも》刈ります　（巻一・二三）

麻績王、これを聞き感傷して和《こた》ふる歌

うつせみの　命《いのち》を惜《を》しみ　波に濡《ぬ》れ　伊良虞の島の　玉藻刈り食《は》む　（二四）

右、日本紀《にほんぎ》を案《かむが》ふるに、曰く、「天皇の四年乙亥の夏四月、戊戌《ぼしゅつ》の朔の乙卯《いつばう》に、三位麻績王罪ありて因幡《いなは》に流す。一子は伊豆《いづ》の島に流し、一子は血鹿《ちか》の島に流す」といふ。ここに伊勢国の伊良虞の島に配《なが》すと云《い》ふは、けだし後の人歌辞《かじ》に縁《よ》りて誤り記《しる》せるか。

ロ　右、安貴王《あきのおほきみ》、因幡《いなは》の八上采女《やかみのうねめ》を娶《めと》る。係念極《きは》まりて甚《はなは》だしく、愛情尤《もと》も盛りなり。時に、勅《みことのり》して不敬《ふけい》の罪に断《さだ》め、本郷《くに》に退却《まか》らしむ。ここに、王《おほきみ》の心悼《いた》み怛《かなし》びて、聊《いささ》かにこの歌を作る。

（巻四・五三四〜五三五の左注）

ハ　出雲守門部王《いづものかみかどべのおほきみ》、京《みやこ》を思ふ歌一首

飫宇《おう》の海の　河原《かはら》の千鳥《ちどり》　汝《な》が鳴けば　我《わ》が佐保川《さほがは》の　思ほゆらくに

（巻三・三七一）

ニ　溺《おぼほ》れ死にし出雲娘子《いづものをとめ》を吉野に火葬《やきはぶ》りし時に、柿本朝臣人麻呂《かきのもとのあそみひとまろ》が作る歌二首

（巻三・四二九〜四三〇の題詞）

ホ　門部王《かどべのおほきみ》の恋の歌一首

飫宇《おう》の海の　潮干《しほひ》の潟《かた》の　片思《かたもひ》に　思ひや行《ゆ》かむ　道の長手《ながて》を

（巻四・五三六）

右、門部王、出雲守《いづものかみ》に任ぜらるる時に、部内の娘子《をとめ》を娶《めと》る。未《いま》だ幾《いく》だもあらねば、既に往来を絶《た》つ。月を累《かさ》ねて後に、更に愛する心を起す。仍《よ》りてこの歌を作り、娘子に贈《おく》り致す。

ヘ　右、淡海真人三船《あふみのまひとみふね》の讒言《ざんげん》に縁《よ》りて、出雲守大伴古慈斐宿禰《おほとものこじひすくね》、任《にん》を解《と》かる。ここを以《もち》て家持こ

の歌を作る。

ト　八日に讃岐守安宿王《さぬきのかみあすかべのおほきみ》等、出雲掾《いづものじよう》安宿奈杼麻呂《などまろ》が家に集《つど》ひて宴する歌二首

（巻二十・四四六五〜四四六七の左注）

大君《おほきみ》の　命恐《みことかしこ》み　大《おほ》の浦《うら》を　そがひに見つつ　都へ上《のぼ》る

（巻二十・四四七二）

右、掾安宿奈杼麻呂

うちひさす　都の人に　告《つ》げまくは　見し日のごとく　ありと告げこそ

（四四七三）

右の一首、守山背王《かみやましろのおほきみ》の歌なり。主人《あろじ》安宿奈杼麻呂語りて云《い》はく、奈杼麻呂、朝集使《てうじふし》に差《つかは》され、京師《みやこ》に入らむとす、これに因《よ》りて餞《せん》する日に、各《おのもおのも》歌を作り、聊《いささ》かに所心《おもひ》を陳《の》ぶと。

群鳥《むらとり》の　朝立《あさだ》ち去《い》にし　君が上《うへ》は　さやかに聞きつ　思ひしごとく〈一に云ふ、「思ひしものを」〉

（四四七四）

右の一首、兵部少輔《ひやうぶのせうふ》大伴宿禰家持、後《のち》の日に出雲守山背王の歌に追和《ついわ》して作る。

イ・ロが因幡、ハ〜トが出雲に関わる歌である。しかし、ロ・ニ・ヘに関しては、たんに人物を特定する用例（出身地や官職など）であり、風土に結びつくような表現はない。したがって、本稿が対象とする用例はイ・ハ・ホ・トの四例となる。

このうち、イについては、すでに「配流された萬葉びと―記録者としての家持―」と題する拙稿（本集9

『道の万葉集』所収　平18・3）でいささか検討したが、題詞が配流地を伊勢とすることに対して左注が疑問を呈しているように、うたわれている「伊良虞の島」は因幡の地名ではない可能性が高い。

因幡志によると、巨濃郡に伊良子埼という山があったと伝える。弥生川河口付近で古代には島だったろうと推測されている。幕末から明治にかけて儒者、詩人などで伊良子姓の鳥取出身者を見ることをあわせて、イラコの地名の存在も想像されるので、伝誦中の地名が同音によって移動したことが考えられる。（稲岡耕二氏『和歌文学大系』本の当該歌脚注）

という推測もあるが、「かなり早い時期に麻績王配流事件は伝説化し、伝承内容に差が生じた」（新編日本古典文学全集本の頭注）可能性が高く、『萬葉集』に記載された麻績王流刑に関わる歌が「巻二巻頭の磐姫皇后の歌四首（八五〜八）が皇后の実作ではなく後人の仮託であるのと同類」（伊藤博氏『萬葉集釋注』）と考えておくのが穏当であり、前節の虫麻呂歌の場合と同様、強いて因幡の地に結びつけて考える必要はないと稿者は考える。

また、門部王をめぐるハおよびホについても、「門部王の「恋の歌」をよむ」（『高岡市万葉歴史館紀要』15　平17・3）および「《娘子》の変容―「うたう」から「うたわれる」へ―」（本集10『女人の万葉集』所収　平19・3）と題する拙稿において検討したが、そこで稿者は、「恋の歌」と題されているホはあくまでも《恋を主題とする歌》にすぎず、左注で語られているような事実はなかった可能性が高いと結論づけた。門部王の出雲守在任までもが歌語り的に伝誦されていたとまで言うことはできないかもしれないが、

ハ　飫宇《おう》の海の　河原《かはら》の千鳥《ちどり》　汝《な》が鳴《な》けば　我《わ》が佐保川《さほがは》の　思ほゆらくに　（巻三・三七一）

A　近江《あふみ》の海　夕波千鳥《ゆふなみちどり》　汝が鳴けば　心もしのに　古《いにしへ》思ほゆ　（柿本人麻呂　巻三・二六六）

というように、ハは明らかにAを「意識し、その形を利用した望郷歌」（和歌文学大系本の脚注）であり、しかも、澤瀉久孝『萬葉集注釋』が指摘されたように、

B　あしひきの　山ほととぎす　汝が鳴けば　家《いへ》なる妹《いも》し　常《つね》に偲《しの》はゆ　（沙弥《さみ》　巻八・一四六九）

C　ほととぎす　間《あひだ》しまし置け　汝が鳴けば　我《あ》が思《も》ふ心　いたもすべなし　（中臣宅守《なかとみのやかもり》　巻十五・三七八五）

D　岩屋戸《いはやど》に　立てる松の木　汝を見れば　昔の人を　相見《あひみ》るごとし　（博通《はくつう》法師　巻三・三〇九）

という構成の似た類歌がほかにも確認できることも看過できない。さらに難を言えば「飫宇の海の河原」といううたいぶりにも疑問が残る。「飫宇の海」に注ぐ意宇《いう》川の河原と解する説が多いようだが、そう解するにはいささか言葉足らずであることは否めない。また、「片思」の序詞として「飫宇の海の潮干の潟の」とうたうホについても、「潮干の潟」は「飫宇の海」に限られるものではなく、むしろ『萬葉集』では「難波潟《なにはがた》」や「年魚市潟《あゆちがた》」の用例を多く見る。

門部王が国守として出雲に赴任した経験があったから「飫宇の海」がうたわれたのかもしれない。しかし、その歌に見える景物は、出雲の風土を端的にあらわすものではなく、類型表現の地名部分を差し替えたにすぎないと言っても過言ではない。まさに家持がうたった因幡に降る雪と同じく、（かりに史実として）門部王が偶然出雲に赴任したから、『萬葉集』に記録されたのであって、ハ・ホは出雲の風土と結びついた歌とは言えないのではなかろうか。

同様に、トの一首目にうたわれている「大の浦」についても、二首目の左注に「朝集使に差され」て上京したことが明記されていることから、安宿奈杼麻呂が出雲から上京するという偶然によって、『萬葉集』に記録されることになった出雲の地名である。

しかし、「大君の命恐み」や「そがひに見つつ」などほかの歌にも見える表現を列挙したなかで、「都へ上る」という稚拙ではあるが特異な表現をもって、この歌は実体験に由来するものであることが明白となっている。さらに、「粟島《あはしま》をそがひに見つつ」（巻三・三五八、巻四・五〇九）・「春日野《かすがの》をそがひに見つつ」（巻三・四六〇）・「三島野《みしまの》をそがひに見つつ」（巻十七・四〇一一）などの存在からすると、「大《おほ》の浦《うら》をそがひに見つつ」という表現は、家持の「新《あら》しき年の初めの初春《はつはる》の今日《けふ》降る雪」とは異なり、出雲の地にあってこそ獲得できるものであり、門部王のうたった「飫宇の海」のようには差し替えのきかない、まさに出雲の風土と密接に関わった表現と言えよう。

ところで、犬養孝氏は「萬葉歌の風土圏」の六つのかたまりのひとつ「山陰」について、山陰のかたまりは、大和からの途中のつながりがなく、地名数延べて約四〇の、寥々孤立した姿であって、人麻呂による石見《いわみ》を主に、出雲および因幡（地名は題詞・左註に所出するのみ）の若干を加えるにすぎない。ほとんど中央派遣の官人らの歌であることは、これまた中央の影響下といえるが、連接線を持たないことは、いちめんこの地が辺陬であり、いちめん他の土地への影響の比較的少いことを示しており、人麻呂の個人的事情を除いては、大和周辺や筑紫・越中などのかたまりに見るような、そのかたまりのなかでの地理的な分布の発展性には乏しい孤立性を示している。それだけにまたこの地方特有の風土と結びついて異色ある存在となっている。

（『改訂新版 万葉の旅 下』〔平凡社刊 平16・4〕所収「万葉風土の展望（三）」）

と述べているように、「山陰」の風土と密接な関わりを持つ歌は人麻呂による石見が主であり、それ以外は「若干を加えるにすぎない」状況にある。このことは、丹波から出雲までに関わる歌を検討することを通して明らかにしてきたが、そのなかで、たった一首ではあるが、出雲に関わる歌に風土に密着した歌を見て取ることができた。ちなみに犬養氏は、『萬葉集』の掉尾を飾る家持歌について「当時、家持のおかれた心境と、天ざかる夷の風土との関連が生み出」（前掲論文）したものとして因幡の風土との関連性を強調されているが、冒頭で述べたように、それはむしろ偶然によるものであって、積極的に因幡の風土と結びつけられるものではないと稿者は考えており、「大の浦をそがひに見つつ」とうたった安宿奈杼麻呂の歌こそが「山陰」の風土に関わる歌として「若干を加えるにすぎない」ものとして数えられる歌だと主張しておきたい。

四　石見の海の玉藻

最後に、犬養氏が「山陰」のかたまりの主として捉えられた石見に関わる人麻呂の歌をめぐって、風土との関わりについて考えてみたい。

柿本朝臣人麻呂《かきのもとのあそみひとまろ》、石見国《いはみのくに》より妻を別れて上《のぼ》り来《く》る時の歌二首　并《あは》せて短歌

石見《いはみ》の海　角《つの》の浦廻《うらみ》を　浦なしと　人こそ見らめ　潟《かた》なしと〈一に云《い》ふ、「磯《いそ》なしと」〉　人こそ見ら
め　よしゑやし　浦はなくとも　よしゑやし　潟は〈一に云ふ、「磯は」〉なくとも　いさなとり　海《うみ》
辺《へ》をさして　にきたづの　荒磯《ありそ》の上《うへ》に　か青《あを》く生《お》ふる　玉藻《たまも》沖つ藻　朝はふる　風こそ寄せめ　夕《ゆふ》
はふる　波こそ来寄《きよ》れ　波のむた　か寄りかく寄る　玉藻なす　寄り寝《ね》し妹《いも》を〈一に云ふ、「はしきよ
し　妹が手本《たもと》を」〉　露霜《つゆしも》の　置きてし来《く》れば　この道の　八十隈《やそくま》ごとに　万度《よろづたび》　かへり見すれど　い
や遠《とほ》に　里は離《さか》りぬ　いや高に　山も越え来《き》ぬ　夏草《なつくさ》の　思ひしなえて　偲《しの》ふらむ　妹が門《かど》見
む　なびけこの山

（巻二・一三一）

反歌二首

石見のや　高角山《たかつのやま》の　木の間《こま》より　我《わ》が振る袖《そで》を　妹見つらむか　（一三二）

笹《ささ》の葉は　み山もさやに　さやげども　我《あれ》は妹思ふ　別《わか》れ来《き》ぬれば　（一三三）

或《ある》本の反歌に曰《いは》く

石見なる　高角山の　木の間ゆも　我《あ》が袖振るを　妹見けむかも　（一三四）

つのさはふ　石見《いはみ》の海の　言《こと》さへく　辛《から》の崎なる　いくりにそ　深海松生《ふかみるお》ふる　荒磯《ありそ》にそ　玉藻《たまも》は生ふる　玉藻なす　なびき寝《ね》し児《こ》を　深海松の　深《ふか》めて思へど　さ寝《ね》し夜《よ》は　いくだもあらず　延《は》ふつたの　別れし来《く》れば　肝向《きもむ》かふ　心を痛《いた》み　思ひつつ　かへり見すれど　大船《おほぶね》の　渡《わたり》の山の　もみち葉《ば》の　散りのまがひに　妹《いも》が袖　さやにも見えず　妻隠《つまごも》る　屋上《やかみ》の〈一に云ふ、「室上山《むろかみやま》」〉山の　雲間《くもま》より　渡らふ月の　惜《を》しけども　隠《かく》らひ来れば　天伝《あまづた》ふ　入日《いりひ》さしぬれ　ますらをと　思へる我《あれ》も　しきたへの　衣《ころも》の袖は　通りて濡《ぬ》れぬ　（一三五）

反歌二首

青駒《あをこま》が　足掻《あが》きを速《はや》み　雲居《くもゐ》にそ　妹《いも》があたりを　過ぎて来《き》にける〈一に云ふ、「あたりは　隠《かく》り来にける」〉　（一三六）

秋山に　落つるもみち葉《ば》　しましくは　な散りまがひそ　妹があたり見む〈一に云ふ、「散りなまがひそ」〉　（一三七）

或《ある》本の歌一首　并《あは》せて短歌

石見《いはみ》の海　津《つ》の浦をなみ　浦なしと　人こそ見らめ　潟《かた》なしと　人こそ見らめ　よしゑやし　浦はなくとも　よしゑやし　潟はなくとも　いさなとり　海辺《うみへ》をさして　にきたつの　荒磯《ありそ》の上《うへ》に　か青《あを》く生《お》ふる　玉藻《たまも》沖つ藻　明《あ》け来《く》れば　波こそ来寄《きよ》れ　夕《ゆふ》されば　風こそ来寄れ　波のむた　か寄りかく寄る　玉藻なす　なびき我《わ》が寝し　しきたへの　妹《いも》が手本《たもと》を　露霜《つゆしも》の　置きて来《く》れば　この道の　八十隈《やそくま》ごとに　万度《よろづたび》　かへり見すれど　いや遠《とほ》に　里離《さか》り来《き》ぬ　いや高に　山も越来ぬ　はしきやし　我《わ》が妻《つま》の児《こ》が　夏草《なつくさ》の　思ひしなえて　嘆くらむ　角《つの》の里見む　なびけこの山　（一三八）

反歌一首

石見の海　打歌《うつた》の山の　木《こ》の間《ま》より　我《あ》が振る袖《そで》を　妹見つらむか　（一三九）

右は、歌の体《すがた》同じといへども、句々《くく》相替《あひかは》れり。これに因《よ》りて重ねて載《の》せたり。

柿本朝臣人麻呂が妻依羅娘子《よさみのをとめ》、人麻呂と相別《あひわか》るる歌一首

な思ひそと　君は言ふとも　逢《あ》はむ時　いつと知りてか　我《あ》が恋ひざらむ　（一四〇）

柿本朝臣人麻呂、石見国《いはみのくに》に在《あ》りて死に臨《のぞ》む時に、自《みづか》ら傷《いた》みて作る歌一首

鴨山《かもやま》の　岩根《いはね》しまける　我《あれ》をかも　知らにと妹《いも》が　待ちつつあるらむ　（二二三）

柿本朝臣人麻呂が死にし時に、妻依羅娘子の作る歌二首

今日《けふ》今日《けふ》と　我《あ》が待つ君は　石川《いしかは》の　貝《かひ》に〈一に云《い》ふ、「谷に」〉交《ま》じりて　ありといはずやも（二二四）

直《ただ》に逢《あ》はば　逢ひかつましじ　石川に　雲立ち渡れ　見つつ偲《しの》はむ（二二五）

丹比真人《たぢひのまひと》　名欠《か》けたり、柿本朝臣人麻呂が心に擬して、報《こた》ふる歌一首

荒波に　寄《く》り来る玉を　枕《まくら》に置き　我《あれ》ここにありと　誰《たれ》か告げけむ（二二六）

或《ある》本の歌に曰《いは》く

天離《あまざか》る　鄙《ひな》の荒野《あらの》に　君を置きて　思ひつつあれば　生けるともなし（二二七）

右の一首の歌は作者未詳。ただし、古本この歌を以《もち》てこの次《つぎて》に載《の》せたり。

大きく分けて二群、計十五首の歌が、石見に関わる人麻呂関連の歌である。引用文中に傍線を付して示したように、多くの地名がうたわれている。たんに地名を詠みこんだだけであれば、すでに見てきたいくつかの歌のように、地名を置き換えて別の地の歌ともなりうるのだが、実際は異なる様相を呈している。

たとえば「石見のや高角山《たかつのやま》」（一三二）・「石見なる高角山」（一三四）や「石見の海打歌《うつた》の山」（一三九）など、石見にある地名を限定的に示すだけでなく、人麻呂は、

・石見《いはみ》の海　角《つの》の浦廻《うらみ》を　浦なしと　人こそ見らめ　潟《かた》なしと〈一に云《い》ふ、「磯《いそ》なしと」〉　人こそ見らめ　よしゑやし　浦はなくとも　よしゑやし　潟は〈一に云ふ、「磯は」〉なくとも　いさなとり　海辺《うみへ》をさして　にきたづの　荒磯《ありそ》の上《うへ》に　か青《あを》く生《お》ふる　玉藻《たまも》沖つ藻…　（一三一）

・石見《いはみ》の海　津《つ》の浦をなみ　浦なしと　人こそ見らめ　潟《かた》なしと　よしゑやし　浦はなくとも　よしゑやし　潟はなくとも　いさなとり　海辺《うみへ》をさして　にきたつの　荒磯《ありそ》の上《うへ》に　か青《あを》く生《お》ふる　玉藻《たまも》沖つ藻…　（一三八）

・つのさはふ　石見《いはみ》の海の　言《こと》さへく　辛《から》の崎なる　いくりにそ　深海松《ふかみる》生《お》ふる　荒磯《ありそ》にそ　玉藻《たまも》は生ふる…　（一三五）

など、それぞれ「玉藻なす寄り寝《ね》し妹《いも》」・「玉藻なすなびき我《わ》が寝し」・「玉藻なすなびき寝《ね》し児《こ》」という、上京のために別れなければならない妻との寝姿をうたいおこすのに「石見の海」の具体的な様相をうたっているのである。これは、石見の風土を把握していたからなせる業ではなかろうか。

すでにさまざまに指摘されているように、引用した前半の九首、いわゆる「石見相聞歌」（巻二・一三一～一三九）や同じ人麻呂による「泣血哀慟歌」（巻二・二〇七～二一六）は、「恋」そのものを主題とする虚構の世界、まさに文芸作品としての恋歌であるのかもしれない。しかし、たとえ虚構であったとしても、石見の海に浦や潟（磯）があるかないかをうたえたのは、人麻呂が石見の風土を見知っていたからであろう。史書に記録が残っていないため、人麻呂がどのような形で石見に関わっていたのかは想像すらできないが、実際に石見から妻と別れて上京したとしても、それがまったくの虚構であったとしても、いずれにせよ、人麻呂が石見の風土を見知っていたことだけはまちがいないだろう。

また、引用した後半の五首、人麻呂の死に関わる歌群をめぐって、実作か虚構か、もしくは伝承かなど、さまざまに議論されていることについては、下田忠氏『万葉の歌―人と風土―⑩中国・四国』（保育社刊　昭61・2）が的確にまとめておられるのを参照願いたい。いずれにしろ、『萬葉集』においては人麻呂は石見で死んだこととして記録されていることだけはまちがいない。もし人麻呂の死をめぐる歌群そのものが虚構・伝承であったのならば、『萬葉集』に記録される時点で人麻呂は石見と密接に関わる歌人として享受されていたことになろう。

もし、いわゆる「石見相聞歌」を含めて石見をめぐる人麻呂関連歌のすべてが虚構・伝承であったとするならば、それを創作した人物は、石見の風土をよく知り得た人物であったはずである。現時点では、これら石見に関わる人麻呂の歌がすべて実作であるのか、虚構・伝承であるのかを判断することは難しいが、いずれの場合であれ、人麻呂が石見の風土に関わる歌人であったことだけは、『萬葉集』に記録されたことからまちがいないと考える。歌数の多さだけではない。風土を詳細に捉えているという内実から見ても、まさに人麻呂は、犬養氏が指摘されたように、萬葉歌の風土圏のひとつ「山陰」というかたまりの主なのである。

ちなみにもう一首、

大汝《おほなむぢ》　少彦名《すくなびこな》の　いましけむ　志都《しつ》の岩屋《いはや》は　幾代経《いくよへ》ぬらむ

（生石村主真人《おひしのすぐりまひと》　巻三・三五五）

という石見の地をうたった歌がある。ただし「幾代経ぬらむ」といううたいぶりからすると、「志都の岩屋」を眼前にして詠んだものではないようなので、風土に関わらない歌として措く。

五　風土圏「山陰」の実体

いま一度、『百人一首』に採られた歌を引用する。

わたの原八十島《やそしま》かけてこぎいでぬと人にはつげよ海人《あま》のつり舟

「隠岐国《おきのくに》に流されける時に、舟に乗りて出《い》で立つとて、京なる人のもとに遣《つか》はしける」という詞書をもって『古今和歌集』巻九「羇旅歌」に収められている小野篁《おののたかむら》の歌である。篁が流された隠岐は、延暦《えんりやく》四年（七八五）九月、桓武天皇の寵臣藤原種継《たねつぐ》が暗殺され、その事件の首謀者のひとりであったとして、死後ながら官位名籍を剥奪された家持の息子永主《ながぬし》が流された国である。しかし、隠岐は『萬葉集』にまったく登場しない。三節で検討したように、配流に関わる歌でも『萬葉集』に記録されていることからすると、隠岐が登場しないのは、配流先のひとつであるからだというわけではなかろう。

試みに、『萬葉集』掉尾の歌が詠まれた天平宝字三年（七五九）以前、山陰の国々の国守となった萬葉歌人を調査してみると、

・丹波　石上乙麻呂《いそのかみのおとまろ》（天平四年〜）
・伯耆　山上憶良（霊亀二年〜）、高丘河内《たかをかのかふち》（天平十八年〜）
・出雲　石川年足《いしかはのとしたり》（天平七年〜）、多治比国人《たぢひのくにひと》（天平十五年〜）
・石見　麻田陽春《あさだのやす》（天平勝宝三年〜）

などがいる。しかし、これらの歌人たちもまた、それぞれの任国で歌を残していない。というよりも、『萬葉集』に記録されていないと言うのが正しいかもしれない。さきに引用した下田氏前掲書は、「貧窮問答歌」（巻五・八九二〜八九三）のうたいぶりには憶良の伯耆守時代の経験が反映されていると推測するが、それも確証はなく、『萬葉集』を見る限りにおいては、伯耆守時代の憶良の歌は記録されていないとするべきであろう。

さて、丹波から隠岐まで、「山陰」に関わる歌を見てきたが、結論としては、一節で引用した関主任研究員が指摘するように、家持や人麻呂というすぐれた歌人が偶然関わったことによって、因幡や石見の

歌が『萬葉集』に記録された。そして、その結果として萬葉故地に数えられるようになったということになる。それ以外の歌も、『萬葉集』に記録した人物の観点で、それぞれの理由をもって『萬葉集』にとどめられたのであろう。

犬養氏は「大和周辺や筑紫・越中などのかたまりに見るような、そのかたまりのなかでの地理的分布の発展性には乏しい孤立性を示している。それだけにまたこの地方特有の風土と結びついて異色ある存在となっている」というように、萬葉歌の風土圏のひとつ「山陰」の特徴をまとめておられる。しかし、大半の萬葉歌人たちの生活圏であった都があったために多くの歌人が関わることとなった大和、旅人・憶良を中心とする官人たちが歌を残した筑紫、家持が五年間を過ごした越中は、それだけで十分に記録される可能性が高かったわけで、そのようなすぐれた歌人たちが関わることの少なかった山陰は、さきの三つの萬葉歌の風土圏と一律に扱えないのではなかろうか。

三節で取り上げた麻績王《をみのおほきみ》の歌をめぐる指摘ではあるが、

因幡即ち今日の鳥取縣は裏日本に屬し、その氣候のよくないことは周知の事實であつて、距離が示すほど生易しいところではない。現に和氣清麿の如き、大隅に流される前には一應因幡の地が予定せられてゐたことであるから、大隅には比すべくもないとしても、配所としては相當なところであつたことが知られよう。

という吉永登氏「いらこ島考」(『萬葉　その異傳發発生をめぐって［増訂版］』和泉書院刊　昭61・10　初出は昭28・

1）の指摘にもある「裏日本に屬し、その氣候のよくないこと」が山陰という風土を特徴づけているとするならば、同様なことは、家持が赴任したことで数多くの歌が記録された越中にも言えるはずである。しかし、実体は大きく異なっている。つまり、関わった歌人の差異によって、それぞれの萬葉歌の風土圏は特徴づけられているのであって、けっしてそれぞれの地方特有の風土によって歌が形成されているわけではない。偶然家持と人麻呂が関わったことで『萬葉集』に歌が記録された、それが萬葉歌の風土圏のひとつ「山陰」というかたまりの実体なのではなかろうか。

参考文献（本文中に引用しなかったものを掲出する）

・犬養孝氏『萬葉の風土』（塙書房刊　昭31・7）

・斎藤清衛氏「萬葉集に於ける中國・四國」（『萬葉集大成』第二十一巻「風土篇」　昭30・11）

・小野寛館長「犬養孝博士と〝万葉集の風土〟研究」（『国文学　解釈と鑑賞』67―2　平14・2）

使用テキスト（なお、適宜引用の表記を改めたところがある）

萬葉集・日本書紀・風土記　↓　小学館刊『新編日本古典文学全集』

勅撰集　↓　岩波書店刊『新日本古典文学大系』

立山の雪・弥彦の歌

鈴木景二

一　はじめに

『万葉集』におさめられた歌について風土という点から考えてみるのが、この本全体のテーマである。日本古代史を専門とする筆者は、『万葉集』や万葉歌について十分に研究をしてきたわけではないが、北陸地域を割り当てられたのを機に、越中の地に過ごしていて日ごろから疑問に感じている問題を取り上げて考察し、諸賢のご批正を仰ぐこととしたい。

二　立山の雪と気候

北陸の風土の特色として想起されるのは、やはり雪である。(1) 数ある万葉歌のなかでも越中の雪を詠ん

氷見からみた立山

だ歌として印象深いのは、大伴家持の立山賦である。この家持の歌とそれに応えた大伴池主の歌は、残雪の立山を眺望して、その神々しさを讃えている。現代でも、真冬、青空のひろがった日にみる白雪の立山は、山を見慣れた地元住民をも感動させるものである。天平十八年（七四六）六月に越中守に任命され、その年の暮れに北陸の冬を体験した家持が、翌年、一時帰京に先立って、その景観を都人に伝えたいと思って詠んだものであろうという通説も十分に納得できる。

家持がこの立山賦を作成したのは、旧暦の四月二十七日のことであった。

立山《たちやま》の賦一首并せて短歌　この立山は新川《にいかわ》郡にあり（巻十七　四〇〇〇〜四〇〇二）

天離《あまざか》る　鄙《ひな》に名かかす　越のなか　国内《くぬち》ことごと　山はしも　しじにあれども　川はしも　さは

に行けども　皇神《すめかみ》の　うしはきいます　新川の　その立山《たちやま》に　常夏《とこなつ》に　雪降り敷きて　帯《お》ばせる　片貝川の　清き瀬に　朝夕ごとに　立つ霧の　思ひ過ぎめや　あり通ひ　いや年のはに　外のみも　振り放け見つつ　万代の　語らひぐさと　いまだ見ぬ　人にも告げむ　音のみも　名のみも聞きて　ともしぶるがね

立山に　降り置ける雪を　常夏に　見れども飽かず　神からならし

片貝の　川の瀬清く　行く水の　絶ゆることなく　あり通ひ見む

四月二十七日に、大伴宿祢家持作る。

敬みて立山の賦に和ふる一首　并せて二絶（巻十七　四〇〇三〜四〇〇五）

朝日さし　そがひに見ゆる　神ながら　み名に帯ばせる　白雲の　千重を押し別け　天そそり　高き立山　冬夏と　別くこともなく　白たへに　雪は降り置きて　いにしえゆ　あり来にければ　こごしかも　岩の神さび　たまきはる　幾代経にけむ　立ちて居て　見れども異し　峰高み　谷を深みと　落ち激《たぎ》つ　清き河内に　朝去らず　霧立ち渡り　夕されば　雲居たなびき　雲居なす　心もしのに　立つ霧の　思い過ぐさず　行く水の　音もさやけく　万代に　言ひ継ぎ行かむ　川し絶えずは

立山に　降り置ける雪の　常夏に　消《け》ずて渡るは　神ながらとそ
落ち激つ　片貝川の　絶えぬごと　今見る人も　止まず通はむ
右、掾大伴宿祢池主和《こた》へたり。四月二十八日

立山賦については、山田孝雄《よしお》氏の『萬葉五賦』(2)をはじめとして多くの研究がある。この歌は、古代の文学作品としてはもちろん、立山の歴史についての最古の史料でもあり、奈良時代の立山が神のまします山であると考えられていたことを示す記録として貴重なものである。しかしそれに加えて、奈良時代の立山の雪の状況についての情報をも含んでいる。

家持も池主も、立山に「とこなつに」雪が降る、あるいは雪が消えないと詠んでいる。さらにその珍しい景観は、立山が神の山であるがゆえであるといい、池主の反歌にはそれがはっきりと詠われている。

多田一臣氏は(3)、立山賦に常夏の雪が詠み込まれていることについて、それが御金の岳(4)、駿河の富士山の歌(後掲)に詠まれている雪と共通することを指摘され、「真夏にも消えぬ雪をうたうことは、この山の神性を直接にあらわす意味をもっていた」とされる。歌の中で雪についての語句が果している役割は、この見解に尽きていると思う。しかし雪が詠まれる前提には、もちろん実景があったはずである。

家持が立山賦を詠んだ天平十九年(七四七)四月二十七日に、立山の雪が見えたかどうかということ

について、地元富山出身の山田孝雄氏は経験に基づいて次のように述べている。旧暦の四月二十七日は、『三正綜覧』により七四七年六月九日となる。「今、三四月の交に越中にては平地には雪は消えて無くなれども、立山の半腹以上の雪はその頃なほ残りて、嶺つづき皆白妙の眺望なりしならむ。」と。なお、土屋文明氏は六月十三日に換算している。(5)

山田氏がいうごとく、いまでも六月はじめならば標高約二四五〇メートルの室堂には雪が残っているから、下界から立山の残雪を眺望することができる。この賦がよまれた時点においても、家持たちが国府から遠く立山の残雪を望むことができたであろうことは推定可能である。このように、従来、立山賦の雪は初夏の残雪と解釈されているようであるし、実際に家持が目にしていたのは初夏の残雪であったとみてよい。だがこの歌には、立山の雪についてもう一つの情報が書きこまれているように思う。立山の雪は、冬夏の区別なく、常夏に降っていたということである。

「とこなつ」の語彙について、澤瀉久孝氏は「いつも夏の季節に」とし、(6)以下、日本古典文学大系は「未来永久に夏の季節に」、新潮日本古典集成は「いつも夏であることとの意。ここでは夏にも変らないさまをいう」、新編日本古典文学全集は「一年じゅう。夏でもそのままに」、新日本古典文学大系は「万葉集では次の短歌との三例のみで未詳の語。(中略)真夏も変わらず、の意で解しておく」としている。(7)明解は得られていないが、おおむね「夏の間も常に」という意味と推測される。すなわち、初夏に雪がみえるということだけではなく、夏を通じて雪があるという認識をも述べているらしいのである。そのことは、池主の歌に「冬夏と　別くこともなく　白たへに　雪は降り置きて」とより具体的に書かれ、反歌にも「降り置ける雪の　常夏に　消ずて渡るは　神ながらとそ」とある。この文末の「とそ」とは、「ということだそうです」の意と解されている。立山賦の片貝川の情景も伝聞によると考えられており、家持と池主は立山について地元の人からいろいろと聞いていたのである。立山の雪が夏冬関係なく見えているのは神の山であるからだという話も、地元の人から知らされていたと考えられる。

以上のように立山賦からは、奈良時代の越中の人びとが、立山には夏冬関係なく雪があると認識していたことが読み取れる。当時の一般の人びとが室堂付近まで登山していたとは考えにくいから、ここでいう雪は下界から遠望できたと考えられる。この事象は、家持が詠んだ時点で残雪が見られたかどうかという、一時的な気象の可能性とは別の問題であって、奈良時代の越中、さらに日本の気候全般について考えうる材料となると思う。

現在、真夏の立山では、標高二千五百メートルを越える浄土山の雪渓や真砂沢の雪渓などが残るが、下界から残雪を望見することはできない。奈良時代に冬夏の別なく積雪が見えたとするならば、当時の気温が現在よりも低かったという推測が成り立つであろう。

多田氏が注目された富士山の歌からも、そうした状況をうかがうことができる。

山部宿祢赤人が富士の山を望む歌一首并せて短歌（巻三・三一七〜三一八）

天地《あめつち》の　分れし時ゆ　神さびて　高く貴き　駿河なる　富士の高嶺を　天の原　振り放け見れば　渡る日の　影も隠らひ　照る月の　光も見えず　白雲も　い行きはばかり　時じくそ　雪は降りける　語り継ぎ　言ひ継ぎ行かむ　富士の高嶺は

反歌

田子の浦ゆ　うち出でて見れば　ま白にそ　富士の高嶺に　雪は降りける

富士の山を詠む歌一首并せて短歌（巻三・三一九〜三二一）

なまよみの　甲斐の国　うち寄する　駿河の国と　こちごちの　国のみ中ゆ　出で立てる　富士の高嶺は　天雲も　い行きはばかり　飛ぶ鳥も　飛びも上《のぼ》らず　燃ゆる火を　雪もて消ち　降る雪を　火もて消ちつつ　言ひも得ず　名付けも知らず　奇《くす》しくも　います神かも　石花《せ》の海と　名付けてあるも　その山の　堤《つつ》める海そ　富士川と　人の渡るも　その山の　水の激ちそ　日本の　大和の国の　鎮めとも　います神かも　宝とも　なれる山かも　駿河なる　富士の高嶺は　見れど飽かぬかも

反歌

富士の嶺に　降り置く雪は　六月《みなづき》の　十五日《もち》に消ぬれば　その夜降りけり

富士の嶺を　高み恐《かしこ》み　天雲も　い行きはばかり　たなびくものを

右の一首、高橋連虫麻呂が歌の中に出でたり。類を以てここに載せたり。

富士山の雪が「ときじく」に降るということに加え、反歌には、富士の雪は六月十五日に融け切り、同日の夜に再び降り始めるという伝説を書きとめている。この伝説は、『駿河国風土記』にも記されていた可能性のあることが知られている。(8) もちろん事実ではないであろうが、こうした伝説が奈良時代に語られていたのは、そのころまでの富士山頂に、ほぼ通年で雪を望見できたからではないだろうか。標高は富士山の方が七五〇メートルほど高いが、立山の方が高緯度に所在し降雪量も格段に多いことから、富士山に劣らない残雪を考えうると思う。

なお吉野大峰山系とみられる御金の岳についても同様の歌が詠まれているが、この山は深山で下界から容易に望見できるところではなく、雪だけではなく雨も降り続くといわれていること、絶え間ないこの比喩に用いられていることから、実景にもとづく立山や富士山の歌とは別に考えるべきだと思う。

このような万葉歌から読み取った奈良時代の気候情報は、近年の気候研究の成果をみると、妥当性を持つようである。

阪口豊氏は、尾瀬ヶ原の泥炭層に堆積するハイマツの花粉分析にもとづいて、二四〇年から古墳寒冷期、七三二年から一二九六年までを奈良平安鎌倉温暖期としている。[9] 北川浩之氏は、屋久杉の年輪から得られた試料にもとづく気候変動の分析により、七世紀から八世紀、十七世紀から十八世紀に顕著な寒冷期が認められるとする。そして八世紀から一二世紀には平均一〜二度温暖な期間が認められ、世界の広範囲で確認されている中世温暖期（気候小最適期）に対応するという。[10] 立山においては、福澤仁之氏による室堂平ミクリガ池底堆積物の調査による湖水準変動の分析が行われている。その結果、気温の上昇を示す、水深が大きくなり水域が拡大した時期が約一二〇〇年前から約七〇〇年前の五〇〇年間であるとされている。[11]

これらの研究成果によれば、奈良時代は寒冷期から温暖期に移行する時期に当たっていると考えられ、立山ミクリガ池においてもその影響があらわれているようである。奈良時代半ばの越中の人びとのあいだには、下界から望見できる立山の夏の雪が神威によるものだという観念が成立しているから、夏の雪の認識自体はそれよりも以前の景観にもとづいて成立したはずであり、寒冷期の終盤から温暖期への移行がはじまった頃以前の実景にもとづく可能性を考えてよい。

古墳寒冷期には夏のあいだも、場合によっては一年中立山の雪を望見することができ、その残雪を神威の表象とする観念が成立してきたのであろう。家持の越中在任期は寒冷期から温暖期に移行しはじめていたが、初夏の立山の雪を遠望することができ、地元に伝わる立山の万年雪の観念を前提として、立山賦を詠んだと考えることができる。
天平勝宝三年（七五一）正月に四尺もの積雪があったという記述（巻十九・四二三九左注）とともに、立山賦は万葉時代の越中の気候と立山の景観を記録した貴重な記録である。現在よりも雪の多かった夏の立山の景色を想像してこの歌を鑑賞することも意味があると思う。

三　越中国弥彦神の歌

『万葉集』巻十六には、国ごとにまとめられた歌群がある。そのうちの越中国歌の弥彦《いやひこ》神に関する二首は、仏足石歌体を含むとともに、国名と神名（その所在地）の対応に問題があり、学説の分かれる歌である。

越中国の歌四首（巻十六・三八八一～三八八四）

大野道は　繁道《しげち》茂路《しげみち》　繁くとも　君し通はば　道は広けむ
渋谿《しぶたに》の　二上山に　鷲そ子産といふ　翳《さしば》にも　君がみ為に　鷲そ子産といふ
弥彦《いやひこ》　おのれ神さび　青雲の　たなびく日すら　小雨そほ降る一に云ふ「あなに神さび」
弥彦　神の麓に　今日らもか　鹿の伏すらむ　裘《かはごろも》着て　角つきながら

弥彦山

右の四首のうち二上山が見える歌は、現在の高岡市の二上山を詠んだと考えられ、越中国の歌として問題ない。大野道の歌も、その地名は一般名詞に近い語句であるが、『和名類聚抄』の越中国砺波郡の郷名に大野郷がみえ、越中国内の歌とみて問題ない。残りの二首にみえる弥彦（伊夜彦）は、神の麓とあるように神体山を詠い、そこだけに小雨がそぼ降るという気象描写からも、ある程度の高度をもつ山であることがわかる。ところが、こうした条件にかなう同名の神社は奈良時代の越中国域には知られないため、この弥彦は『延喜式』に越後国蒲原郡の名神大社としてみえる伊夜比古神社、新潟県西蒲原郡弥彦村の弥彦山を神体山とする現在の弥彦《やひこ》神社であるとするのが通説である。ではなぜ、越後の神の歌が越中国歌とされたのか。大きく分けると二つの解釈がある。契沖が『万葉代匠記』で早くに指摘したように、『続日本紀』大宝二年（七〇二）三月甲申条に「分二越中国四郡一、属二越後国一」とあることから、弥彦神（弥彦山）が所在する越後国蒲原郡はかつて越中国管内であった時期があり、弥彦神の歌はその時期に記録されたものであるという説がひとつである。後に越後国に移管された四郡は、頸城・古志・魚沼・蒲原の四郡であることが、米沢康氏によって考証されている（『北陸古代の政治と社会』）。

この説で問題とされているのは、越中国の地理に詳しいはずの大伴家持が、八世紀以降には越後国域所在となっていた弥彦神の歌をなぜ越中国歌のままにしているのか、という点である。[12] この問題を解消する説が伝播説である。越後国の弥彦神の歌が何らかの理由により越中に伝播して、越中国内で採録された結果、越中国歌となったとするものである。[13] しかしこの説にも問題が残る。越中国域で採録されたとしても、弥彦の語があれば越後の歌であることは察することができたであろう。また、歌謡の伝播は船歌などに見られるが、[14] 特定の神名と情景を詠み込んだ神事歌謡が伝播したという点に疑問が残る。どのような契機で伝播し、どのような場面で採録されたのかを考える必要がある。

筆者は、伊藤博氏が詳述されたように、[15] やはりこの歌は弥彦山の所在する越後国蒲原郡が越中国域であった段階で採録されたものであると考える。弥彦神の山が特異な気象を現し、山麓には鹿が豊かに生息するという、明確に神威を称えた神事歌謡と認められる歌が、民謡として伝播していく契機を想定しにくいからである。それにもかかわらず、越後国域の歌であることが明白な歌が越中国歌に含まれている理由は、やはり採録時の記録がまとまって保存されていたためとみるべきであろう。巻十六の該当部分に家持が関与したかどうかは説が分かれておりいずれとも決しがたい。しかし、巻十六の国別歌の国の配列順が、家持が関わった巻十三・巻十四とは異なり律令制の七道順になっていないことから、家持の関与を否定された伊藤博氏の指摘がある。(16)巻十六の該当部は、国郡の順を整えるといった整備がなされていないらしい。いいかえれば、もとの材料の状態を保存している可能性があるということである。

先学の研究を以上のように理解したうえで、弥彦神の歌が採録された契機とその歴史的背景を推測してみたい。

越中国歌四首をみると、越中の歌二首と弥彦神歌二首からなる。前者は二箇所の地名がみられるが、「君」を詠み込んでいる点が共通する。「君」は在地首長、国司、さらに天皇にまで適用できる語句であり、この歌群は政治的上位者を讃える歌として儀礼などで奏上することが可能な歌である。単に民謡が採録されたというよりも、政治的な目的をもって採録・選択されて、保存されていたものとみることができるのではないだろうか。他の国単位の歌と並列されていることから考えると、最終的には中央政府の楽府に保存されていたとみるべきであろう。

中央政府への歌謡の集積は、記録に見えるところでは天武天皇四年（六七五）二月に十三国に勅して、能歌の男女、侏儒、伎人貢上させたことや、養老元年（七一七）九月の元正天皇の養老行幸の際に、近江・美濃国府において、諸国司が風俗の雑伎を奏上したことが知られる。(17)弥彦神の歌はどのような契機で採録されたのであろうか。推測する手がかりとなるのは、採録の時期である。下限は、前述のように蒲原郡が越後国に移管された大宝二年（七〇二）三月となる。いっぽう、越中国は広域の高志国が前・中・後の三国に分割されたことが知られるから、上限はその分割時となる。その時期は全国的な国境確定事業が行われた天武十二〜十四年のことらしく[18]、高志国表記の木簡の行政地域区分からは分割が天武天皇十一年（六八二）以後であると考えられている[19]。これらの研究により、蒲原郡が越中国管下にあったのは、天武十二年（六八三）ころから大宝二年（七〇二）三月までの約二十年間であり、その期間に弥彦の歌が採録されたと推定できる。

この時期の政治状況を見ると、上述のように天武十二・十三年に伊勢王らが諸国の境界を限り分かつために派遣され、この一連の「国」制の整備により律令制にもとづく全国支配が推進された[20]。しかし北陸道、特に後の越後地域は実質的支配が容易に進まなかったようである。天武十四年に各道に巡察使が派遣されたが[21]、それを記した『日本書紀』の記事には北陸道への使者のみが抜けているのである。記録の脱落という可能性もあるが、北陸道はなお支配進行の途上にあったことを暗示しているのではないだろうか。大宝二年三月に越中国域が縮小されるまでに、越後地域の支配政策が進められていたらしく、その翌月にようやくあらたな越後国から兵衛、采女を貢上させている[22]。

興味深いことに、弥彦の歌の採録期間にあたる持統天皇三年（六八九）正月、政府が越蝦夷沙門道信に仏像・仏具などを与えている[23]。越後地域の蝦夷に対して仏教思想による支配の浸透が図られているのである。いいかえれば制度面による支配とともにイデオロギー面での支配も進行していたのである。このような時期に越後地域の代表的地方神の神事歌謡が政府によって採録されたとすれば、その行為も思想的な支配政策の一部であったと考えられる。地方神の祭礼においてその神威を讃えるために奏上される歌謡を中央政府が収集するということは、地方神の祭祀を政府の祭祀に回収し組み込むことを意味するるのではないだろうか。[24]つまり、政府の越後地域支配におけるイデオロギー面での政策として、対象地の有力神弥彦神の祭祀を中央政府の祭祀に包括するという場面があり、その一環として神事歌謡が政府側に記録されたとみるのである。

弥彦神の神事歌謡は政治的に採録され、越中国歌としてまとめられ宮廷の楽府に保存されて、最終的に『万葉集』に収められたものであると思う。以上の推測が認められるならば、弥彦神の歌は七世紀にさかのぼる地方神の神事歌謡であるだけではなく、古代中央政府の地方支配進行過程の一面をうかがわせる、誠に興味深い史料であるということになるであろう。

四 むすび

『万葉集』は畿内ばかりではなく各地の歌謡が含まれ、『風土記』とともに古代の地域史の材料の宝庫である。本稿ではそうした観点から、二群の万葉歌について、それぞれ検討を試みた。『万葉集』とその歌については、注釈書はもちろん個別の研究があまりにも多いため、先行研究の見落としを恐れるばかりである。その点もふくめて、読者のご批判をお願いする次第である。

注1 家持歌の雪については、田中夏陽子「雪歌にみる家持の心象世界」(『天象の万葉集』笠間書院・二〇〇〇年)参照。

2 山田孝雄『萬葉五賦』(一正堂書店・一九五〇年)。

3 多田一臣『大伴家持—古代和歌表現の基層』(至文堂・一九九四年)一三三頁。

4 『万葉集』巻十三・三二九三番「み吉野の 御金の岳に 間なくぞ 雨は降るといふ 時じくぞ 雪は降るといふ その雨の 間なきがごとく その雪の 時じきがごと…」。

5 土屋文明『万葉集年表』第二版(岩波書店・一九八二年)二五四頁。

6 澤瀉久孝『萬葉集注釈』(中央公論社・一九六七年)巻第十七・一八二頁。

7 日本古典文学大系『萬葉集』四(岩波書店・一九六二年)二三〇頁、新潮日本古典集成『萬葉集』五(新潮社・一九八四年)九八頁、新編日本古典文学全集『萬葉集』四(小学館・一九九六年)二〇六頁、新日本古典文学大系『萬葉集』四(岩波書店・二〇〇三年)一五五頁。

8 『冷泉家本万葉集註釈』巻第三、三二〇番歌条「富士ノ山ニハ雪ノフリツモリテアルガ、六月十五日ニソノ雪ノキエテ、子ノ時ヨリシモニハ、マタフリカハルト、駿河国風土記ニミエタリ、トイヘリ」(新編日本古典文学全集『風土記』〈小学館・一九九七年〉四五五頁)。同全集頭注には、木沢綏・飯田睦治郎『富士山』(日本放送出版協会・一九六九年)により、富士山頂の終雪の平均日付が七月九日、初雪が九月六日であることを紹介している。

9 阪口豊「日本の先史・歴史時代の気候」（『自然』三九巻五号・一九八四年五月　三二頁）。

10 北川浩之「屋久杉に刻まれた歴史時代の気候変動」（『歴史と気候』講座［文明と環境］朝倉書店・一九九五年　五一頁）

11 福澤仁之「ミクリガ池年縞堆積物からみた立山信仰の開始―なぜ人は立山に登ったのか？―」（安田喜憲編著『山岳信仰と日本人』NTT出版・二〇〇六年　一三三頁）。

12 この問題については、廣岡義隆「大伴家持の進取性：旋頭歌・佛足石歌の歌学びから」（『三重大学日本語学文学』九　一九九八年六月）が、大伴家持との関係から諸説を検討している。

13 新編日本古典文学全集『萬葉集』四（小学館・一九九六年）一三七頁頭注、藤原茂樹「春は皮服を著て―北国のうた・まつり・芸能―」（上野誠・大石泰夫編『万葉民俗学を学ぶ人のために』世界思想社・二〇〇三年）

14 古代の事例では、越前国敦賀の気比神社の神楽歌に、九州地方の船歌が取り込まれている例がある（佐佐木信綱『歌謡の研究』丸岡出版社・一九四四年　一〇〇頁、鈴木景二「気比神楽歌にみる古代日本海交通」〈『古代文化』第六二巻四号　二〇一一年三月〉）。

15 伊藤博『萬葉集の歌群と配列』下（塙書房・一九九二年　三七九頁）、同『萬葉集釋注』八（集英社・一九九八年〈文庫版五八六頁〉）。

16 伊藤博『万葉集の構造と成立』下（塙書房・一九七四年　六一頁）。

17 『日本書紀』天武天皇四年二月癸未条、『続日本紀』養老元年九月戊申・甲寅条。

18 鐘江宏之「『国』制の成立―令制国・七道の形成過程―」（笹山晴生先生還暦記念会編『日本律令制論集』上巻　吉川弘文館・一九九三年　六七頁）、鈴木拓也『古代東北の支配構造』（吉川弘文館・一九九八年　二七七頁）。

19 川﨑晃「古代北陸の宗教的諸層」（『越の万葉集』笠間書院・二〇〇三年　三四八頁）、市大樹『飛鳥藤原木簡の研究』（塙書房・二〇一〇年　三六五頁）。

20 『日本書紀』天武天皇十二年十二月丙寅条、十三年十月辛巳条、前掲注18。
21 『日本書紀』天武天皇十四年九月戊午条。
22 『続日本紀』大宝二年四月壬子条。
23 『日本書紀』持統天皇三年正月壬戌条。
24 時期も地域も異なるが、政府による地方神の神事歌謡の収集の事例と考えられるものとして、『承徳本古謡集』に含まれる越前国敦賀の気比神社の神楽歌がある（前掲注14鈴木論文）。

＊使用テキスト　新編日本古典文学全集『萬葉集』小学館・一九九六年

編集後記

平成二年十月二十八日に開館した高岡市万葉歴史館は、今年度、開館二十周年を迎えた。十月には記念シンポジウム「越中万葉の魅力」を開催するなど、一年間さまざまな記念事業を展開してきた。その締めくくりに高岡市万葉歴史館論集の十四冊目として『風土の万葉集』をお届けする。

当館の名誉館長であった犬養孝氏は、『万葉集』の歌が詠まれた地域を六つのかたまりと三つのつながりにまとめた「万葉歌の風土圏」を提唱された。この風土圏に着目し、十二の地域を取りあげてそれぞれにゆかりの万葉歌人や万葉歌について考察を加えて一冊にまとめてみた。今回も国文学・歴史学の分野で第一線に立つ先生方のご協力を得ることができた。ご多忙にもかかわらずご執筆いただいた先生方に深謝申し上げたい。また、編集の最終段階になって未曾有の大震災に見舞われながらも編集の労をお執りいただいた笠間書院の大久保康雄氏と相川晋氏に厚く御礼申し上げる。

今冬、北陸地方ではＪＲが運休するほどの大雪に見舞われた。この寒波が、「いかさまに思ほしめせか」と叫びたくなるほどに、また戻ってきて、被災した東北や関東地方に厳しい寒さをもたらしている。被災された方々に心よりお見舞い申しあげるとともに、万葉ゆかりの地を数多く含む被災地の一日も早い復興を願うばかりである。

なお、来年度の十五冊目は『美の万葉集』と題し、万葉びとたちが何を「美」と捉え、その「美」をどのように歌にしたかについて探ってみたいと考えている。

＊　＊　＊

さて、当館の小野寛館長が本年三月をもって退任される。小野先生は、開館当初より当館の運営協議委員を務められ、平成十六年四月に前任の大久間喜一郎館長の後を受けて館長に就任された。それからの七年間、研究に裏づけされた展示・普及に対して大いに尽力され、第五回「天平万葉」と第六回「越中国と万葉集」という二つの企画展を開催するとともに、開館以来の研究成果を『越中万葉百科』出版（笠間書院刊）という形で公表することができた。そして、この本をテキストとして、館長および研究員による富山大学での越中万葉の講座の開講へとつながることとなった。さらに、館長みずからが講師となって高岡市および周辺の小・中学校や高等学校で「越中万葉講座」を開講するだけでなく、富山県のみならず各地で開催された万葉関連のイベントや行事にも積極的に参加され、越中万葉を中心とする『万葉集』の普及、万葉愛好家の裾野の拡大に尽力されたことも特筆すべき業績である。まさに、高岡市万葉歴史館の進むべき道を、みずから実践することで館員に示された七年間であった。

末筆ながら紙面をお借りして、永年のご指導に館員一同深甚なる謝意を申し上げたい。

平成二十三年三月

「高岡市万葉歴史館論集」編集委員会

執筆者紹介（五十音順）

小野《おの》　寛《ひろし》　一九三四年京都市生、東京大学大学院修了、駒澤大学名誉教授。高岡市万葉歴史館館長。『新選万葉集抄』（笠間書院）、『大伴家持研究』（笠間書院）、『孤愁の人大伴家持』（新典社）、『万葉集歌人摘草』（若草書房）、『上代文学研究事典』（共編・おうふう）、『萬葉集全注巻第十二』（有斐閣）、『万葉集をつくった大伴家持大事典』（編著、笠間書院）ほか。

垣見《かきみ》修司《しゅうじ》　一九七三年兵庫県生、関西大学大学院修了、高岡市万葉歴史館研究員。博士（文学）。「長歌の字足らず句―記紀歌謡から万葉へ―」（『叙説』37号）、「『たのし』と『楽』」（『生の万葉集』笠間書院）ほか。

影山《かげやま》尚之《ひさゆき》　一九六〇年大阪府生、関西学院大学大学院博士課程後期課程単位取得退学、園田学園女子大学未来デザイン学部教授。博士（文学）。『萬葉和歌の表現空間』（塙書房）、『高橋氏文注釈』（共著・翰林書房）ほか。

梶川《かじかわ》信行《のぶゆき》　一九五三年東京都生、日本大学大学院満期退学、日本大学文理学部教授。博士（文学）。『万葉史の論　笠金村』（桜楓社）、『万葉史の論　山部赤人』（翰林書房）、『創られた万葉の歌人　額田王』（塙書房）、『初期万葉論』（笠間書院）ほか。

坂本《さかもと》信幸《のぶゆき》　一九四七年高知県生、同志社大学大学院修士課程修了、奈良女子大学名誉教授。『万葉事始』（共著・和泉書院）、『セミナー万葉の歌人と作品（全12巻）』（共編著・和泉書院）、『萬葉拾穂抄影印翻刻（全4冊）』（共著・塙書房）、『萬葉集電子総索引』（共編・塙書房）ほか。

佐藤《さとう》　隆《たかし》　一九四七年愛知県生、皇學館大学大学院修了、中京大学文学部教授。博士（文学）。『大伴家持作品論説』（おうふう）、『万葉史を問う』（新典社）、『大伴家持作品研究』（おうふう）、『東海の万葉歌』（おうふう）ほか。

新谷《しんたに》秀夫《ひでお》　一九六三年大阪府生、関西学院大学大学院修了、高岡市万葉歴史館総括研究員。『万葉集一〇一の謎』（共著・新人物往来社）、『越中万葉うたがたり』（私家版）、「藤原仲実と『萬葉集』」（『美夫君志』60号）、「『捍乱』改訓考」（『萬葉語文研究』4集）ほか。

鈴木《すずき》景二《けいじ》　一九六三年神奈川県生、神戸大学大学院博士課程単位取得退学、富山大学人文学部教授。『古代の越中』（共著・高志書院）、「平安前期の草仮名墨書土器と地方文化―富山県赤田Ⅰ遺跡出土の草仮名墨書土器―」（『木簡研究』31）ほか。

関《せき》　隆司《たかし》　一九六三年東京都生、駒澤大学大学院修了、高岡市万葉歴史館主任研究員。「大伴家持が『たび』とうたわないこと」(『論輯』22)、「藤原宇合私考(一)」(「高岡市万葉歴史館紀要」第11号)ほか。

田中夏陽子《たなかかよこ》　一九六九年東京都生、昭和女子大学大学院修了、高岡市万葉歴史館主任研究員。「武蔵国防人の足柄坂袖振りの歌」(「高岡市万葉歴史館紀要」17号)、「万葉集におけるよろこびの歌」(同20号)ほか。

廣岡義隆《ひろおかよしたか》　一九四七年福井県生、大阪大学大学院修了、三重大学名誉教授。博士(文学、大阪大学)。『万葉の歌人と風土8滋賀』(保育社)、『上代言語動態論』(塙書房)、『行幸宴歌論』(和泉書院)、『萬葉のこみち』(塙書房)、『萬葉の散歩みち』(新典社)ほか。

村田右富実《むらたみぎふみ》　一九六二年北海道生、北海道大学大学院博士後期課程単位取得退学、大阪府立大学人間社会学部教授。博士(文学)。『柿本人麻呂と和歌史』(和泉書院)、『南大阪の万葉学』(共著、大阪公立大学共同出版会)ほか。

高岡市万葉歴史館論集 14
風土《ふうど》の万葉集《まんようしゅう》
平成 23 年 3 月 31 日　初版第 1 刷発行

編　者　高岡市万葉歴史館 ©
装　幀　椿屋事務所
発行者　池田つや子
発行所　有限会社　**笠間書院**
〒 101-0064　東京都千代田区猿楽町 2-2-3
電話 03-3295-1331（代）　振替 00110-1-56002
印　刷　シナノ
NDC 分類：911.12
ISBN 978-4-305-00244-0

乱丁・落丁はお取り替えいたします。
出版目録は上記住所または下記まで。
http://kasamashoin.jp/

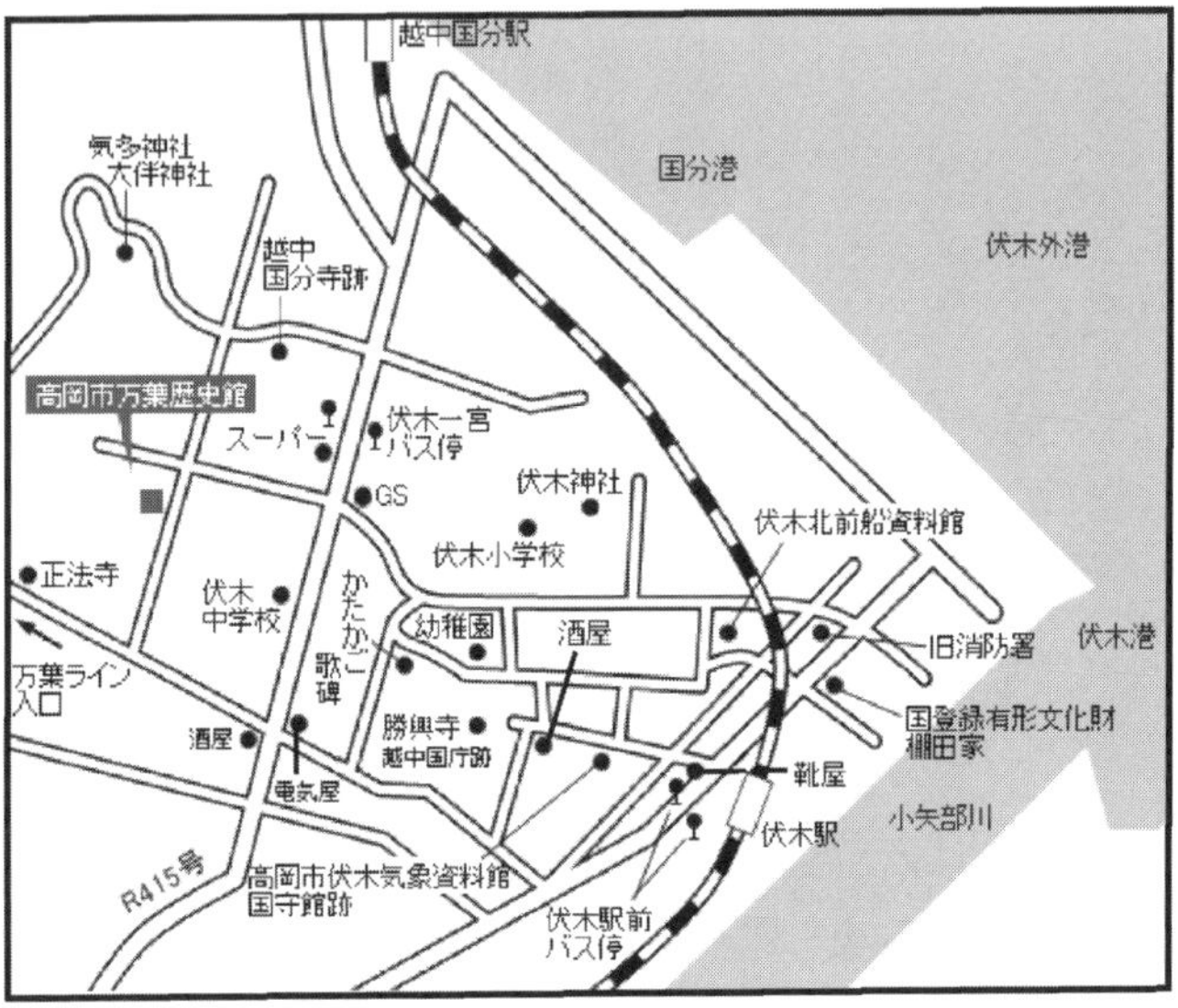

高岡市万葉歴史館

〒933－0116　富山県高岡市伏木一宮1-11-11
電話 0766-44-5511　FAX 0766-44-7335
E-mail：manreki@office.city.takaoka.toyama.jp
http://www.manreki.com

交通のご案内

■ＪＲ高岡駅より車で25分
■ＪＲ高岡駅正面口4番のりばより
バスで約25分乗車…伏木一宮下車…徒歩7分
（西まわり古府循環・東まわり古府循環・西まわり伏木循環行きなど）

◆高岡市万葉歴史館のご案内◆

高岡市万葉歴史館は、『万葉集』に関心の深い全国の方々との交流を図るための拠点施設として、1989（平元）年の高岡市市制施行百周年を記念する事業の一環として建設され、1990（平2）年10月に開館しました。

万葉の故地は全国の41都府県にわたっており、「万葉植物園」も全国に存在していました。しかしながら『万葉集』の内容に踏みこんだ本格的な施設は、それまでどこにもありませんでした。その大きな理由のひとつは、万葉集の「いのち」が「歌」であって「物」ではないため、施設内容の構成が、非常に困難だったからでしょう。

『万葉集』に残された「歌」を中心として、日本最初の展示を試みた「高岡市万葉歴史館」は、万葉集に関する本格的な施設として以下のような機能を持ちます。

【第１の機能●調査・研究・情報収集機能】『万葉集』とそれに関係をもつ分野の断簡・古写本・注釈書・単行本・雑誌・研究論文などを集めた図書室を備え、全国の『万葉集』に関心をもつ一般の人々や研究を志す人々に公開し、『万葉集』の研究における先端的研究情報センターとなっています。

【第２の機能●教育普及機能】『万葉集』に関する学習センター的性格も持っています。専門的研究を推進して学界の発展に貢献するばかりではなく、講演・学習講座・刊行物を通して、広く一般の人々の学習意欲にも十分に応えています。

【第３の機能●展示機能】当館における研究や学習の成果を基盤とし、それらを具体化して展示し、『万葉集』を楽しく学び、知識の得られる場となる常設展示室と企画展示室を持っています。

【第４の機能●観光・娯楽機能】１万㎡に及ぶ敷地は、約80％が屋外施設です。古代の官衙風の外観をもたせた平屋の建物を囲む「四季の庭」は、『万葉集』ゆかりの植物を主体にし、屋上自然庭園には、家持の「立山の賦」を刻んだ大きな歌碑が建ち、その歌にうたわれた立山連峰や、家持も見た奈呉の浦（富山湾）の眺望が楽しめます。

以上４つの大きな機能を存分に生かしながら、高岡市万葉歴史館はこれからも成長し続けようと思っています。